MARINA MAASS

TOMORROW IT'S STILL US

Roman

Buntstein

Marina Maass wurde 1996 in Niedersachsen geboren und hat die Liebe zu Büchern und dem kreativen Schreiben bereits im frühen Alter entdeckt. Gemeinsam mit ihrer Familie und zwei Hunden lebt sie in einem kleinen Dorf am Rande der Südheide.
Nach *Tonight It's Us* wird mit *Tomorrow It's Still Us* ihre erste Dilogie beendet.

© privat

Mehr zu Marina Maass gibt es auf Instagram unter:
marinamaass_official

1. Auflage

Lektorat: Yvonne Schmotz
Korrektorat:Anne-Sophie Kahnt
Satz/Layout: Martina Stolzmann
Covergestaltung: Ilona Gostynska-Rymkiewicz
Titelmotiv: © wojciech/wacomka/lulya alle stock.adobe.com

Druck: CPI – Clausen & Bosse, Ulm
Made in Germany

CO_2-Compensation
2023 Print Product
with FirstClimate.com

ISBN 978-3-95669-204-8
www.bookspot.de

Für meine Eltern

Liebe Leser:innen,

in diesem Buch werden Themen behandelt,
die negative Reaktionen auslösen können.
Deshalb findet ihr auf Seite 260 einen Hinweis
zu den Content Notes.

Wir wünschen uns das bestmögliche Leseerlebnis
für euch.

Eure Marina und der Bookspot Verlag

Kapitel 1 - *Kayla*

Ich sitze am Fenster und beobachte, wie die anderen Patienten mit ihren Familien und Freunden durch die groß angelegte Parkanlage schlendern. Es ist Donnerstag, einer der beiden Besuchstage, welche die *Oceanside Rehaklinik* anbietet. Heute ist das Wetter besonders schön: Die Sonne scheint und ein leichter Windhauch lässt vereinzelt Palmwedel erzittern. Ihm ist zu verdanken, dass die heißen Temperaturen erträglicher sind. In der Ferne kann ich sogar das Wasser des Pazifiks glitzern sehen.

Es hätte mich deutlich schlechter treffen können. Dave, mein leiblicher Vater, von dem ich erst vor einigen Monaten erfahren habe, hat eine ganze Stange Geld in die Hand genommen, um mich hier in dieser schicken Privatklinik unterzubringen. Fernab von Los Angeles, sodass meine Wunden und auch ich in Ruhe heilen können. Meine Versicherung hätte die Kosten für den Aufenthalt sicherlich ebenfalls übernommen, aber davon wollte Dave nichts hören. Er versucht, die verlorenen neunzehn Jahre jetzt mit Geld wiedergutzumachen.

Das Rascheln von Papier und eine sanfte Stimme reißen mich aus meinen Gedanken und zwingen mich, meine Aufmerksamkeit wieder in den Raum zu lenken, in dem ich mich befinde.

»Was ist das für ein Gefühl zu wissen, dass Sie heute wieder nach Hause können, Kayla?« *Nach Hause* … die Worte klingen fremd in meinen Ohren. Sie haben keinerlei Bedeutung mehr und lösen keine Begeisterung in mir aus. Denn ein Zuhause habe ich nicht mehr. Zumindest keines, das die Geborgenheit ausstrahlt, die ich normalerweise mit diesem Wort verbinde.

»Fühlt sich nicht wie nach Hause kommen an«, erwidere ich schlicht und drehe mich zu meiner Gesprächspartnerin um. Dr. Joan Miller ist Anfang dreißig, hat gerade ihre Facharztausbildung beendet und mit mir einen harten Brocken als Patientin bekommen.

»Wieso nicht?« Sie sieht mich mit hochgezogenen Augenbrauen an und ich bereue direkt, etwas gesagt zu haben. Schweigend nestle ich am Saum meines Ausschnitts herum. Eine lästige Angewohnheit, die ich mir in den letzten Wochen angeeignet habe.

»Ich ziehe in ein fremdes Haus. Zu Leuten, die es nicht einmal für nötig gehalten haben, mich zu besuchen, um mich kennenzulernen«, erkläre ich und bemerke, dass Wut in mir aufsteigt. »Zu meinem Vater, der krampfhaft versucht, eine Verbindung zu mir aufzubauen und dabei nicht versteht, dass man neunzehn verlorene Jahre nicht in fünf Therapiesitzungen wieder aufholen kann.«

Dr. Miller nickt. Sie betreut neben meinen Einzelsitzungen auch die Treffen zwischen Dave und mir und weiß deshalb genau, was ich damit meine. Die einstündigen Gespräche laufen immer gleich ab: Er redet, ich schweige und antworte nur, wenn ich direkt angesprochen werde. Das wirkt nach außen hin wahrscheinlich so, als würden mein Vater und ich uns überhaupt nicht verstehen, dabei ist das nicht der Fall. Wir kommen wunderbar miteinander aus, aber diese Vater-Tochter-Therapie ist auf seinem Mist gewachsen, und wenn es nach mir ginge, hätten wir damit ruhig noch warten können.

Ich habe momentan genug mit meinen eigenen Dämonen zu kämpfen und weiß, dass es Dave ähnlich geht. In meinen Augen sind wir noch nicht bereit, diese Sache gemeinsam anzugehen.

»Mein ganzes Leben ist aus den Angeln gehoben worden. Die Frau, die ich für meine Mutter hielt, hat sich als jemand entpuppt, der mich aus dem Kinderbett hat entführen lassen. Dadurch wurde mir die Chance verwehrt, meine leibliche Mom kennenzulernen, denn die ist an dem Verschwinden ihrer eigenen Tochter zerbrochen und hat sich das Leben genommen. Also nein, es fühlt sich nicht wie nach Hause kommen an. Ich bin rastlos, heimatlos und habe keine Ahnung, wie ich diese Gefühle jemals wieder ablegen kann.«

Dr. Miller sieht aus, als wolle sie etwas sagen, doch ich bin mit meinem Monolog noch nicht am Ende.

»Die einzigen Konstanten in meinem Leben sind meine Freunde und …« Ich stoppe abrupt. Jake. Um ein Haar hätte ich ihr von ihm erzählt. Aber seinen Namen laut auszusprechen würde bedeuten, dass ich mir eingestehen müsste, dass er kein fester Bestandteil meines Lebens mehr ist.

Jake, den ich weggestoßen habe, damit er meinen absoluten Tiefpunkt nicht mitansehen und sich nicht mit dem gebrochenen Teil von mir auseinandersetzen muss. Mit der Kayla, die nur noch ein Schatten ihrer selbst ist. Gezeichnet von den Fehlern ihrer vermeintlichen Mutter.

Jake, dessen Nachrichten ich so lange ignoriert habe, bis er es schließlich aufgegeben hat, mir zu schreiben. Der nachts aber immer noch einen Weg in meine Träume findet, sodass ich ihn nicht vergessen kann. Er ist kein Teil meines Lebens mehr, dabei bräuchte ich ihn jetzt mehr denn je. Aber mein Stolz und meine Sturheit hindern mich daran, auf ihn zuzugehen.

Ich lenke den Blick aus dem Fenster, während die Mine von Dr. Millers Stift pausenlos über das Papier kratzt. Die Rückkehr nach Los Angeles nähert sich mit jeder Minute und bereitet mir Kopfschmerzen. Ich ziehe nicht zurück nach Beverly Hills, sondern nach Santa Monica. Dave und seine Familie bewohnen dort ein luxuriöses Anwesen direkt am Strand. Einerseits ist es gut, dass einige Meilen zwischen mir und dem Haus liegen, in dem ich monatelang gefangen war, ohne mir dessen bewusst zu sein. Andererseits reißt mich dieser Umzug noch weiter aus meinem gewohnten Umfeld und macht die ganze Situation für mich dadurch umso schwerer.

»Ich bin überrascht, dass du ausgerechnet heute bereit bist, über deine Gefühle zu sprechen.« Dr. Millers Stimme dringt an meine Ohren und zieht mich aus der Abwärtsspirale von Gedanken, in der ich mich gerade befinde.

Stimmt, sie ist ja auch noch da.

Ich zucke lediglich mit den Schultern, dabei überrascht es mich selbst. So viele zusammenhängende Sätze habe ich während der ganzen Therapie nicht gesagt.

»Wie läuft es mit dem Schlafen? Sind die Albträume besser geworden?« Ich schlucke und schüttle den Kopf, ohne sie anzusehen. Die Albträume sind Flashbacks, die mein Unterbewusstsein erst Wochen nach dem Feuer an die Oberfläche gebracht hat. Dr. Saxton hat damals im Krankenhaus zu mir gesagt, dass ich während des Brandes teilweise wach gewesen bin. Dass die Erinnerungen daran nur bruchstückhaft wiederkommen, ist eine Schutzreaktion meines Körpers. Nachts träume ich beispielsweise davon, in einem Raum zu liegen und mich nicht bewegen zu können. Rechts und links züngeln Flammen in die Höhe und dunkler Rauch senkt sich immer weiter auf mich herab. Droht mich zu ersticken. Manchmal kommt Jake, um mich zu retten. Aber meistens bleibe ich allein und verliere den Kampf gegen das Feuer. Dann wache ich schweißgebadet auf und höre den Nachklang des monotonen Piepsens der Maschinen, die mich im Krankenhaus am Leben gehalten haben.

»Kayla, ich würde dir empfehlen, deine Therapie zu Hause weiterzuführen. Der Heilungsprozess deiner Psyche ist mindestens genauso bedeutsam wie der deines Körpers. Wenn nicht sogar wichtiger.« Ich löse meinen Blick vom Fenster und sehe meine Therapeutin an. Sie hat vollkommen recht. Mein Körper heilt gut, auch wenn es anfänglich Schwierigkeiten gab.

Etwa eineinhalb Wochen nachdem ich ins Krankenhaus eingeliefert wurde, bekam ich eine Lungenentzündung. Mein Körper war durch das Feuer, die Rauchgasinhalation und den Sturz stark vorgeschädigt. Aufgrund meines schlechten Allgemeinzustandes musste die Operation für die zweite Hauttransplantation nach hinten verschoben werden, was den ganzen Heilungsprozess in die Länge gezogen hat.

Meine Narben hingegen heilen hervorragend. Sowohl die Ärzte als auch die Physiotherapeuten sind restlos begeistert. Ansehen kann ich sie mir allerdings nicht, weshalb ich selbst bei rekordverdächtigen Temperaturen bodenlange Kleider mit langen Ärmeln trage. Nur meinen Handrücken kann ich nicht verstecken, weshalb ich mich an seinen Anblick bereits gewöhnt habe. Es sind Babysteps, aber sie gehen in die richtige Richtung.

»Kayla?« Verwirrt sehe ich zu Dr. Miller. Sie scheint noch etwas gesagt zu haben, aber weil ich so mit meinen eigenen Gedanken beschäftigt war, habe ich es nicht mitbekommen.

»Entschuldigen Sie, wie bitte?« Sie lacht und legt ihr Notizbuch mitsamt Stift beiseite, um sich etwas nach vorne zu lehnen.

»Ich sagte, dass wir unsere Sitzungen auch per Videocall fortführen können, wenn du dir keinen neuen Therapeuten suchen willst.«

Ich atme erleichtert aus und nicke. Dave würde einem Ende der Therapie ohnehin nicht zustimmen. Dr. Miller kennt mich, meine Probleme und Eigenheiten und weiß, wie sie damit umgehen muss. Von daher nehme ich ihr Angebot dankend an. Allein die Vorstellung, meine Geschichte einem neuen Therapeuten erzählen zu müssen, bereitet mir Unbehagen.

Ein Klopfen unterbricht unser Gespräch und Dr. Miller steht auf, um die Tür zu öffnen. Sie begrüßt den Besucher und an seiner Stimme erkenne ich, dass es Dave ist. Sofort zieht sich etwas in mir zusammen. Nervosität kriecht in jede Faser meines

Körpers und ich versuche, durch bestimmte Atemtechniken, die ich hier gelernt habe, ruhig zu bleiben. Daves heutiges Auftauchen läutet das Ende meines Aufenthalts in der *Oceanside Rehaklinik* ein, doch ich weigere mich, den Gedanken zuzulassen, dass es wirklich schon Zeit ist aufzubrechen.

Die beiden unterhalten sich leise in einigen Metern Entfernung, aber ich verstehe sie trotzdem gut. Dr. Miller informiert meinen Vater darüber, dass ich meine Therapie bei ihr fortsetzen werde und er stimmt begeistert zu. Sehr gut. Diese Diskussion habe ich schon mal umgangen.

»Ich finde es wichtig, dass Kayla so schnell wie möglich zurück in ein normales Leben findet. Soziale Kontakte, Aktivitäten, alles das, was für ein neunzehnjähriges Mädchen üblich ist.«

Dave nickt, doch ich stoße nur schnaubend Luft aus. Ein soziales Leben? Dr. Miller hat schon verstanden, dass ich vor dem Brand weit von der Normalität entfernt gewesen bin?

»Hat sie ... ähm ... also hat sie wieder angefangen zu malen?« Daves Stimme ist jetzt so leise, dass ich mich wirklich anstrengen muss, um ihn zu verstehen. Beide werfen mir einen Blick zu, sodass ich schnell nach unten schaue und mich plötzlich brennend für meine nicht manikürten Fingernägel interessiere. Sie müssen nicht unbedingt wissen, dass sie im Tuscheln richtige Nieten sind.

»Nein«, entgegnet Dr. Miller. »Sie hat jedes Kunstprogramm, das wir ihr angeboten haben, vehement abgelehnt.« Dave seufzt und ich spüre seinen Blick schwer auf mir.

Kurz darauf beenden sie ihr Gespräch und kommen zu mir herüber. Dave lächelt mich herzlich an. Allerdings sehe ich Unsicherheit in seinen Augen aufblitzen. »Bereit für dein neues Zuhause?«

Am liebsten hätte ich »Nein« geschrien und mich in meinem Zimmer eingesperrt. Ihm zuliebe schlucke ich jedoch alle negativen Emotionen hinunter und nicke. Zu einem Lächeln kann ich mich allerdings nicht durchringen.

»Super. Dein Gepäck habe ich schon zum Wagen gebracht und Vivienne und die Mädchen können es kaum erwarten, dich endlich kennenzulernen.« Ich habe eine blühende Fantasie und kein Problem damit, mir die absurdesten Szenarien vorzustellen, aber das sicher nicht. Wenn die Vorfreude von Daves Frau und seinen Töchtern so groß wäre, hätten sie fünf Monate lang Zeit gehabt, um mich zu besuchen und kennenzulernen. Aber nichts davon ist passiert. Jedoch will ich Dave auch nicht die Illusion einer großen, glücklichen Familienzusammenführung rauben.

Also verabschiede ich mich höflich von Dr. Miller und mache mit ihr einen Videosprechstundentermin für kommenden Donnerstag aus. Anschließend gehe ich schweigend neben Dave zu seinem Wagen. Naja, eigentlich humple ich eher. Meine Füße hat das Feuer am schlimmsten erwischt und obwohl alle Nerven intakt geblieben sind, fällt es mir schwer zu gehen. Das liegt vor allem an den Schmerzen, die mich tagtäglich begleiten. Der Heilungsprozess verläuft gut, ja, aber ohne Medikamente halte ich es nur kurz aus. Weite Strecken oder längeres Stehen sind kaum zu bewältigen und Treppensteigen verlangt mir ebenfalls einiges ab. Aber ich beiße die Zähne zusammen, um mir nichts anmerken zu lassen, und sinke schließlich erleichtert auf den Beifahrersitz des großen, dunklen SUVs.

»Ich kann es kaum erwarten, dir das Haus und dein Zimmer zu zeigen. Wir haben es extra renovieren und ein Bad für dich anbauen lassen.« Dave klingt wie ein kleines Kind an Weihnachten, weshalb ich mir vornehme, wenigstens etwas Begeisterung zu zeigen. Auch wenn mir eher nach Weinen und Schreien zumute ist, je näher wir Los Angeles kommen.

Er biegt auf die *Interstate 5* ab und ich schließe die Augen, um innerlich ein wenig Kraft für die bevorstehenden Begegnungen zu tanken. Vielleicht aber auch, um weiteren Gesprächen aus dem Weg zu gehen.

Fünf Monate des Versteckens, Erholens und Heilens sind vorbei. Jetzt geht der Ernst des Lebens wieder los, auf den ich mental noch nicht vorbereitet bin. Sofort kommt mir die Stimme meiner besten Freundin Giulia in den Sinn. Wie würde sie es formulieren? *Augen zu und durch. Gemeinsam schaffen wir das!*

Trotz aller Sorgen legt sich ein kleines Lächeln auf meine Lippen, denn wenn ich ehrlich bin, sind meine Freunde das Einzige, auf das ich mich bei meiner Rückkehr wirklich freue.

Kapitel 2 - *Kayla*

Wir fahren etwa anderthalb Stunden und mit jeder Meile, die wir uns von *Oceanside* entfernen, nimmt meine Aufregung zu.

Giulia, Toni und sogar Mario texten mir zwischendurch und erkundigen sich nach meinem Wohlbefinden. Alle drei erhalten dieselbe Antwort: Am liebsten würde ich mich übergeben.

Und ja, zwischen Giulias Bruder, dem überheblichen, zu sehr von sich überzeugten, unausstehlichen Nachwuchsfriseur und mir hat sich tatsächlich eine Freundschaft entwickelt. Er hat mich so oft es ging im Krankenhaus besucht, um mir die Langeweile zu vertreiben, und bei den wenigen Malen, die Giulia und Toni mich in der Reha besuchen konnten, war er ebenfalls dabei. Wir haben uns zu einer Viererclique entwickelt, auch wenn Giulia ihren Bruder an manchen Tagen lieber nicht dabeihätte.

»Er ist manchmal so aufdringlich«, hat sie letztens am Telefon geschimpft, was mich direkt zum Lachen gebracht hat. »Ist ja nicht so, dass er keine eigenen Freunde hat, mit denen er Zeit verbringen kann.«

Dieser Gedanke ist mir ebenfalls gekommen. Giulia und ich sind knapp fünf Jahre jünger als er und ich kann mir nicht erklären, warum er es cool findet, mit uns abzuhängen. Es gibt genug Leute, die sich eine Hand abhacken würden, um einen Abend mit Mario Marino zu verbringen. Trotzdem entscheidet er sich meistens für unsere Gesellschaft. Die Nachmittage mit ihm sind lustig, und obwohl Giulia sich gern über seine Anwesenheit aufregt, weiß ich, dass sie sich insgeheim darüber freut. Sie vergöttert ihren Bruder nach wie vor. Eine Tatsache, die ich inzwischen verstehe.

Wir biegen von der *Interstate 405* ab, und laut Navi sind es jetzt nur noch fünfzehn Minuten, bis wir unser Ziel erreichen.

Fünfzehn Minuten, bis ich auf die Leute treffe, die sich meine neue Familie nennen.

Fünfzehn Minuten, bis ich das Zimmer sehe, in dem ich im kommenden Schuljahr leben werde, das ich wiederholen muss, weil ich wegen des Brandes die Abschlussprüfungen verpasst habe.

Fünfzehn Minuten, in denen ich Zeit habe, mich vollkommen verrückt zu machen.

Mir wird übel. Nervös ziehe ich den Ärmel meines Kleides über den linken Handrücken und versuche, die Narben darauf zu verstecken. Ich mag mich an ihren Anblick gewöhnt haben, andere noch lange nicht.

Dr. Saxton hat damals im Krankenhaus von Glück gesprochen, nachdem er mich über den Brand aufgeklärt hat. Zu dem Zeitpunkt habe ich nicht verstanden, was er damit meint. Wie konnte er von Glück reden, wenn ich derartige Verbrennungen davongetragen habe? Zwölf Prozent meiner Haut sind dem Feuer zum Opfer gefallen!

Inzwischen weiß ich, wie er es gemeint hat. Von der Hüfte aufwärts bin ich, abgesehen von meinem linken Arm, unversehrt geblieben. Da ich mit den Füßen zum Feuer lag, wurde mein Rumpf nur minimal verbrannt. Diese Wunden sind innerhalb kürzester Zeit verheilt. Auch mein Gesicht ist verschont geblieben. Die Wimpern sind inzwischen nachgewachsen und länger als zuvor. Meine Augenbrauen sind ebenfalls wieder vorhanden, auch wenn ich sie an der einen oder anderen Stelle mithilfe eines Augenbrauenstifts nachbessern muss. Aber das ist nur temporär. Eines Tages werden sie wieder dicht genug sein, sodass das nicht mehr notwendig ist. Meine dunklen Haare, die mir früher bis zur Taille gingen, mussten abgeschnitten werden. Die Hitze des Feuers hatte sie stark angesenkt. Natürlich sind sie immer noch lang, reichen mir jetzt aber nur noch bis knapp über die Brust.

»So, da sind wir.« Der Wagen kommt zum Stehen, und Dave kann die Aufregung in seiner Stimme nicht verbergen. Ich schlucke und betrachte das imposante Haus, das vor mir in die Höhe ragt. Er hat nicht übertrieben, als er meinte, dass es direkt am Meer liegt. Es gibt sogar eine kleine Treppe, die direkt hinunter zum Strand führt. Beeindruckend.

Wir steigen aus und ich muss meine Füße daran erinnern aufzuwachen und richtig zu funktionieren. Neben mir höre ich das Meer rauschen. Die Luft schmeckt salzig. Der Schrei eines Vogels lässt mich kurz zusammenzucken. Das sind vollkommen andere Geräusche, als ich sie aus Beverly Hills gewohnt bin.

Dave trägt mein Gepäck. Es ist nicht viel, nur ein einzelner Koffer. Den Großteil meiner Kleidung musste ich im Haus zurücklassen. Francesca durfte damals unter Aufsicht der Feuerwehr nur das Nötigste holen. Aber Dave hat mir versichert, dass seine Frau Vivienne sich um meine Garderobe kümmern wird. Der Gedanke daran, was mich jetzt in meinem Kleiderschrank erwartet, jagt mir in etwa genauso viel Angst ein, wie das Zusammentreffen mit ihr selbst. Ich will nicht voreingenommen sein oder sie verurteilen, bevor wir uns persönlich kennengelernt haben, aber durch Daves Erzählungen hat sich ein Bild in meinem Kopf manifestiert, das sich nicht mehr so leicht ändern lässt. Was für Kleidung kauft eine L.A.-Barbie, die hauptberuflich Ehefrau ist? Ich kann es mir in Ansätzen vorstellen und hoffe sehnlichst, dass ich falschliege.

Langsam setze ich einen Fuß vor den anderen und bin wie erschlagen, als wir die Eingangshalle betreten. Sie ist groß. Wobei das nicht der richtige Ausdruck ist. Riesig trifft es eher. Die Wände sind in einem schlichten Cremeweiß gehalten. Ein Teil der Decke besteht ausschließlich aus Glas, was einen beeindruckenden Blick auf den wolkenlosen, blauen Himmel ermöglicht. Rechts von uns gehen zwei weitere Räume ab, deren Eingänge so breit sind, dass keine Tür der Welt sie hätte verschließen können. In der Mitte der Eingangshalle führen zwei leicht geschwungene Treppen halbkreisförmig nach oben und münden in einer Empore, die Teil des Flurs im ersten Stock ist. Darüber kann ich eine weitere balkonartige Konstruktion erkennen, über deren Geländer jetzt ein Gesicht auftaucht.

»Da seid ihr ja endlich!« Die Stimme hallt von den hohen Decken wider und ist angenehmer, als ich erwartet habe. Es folgt das hastige Klacken von Absätzen auf teurem Marmorboden und sofort werden Erinnerungen in mir wach. Augenblicklich höre ich wieder das monotone Geräusch von sich entfernenden Absatzschuhen, während ich auf dem Boden liege und vor Schmerzen keine Luft bekomme.

Kaum merklich beuge ich mich nach vorne und presse meine Hände auf den Bauch. *Ruhig atmen, Kayla. Alles ist gut. Dir passiert nichts.*

Es dauert ungefähr eine halbe Minute, dann habe ich mich wieder unter Kontrolle. Vielleicht waren es auch 60 Sekunden. Auf jeden Fall hat sich in der Zeit eine Frau zu uns gesellt, die Dave mit einem Kuss begrüßt. Sie ist groß, mindestens einen Meter achtzig und hat eine Taille, die sich die meisten Mädchen in meinem Alter erträumen. Ihre Sanduhrfigur wird durch ein enges, weißes Kleid besonders hervorgehoben. Ihre Beine gleichen denen eines Supermodels. Sie hat eine schmale Stupsnase, die perfekt zum Rest ihres symmetrischen Gesichts passt.

Ich beobachte sie und Dave zusammen. Ihre Augen strahlen. Sie sieht ihn an, als wäre er das Beste, das ihr jemals passiert ist, und Dave erwidert ihren Blick ebenso liebevoll. Die beiden unterhalten sich kurz, bevor sie sich mir zuwendet. Ihre Lippen verziehen sich zu einem freundlichen Lächeln, während sie mich mustert. Schnell, aber nicht so unauffällig, wie sie vielleicht dachte. Ihr Blick wirkt nicht abwertend, sondern eher … neugierig.

»Du musst Micaela sein! Ich freue mich so, dich endlich kennenzulernen!« Bei der Erwähnung meines Geburtsnamens läuft es mir eiskalt den Rücken hinunter. Ich zucke zusammen, was sie nicht bemerkt, Dave aber durchaus wahrnimmt.

»Vivienne, Schatz. Ich hatte doch erzählt, dass wir uns darauf geeinigt haben, nur den Nachnamen zu ändern. Nenn sie bitte Kayla.«

Sofort bröckelt ihr strahlendes Lächeln und sie sieht mich schuldbewusst an. Genau wie Dave vorhin in *Oceanside* wirkt sie unsicher. Kein Wunder, schließlich ist diese Situation für uns alle neu.

»Entschuldige, Liebes. Das habe ich ganz verdrängt. Ich freue mich nur so dich kennenzulernen!«

Ich wische ihren kleinen Fauxpas mit einer lässigen Handbewegung beiseite, als hätte es mir nichts ausgemacht. Dabei wühlt mich dieser Teil meiner Vergangenheit noch immer auf.

Bei unserem ersten Aufeinandertreffen habe ich Dave klargemacht, dass ich meinen Vornamen gern behalten würde. Trotzdem hat er noch dreimal versucht, mich zu überzeugen, ihn doch zu ändern. Er versteht nicht, dass die Änderung meines Vornamens meine momentane Identitätskrise nur verstärken würde. Viel mehr noch: Es würde sich anfühlen wie ein kompletter Identitätsverlust. Ich habe mein Zuhause und meine Mutter verloren, ist es da nicht verständlich, dass ich mich an den kleinen Rest klammere, der mir aus der Vergangenheit geblieben ist? Auch wenn es nur ein Name ist.

Die Gespräche mit Dave waren lang und kräftezehrend. Irgendwann war ich es leid, immer wieder dasselbe Thema durchzukauen. Also habe ich ihm einen Kompromiss vorgeschlagen: Ich bleibe Kayla und gebe dafür meinen Nachnamen Hudson auf, um stattdessen eine Kingston zu werden. Damit konnte er sich glücklicherweise anfreunden und ich hatte endlich meine Ruhe. Auch wenn es immer noch merkwürdig ist, jetzt mit Kayla Kingston zu unterschreiben.

»Wir sollten hier nicht nur so rumstehen. Die Mädchen kommen gleich aus der Schule und bis dahin können wir dir ja dein Zimmer zeigen!« Vivienne klatscht aufgeregt in die Hände. Auf diesen Moment scheint sie den ganzen Vormittag hin gefiebert zu haben. Irgendwie süß.

Schnurstracks steuert sie auf die Treppe zu, während ich unschlüssig im Foyer stehenbleibe. Mein Zimmer ist doch hoffentlich nicht im ersten Stock? Oder viel schlimmer noch im zweiten? Ich kann zwar Treppen steigen, aber es dauert lange und ist anstrengend.

Dave bemerkt mein Zögern und lächelt mir aufmunternd zu. »Ursprünglich wollten wir dich im Erdgeschoss unterbringen, aber dein Physiotherapeut meinte, dass es gut wäre, wenn du Treppen steigst. Deshalb haben wir uns umentschieden.« Ich nicke und beiße die Zähne zusammen. Wird schon klappen.

»Wo bleibt ihr denn?« Viviennes Stimme erklingt ungeduldig aus dem oberen Stockwerk. Ich kann ihre Euphorie ein Stück weit verstehen. Sie hat sich sicherlich viel Mühe bei der Gestaltung meines Zimmers gegeben. Aber ich bin davon ausgegangen, dass Dave ihr erzählt hat, dass ich nicht mehr die Schnellste bin.

Mühsam erklimme ich die siebzehn Stufen - ja, ich habe mitgezählt -, die von heute an meine Endgegner sein werden. Oben angekommen lehne ich mich ans Geländer und atme tief durch. Meine Füße schmerzen und ein Blick auf die Uhr zeigt, dass es Zeit wäre, meine Medikamente einzunehmen. Ein frustriertes Seufzen entflieht mir, als mir klar wird, dass die Tabletten noch in der Reisetasche sind, die unten im Foyer steht. Also werde ich damit warten müssen. Auf keinen Fall laufe ich die Treppe wieder herunter, nur um mich dann erneut in den ersten Stock zu kämpfen. Ich zwinge mich, weiterzugehen und folge Dave in das Zimmer gleich links neben der Treppe.

Es ist vollständig eingerichtet. An der Wand steht ein großes, von beiden Seiten zugängliches Bett. Ein Schreib- und ein Schminktisch haben ihren Platz rechts und links von der Tür, und im hinteren Teil des Raumes befindet sich eine kleine Nische, die als begehbarer Kleiderschrank dient. Ich schlucke, als ich die vielen kurzen Hosen und Kleider sehe, die fein säuberlich auf Bügel gehängt wurden. Vivienne hat beim Einkaufen sicher daran gedacht, was junge Frauen in meinem Alter heutzutage tragen, aber wie kommt sie darauf, dass ich sowas anziehe? Erneut beschleicht mich das Gefühl, dass Dave seiner Familie meine körperlichen Einschränkungen verschwiegen hat. Aber wenn das der Fall wäre, hätte sie mich eben bei der Begrüßung sicher darauf angesprochen. Scheinbar ist ihr nicht in den Sinn gekommen, dass ich mich mit meinen Narben in solchen Outfits unwohl fühlen könnte.

Um nicht zu zeigen, wie sauer ist bin oder im schlimmsten Fall etwas Unangemessenes zu sagen, drehe ich mich schnell wieder um.

Die Wände sind in einem zarten Fliederton gestrichen. Ich rümpfe die Nase. Nicht unbedingt meine Farbe. Es wurden sogar einige Gemälde aufgehängt, und bei genauerem Hinsehen bemerke ich, dass es sich dabei um meine eigenen Bilder handelt. Sofort bildet sich ein Kloß in meinem Hals. Wie zur Hölle kommen die hierher? Ich dachte, unser altes Haus dürfe nicht mehr betreten werden? Schon gar nicht die oberen Stockwerke. Wegen Einsturzgefahr oder so.

»Und, ist die Überraschung gelungen?« Vivienne klingt, als würde sie vor Stolz gleich platzen. »Dank der Feuerwehr konnten wir ein paar Bilder retten und das sind echte Kunstwerke! Du bist so talentiert, Kayla.«

Ich weiß nicht, was ich sagen soll. Am besten gar nichts, um Vivienne nicht zu kränken. Sie kann schließlich nicht wissen, dass ich seit dem Brand keinen Pinsel mehr angefasst habe. In der Reha haben sie öfters versucht, mich zum Malen zu überreden, aber in jedem Kurs habe ich stundenlang einfach nur die leere Leinwand angestarrt. Es scheint so, als wäre mit dem Auffliegen von Moms … nein, Mirandas Lüge auch meine Inspiration verschwunden. Zusammen mit allem, was mich sonst noch ausmacht. Ich verspüre keine Begeisterung, keine Motivation mehr, mich an eine Staffelei zu stellen. Allein der Blick auf meine Bilder reicht aus, um mich daran zu erinnern, was ich verloren habe. Ich habe Kunst geliebt. Aber diese Liebe basierte auf einem Leben, dass es so nicht mehr gibt.

Zum Glück komme ich um eine Antwort auf Viviennes Frage herum, denn unten fällt die schwere Tür ins Schloss und helles Lachen erfüllt das Haus. Sofort eilt Daves Frau aus dem Raum und ruft nach ihren Töchtern. Mein Magen krampft sich zusammen. Das Aufeinandertreffen mit ihr war angenehmer als erwartet. Ich befürchte allerdings, dass es mit meinen Stiefschwestern schwieriger wird. Mädchen in meinem Alter können unglaublich fies sein, wenn sie einen Schwachpunkt entdecken. Und von denen habe ich reichlich.

Wenige Augenblicke später betreten zwei junge Frauen den Raum. Sie sind beide blond, wobei ihr Haar etwas dunkler ist als das ihrer Mutter. Sie tragen High Heels, von denen mir bereits vom Hinsehen die Füße wehtun. Dazu dunkle Faltenröcke und weiße Blusen mit aufgesticktem Logo auf der Brust. Sieht stark nach einer Schuluniform aus.

»Ashley, Jillian, das ist Kayla.«

Ich lächle die beiden kurz an und winke mit der gesunden Hand. Sie sind Zwillinge. Das wusste ich bereits von Dave. Zu meinem Entsetzen sind sie jedoch eineiig, was mir das Unterscheiden nicht leichter machen wird. Also versuche ich, mich auf die wenigen Unterschiede zu konzentrieren, die mir auffallen. Ashley ist ein Stückchen größer als ihre Schwester und trägt die Haare länger.

»Dann herzlich willkommen in der Familie, oder so.« Ihre

Stimme ist eisig und ein Schauer läuft mir den Rücken hinunter. Ist es im Zimmer gerade kälter geworden, oder bilde ich mir das nur ein? Der Ausdruck in ihren grünen Augen wirkt hart, sodass ich mich direkt unerwünscht fühle.

»Was meine Schwester sagen will«, entgegnet Jillian und stößt Ashley mit dem Ellenbogen in die Seite, »wir freuen uns sehr, dass du jetzt hier bist.«

Ihre Augen haben einen deutlich wärmeren Ausdruck und das Lächeln, welches ihre Lippen umspielt, wirkt echt. Wenigstens eine der beiden scheint mich nicht als Eindringling zu betrachten.

»Ich freue mich, euch kennenzulernen«, sage ich leise und streiche mir eine verirrte Strähne hinters Ohr. Sofort zucken ihre Blicke zu dem Geflecht aus Narben auf meiner Haut, weshalb ich die Hand direkt verstecke.

»Ich … ähm … bin ziemlich erledigt. Würde es euch etwas ausmachen, wenn ich mich ein bisschen hinlege?«

»Überhaupt nicht, Schätzchen«, zwitschert Vivienne und schiebt die anderen aus dem Zimmer. »Sag Bescheid, wenn du etwas brauchst.«

»Könntest du meine Tasche hochbringen? Da sind die Medikamente drin«, frage ich an Dave gewandt. Er nickt, und kurze Zeit später bringt er mein Gepäck, bevor er die Tür hinter sich schließt und ich endlich allein bin. Nachdem ich die Schmerzmittel mit einem Schluck Wasser eingenommen habe, falle ich erschöpft aufs Bett und merke, wie abgekämpft ich tatsächlich bin. Das hat mich alles furchtbar angestrengt. Ich schließe die Augen, und ehe ich mich versehe, bin ich auch schon eingeschlafen.

Als ich aufwache, ist es draußen bereits dunkel. Verwirrt sehe ich mich um und weiß im ersten Moment nicht, wo ich bin. In meinem Zimmer in *Oceanside* definitiv nicht. Nachdem meine

Augen sich an die Dunkelheit gewöhnt haben, erkenne ich, dass jemand ein Tablett mit Essen auf den Schreibtisch gestellt hat. Da fällt es mir wieder ein. Ich bin in Los Angeles. Im Haus meiner neuen Familie.

Unsicher taste ich nach dem Schalter der Nachttischlampe und knipse sie schließlich an. Vom Licht geblendet kneife ich die Augen zu. Beim Blinzeln tauchen immer wieder die Umrisse der Glühbirne vor meinem inneren Auge auf, bis sie schließlich verschwunden sind, und ich einen Blick auf den Wecker werfen kann, der zeigt, dass es bereits elf Uhr abends ist. Wow, ich habe fast sechs Stunden geschlafen!

Vorsichtig stehe ich auf und lasse mich auf den Schreibtischstuhl sinken. Toast, Aufschnitt, ein inzwischen kaltes Rührei und eine Flaschen Wasser warten auf mich. Doch ich habe keinen Hunger. Schon während der Reha hat sich eine immer noch andauernde Appetitlosigkeit bei mir eingestellt. Dr. Miller meint, dass sie ein Symptom einer beginnenden Depression sein könnte. Aber egal wie sehr ich mich zwinge, mehr als ein paar Bissen bekomme ich nie runter.

Das macht sich inzwischen auch an meiner Figur bemerkbar. Die Kleidung, die Francesca mir mit ins Krankenhaus gebracht hat, ist zu groß. Meine Kurven haben sich deutlich zurückgebildet, und meine Brüste sind ebenfalls kleiner geworden.

Ich atme tief durch, nehme mir einen Toast und beiße die Ecken ab. Während ich langsam darauf herumkaue, schlüpfe ich in meinen neuen Pyjama und krabble zurück ins Bett. Vielleicht wäre es höflich gewesen, sich unten blicken zu lassen, aber die Aussicht darauf, diese furchtbare Treppe noch einmal runter und wieder hochsteigen zu müssen, lässt mich die Idee schnell verwerfen. Ich habe noch genug Zeit, um aktiv am Familienleben teilzunehmen. Damit muss ich nicht zwangsläufig heute beginnen.

Am nächsten Morgen bekomme ich dafür gleich die volle Familiendröhnung. Weil ich so viel geschlafen habe, bin ich schon früh aufgewacht und habe den Morgen damit begonnen, meine Bilder von den Wänden zu nehmen und sie in der hintersten Ecke des Kleiderschrankes zu verstecken. Meine Kunst anzuschauen, bereitet mir beinahe körperliche Schmerzen, weshalb ich sie schnellstmöglich wieder verschwinden lassen will. Vielleicht hat Toni die Möglichkeit, die Bilder an einige Käufer zu vermitteln, die sich im Gegensatz zu mir über ihren Anblick freuen. Durch das Gerumpel verrate ich den anderen allerdings, dass ich bereits auf den Beinen bin, und werde prompt von Dave zum Frühstück genötigt.

Zu fünft sitzen wir am Tisch im Esszimmer, eine komplett neue Erfahrung für mich. Die Male, die ich gemeinsam mit Miranda gefrühstückt habe, sind vor allem in Los Angeles sehr rar geworden. Da gab es nur Francesca, Toni – wenn er Zeit hatte – und mich.

Hier läuft das Radio leise im Hintergrund. Dave liest den Wirtschaftsteil der Zeitung, und Vivienne diskutiert mit ihren Töchtern eine höchst wichtige Modefrage. Dabei redet größtenteils Ashley und ignoriert mich vollkommen. Jillian dagegen lächelt mich zwischendurch immer mal wieder entschuldigend an. Die beiden sehen selbst am frühen Morgen wie aus dem Ei gepellt aus. Perfekt geschminkt und frisiert. Die Schuluniform schmiegt sich so eng an ihre Körper, dass ich mir sicher bin, dass sie maßgeschneidert ist. Ein kurzer Stich durchzuckt meine Brust, den ich im ersten Moment nicht einordnen kann. Früher habe ich mir doch nichts aus Schönheitsidealen gemacht oder mich gefragt, ob die Kleidung anderer Leute maßgeschneidert ist.

Während ich jetzt an meinem Croissant knabbere, merke ich allerdings, dass es Neid ist, den ich den Zwillingen gegenüber empfinde. Neid auf ihr Aussehen. Ihr Auftreten. Darüber, dass sie sich keine Gedanken machen müssen, was andere womöglich über sie sagen.

Als die beiden zur Schule aufbrechen, wird es etwas ruhiger. Jetzt konzentriert Vivienne ihre Aufmerksamkeit auf mich und stellt mir tausend Fragen, die ich alle geduldig beantworte. Aus den Augenwinkeln sehe ich, wie Dave zufrieden lächelt.

Trotzdem falle ich danach vollkommen erschöpft auf das große Sofa im Wohnzimmer. Zum Treppensteigen kann ich mich gerade nicht aufraffen. Außerdem kommt mein Physiotherapeut heute vorbei und wird mich sicherlich genug quälen. Da kann ich mich jetzt noch ein wenig entspannen und mit meinem Handy beschäftigen.

Kayla: Wisst ihr schon, wann ihr vorbeischaut?

Nachdenklich drehe ich mein Telefon zwischen den Fingern. Giulia, Toni und Mario wollen mich heute besuchen und die Aussicht darauf, meine Freunde zu sehen, hebt meine Laune ins Unermessliche. Sie sind mein Stück Normalität in dieser aufwühlenden Zeit.

Giulia: Gegen fünf, wenn dir das passt?
Kayla: Klingt super! Meinst du Mario könnte mir einen Gefallen tun?
Giulia: Mit Sicherheit. Was soll er machen?
Kayla: Sein Friseurbesteck mitbringen. Es wird Zeit für eine weitere Veränderung.

Kapitel 3 – *Jake*

Ein leises Kichern dringt an meine Ohren und weiche Lippen fahren über die Haut an meinem Hals. Ein blonder Haarschopf taucht vor mir auf und blaue Augen funkeln mich verschmitzt an.

»Es freut mich total, dass du doch noch Zeit gefunden hast«, schnurrt Kim und widmet sich wieder meinem Hals und meinem nackten Oberkörper.

Zeit … ist das der richtige Ausdruck? Ich würde den Anruf bei ihr eher als Ablenkung betiteln. Aber das sage ich ihr natürlich nicht. Denn wie ich sie kenne, würde sie schnurstracks wieder abziehen.

Fahrig gleiten meine Hände ihre Taille hinab. Sie hat sich bereits aus ihren Klamotten geschält und liegt nur noch in ihrer teuer aussehenden Unterwäsche auf mir. Einem Hauch von Nichts. Jeder andere Mann wäre sofort über sie hergefallen, und wenn ich ehrlich bin, habe ich in den letzten vier Monaten nichts anderes getan, wenn wir uns gesehen haben. Sex. Ein bedeutungsloser One-Night-Stand. Mehr sollte es nicht werden. Das war der Deal, den wir in einem sehr betrunkenen Zustand im *Midnight* geschlossen haben. Aber aus einer Nacht wurden zwei. Dann drei, dann vier und so weiter. Wir haben keine Dates oder uns gegenseitig unseren Eltern vorgestellt. Es ist eine lockere Liaison, bei der wir beide auf unsere Kosten kommen.

Kim war der Versuch, eine Lücke zu füllen. Die Lücke, die Kayla mit ihrem Verschwinden hinterlassen hat, und die Lynn dadurch, dass sie mir plötzlich die kalte Schulter zeigt, noch größer hat werden lassen. Kein Alkohol dieser Welt hat geholfen, diese Leere zu füllen. Die langen Partynächte haben mir eher zugesetzt als gutgetan. Doch dann habe ich Kim getroffen, und plötzlich wusste ich, wie ich die Trauer und die Wut am besten abbauen kann. Das diese Bewältigungsstrategie durch einen schlichten Satz ein jähes Ende findet, hätte ich nicht gedacht.

»Wir essen heute bei den Kingstons.« In Dauerschleife spult sich diese Ankündigung meines Vaters immer wieder in meinem Kopf ab.

Wir. Essen. Bei. Den. Kingstons.

Heute Abend.

Dabei ist das eigentlich nichts Ungewöhnliches. Nach dem Tod von Daves Frau haben wir diese Essen eingeführt, um ihm das Gefühl zu geben, nicht allein zu sein. Und auch als er neu geheiratet hat, haben wir diese Tradition fortgeführt. Allerdings weiß ich, welchen speziellen Grund diese Familienzusammenführung heute hat: Kayla ist wieder aus der Versenkung aufgetaucht. Zumindest hat Dad meiner Mom das erzählt. Sie hat darauf kaum etwas erwidert. Sie hört inzwischen lieber nur zu. Der Krebs hat sie so schwach gemacht, dass sie kaum mehr aufsteht und wenn doch, sitzt sie im Rollstuhl. Laufen strengt sie zu sehr an. Einmal täglich kommt der Pflegedienst, um sie zu duschen und frisch zu machen. Alle anderen Dinge erledigen Dad, Justin und ich. Jolina wollen wir damit nicht belasten. Ich habe meine Abschlussarbeit unterbrochen und Dad hat seine Arbeit im Büro drastisch reduziert. Wir wollen die verbleibende Zeit mit Mom ausnutzen und bei ihr zu Hause verbringen.

Seit Dads Hiobsbotschaft am Morgen bin ich zu nichts mehr zu gebrauchen. Meine Gedanken kreisen um Kayla und unser Wiedersehen. Mit jeder Stunde, die verging, ist es in meinem Kopf lauter geworden, bis ich es schließlich nicht mehr ausgehalten und Kim angerufen habe. Ablenkung erschien mir der richtige Weg, doch damit lag ich eindeutig falsch.

»Du bist gar nicht richtig dabei.« Kim pustet sich eine Haarsträhne aus dem Gesicht und verzieht die Lippen zu einem Schmollmund.

»Tut mir leid.« Ich seufze und lasse mich zurück in die Kissen sinken. »Mir geht gerade viel durch den Kopf.«

Sie rollt sich von mir runter und setzt sich auf die Bettkante.

»Willst du drüber sprechen?« Nachdenklich sehe ich sie an. Bisher haben wir nie … geredet.

»Nein, danke. Das ist eine lange und komplizierte Geschichte.«

Kim seufzt und beginnt damit, sich wieder vollständig anzuziehen. Mit gerunzelter Stirn sehe ich ihr dabei zu.

»Du gehst?«, frage ich verwundert, woraufhin Kim die Hände ineinander faltet und mich entschuldigend anlächelt.

»Ich kann das nicht mehr, Jake«, gibt sie zu. »Es ist immer dasselbe. Wir treffen uns, haben Sex, verabschieden uns und das war's. Aber das reicht mir nicht. Nicht mehr. Ich möchte gern von deinen Problemen hören. Mit dir Essen gehen und mich richtig unterhalten«, gesteht sie leise.

»Wir waren uns doch einig. Ich meine … seit wann denkst du so?«, stammle ich entgeistert.

Kim nickt, doch die Traurigkeit in ihren Augen ist nicht zu übersehen.

»Schon eine Weile. Es ist okay, dass du nicht mehr willst. Allerdings sollten wir an dieser Stelle einen Schlussstrich ziehen.«

Jetzt nicke ich, weil mich dieses Gespräch überfordert. Bisher habe ich nie das Gefühl gehabt, dass Kim unsere Liaison anders sieht, als ich.

»Dann … bye.« Sie wirft mir ein letztes Lächeln zu und steht auf.

»Bye«, murmle ich und sehe ihr hinterher, als sie mein Bungalow verlässt.

Das schlechte Gewissen nagt nur für den Bruchteil eines Augenblicks an mir. Hätte ich aufmerksamer sein müssen? Hat sich die Veränderung in ihrer Denkweise irgendwie angekündigt und ich habe es übersehen? War es unfair, uns die Chance auf mehr zu verwehren? Andererseits … wäre ich definitiv nicht dazu bereit gewesen. Es dauert keine 15 Sekunden, bis meine Gedanken zurück zu Kayla wandern. Wie der heutige Abend wohl ablaufen wird? Es ist schwer vorstellbar, dass wir genau an dem Punkt anknüpfen können, an dem wir vor fünf Monaten aufgehört haben. Ich weiß auch gar nicht, ob ich das will. Sie war diejenige, die ohne Erklärung den Kontakt abgebrochen hat. Müsste sie dann nicht auch diejenige sein, die wieder einen Schritt auf mich zugeht? Mir eine Erklärung liefert, weshalb sie spurlos verschwunden ist und keine meiner Nachrichten beantwortet hat? Seufzend sinke ich in die Kissen zurück und starre an die Decke. Schlagartig weiß ich, was ich von diesem Essen erwarte: Antworten. Antworten auf die vielen Fragen, die seit Monaten durch meinen Kopf wirbeln.

Ich schnappe mir mein Handy und sehe, dass es allerhöchste Zeit wird, mich umzuziehen, wenn ich keinen Ärger mit Dad haben will. Trotzdem bleibe ich liegen und starre auf das Foto von Kayla und mir aus der Kunstgalerie. Ihr strahlendes Lächeln macht jedem Stern am Himmel Konkurrenz und erinnert mich daran, weshalb ich damals nur Augen für sie hatte. Sie war mit Abstand das beeindruckendste Kunstwerk, das ich an jenem Abend in der Galerie gesehen habe. Aber wenn ich mir unser einziges gemeinsames Bild so anschaue, kommt es mir vor, als stamme es aus einer anderen Zeit. Aus einem anderen Leben. Als wären die beiden Personen auf dem Foto vollkommen andere Menschen, als wir es jetzt sind.

Es gibt ein Davor – die Zeit vor Kaylas Verschwinden. Ein Jetzt – die Zeit, in der ich gelernt habe, ohne sie zu leben. Und es gibt ein Danach – die Zeit, die nun anbricht, weil sie wieder aufgetaucht ist. Wie die aussehen wird, erfahre ich in weniger als dreißig Minuten.

Das sanfte Vibrieren meines Handys holt mich zurück in die Gegenwart und kündigt eine neue Nachricht an.

Jolina: Hoffe, du bist schon ansatzweise fertig. Wir wollen gleich los & Dad rastet aus, wenn wir deinetwegen zu spät kommen.

Seufzend werfe ich das Handy neben mich auf die Matratze. Mir bleibt wohl nichts anderes übrig, als mich umzuziehen und mein bestes Lächeln aufzusetzen. All die Gefühle, die gerade in mir aufkommen, muss ich im Keim ersticken und runterschlucken. Dass ich wegen Bauchschmerzen nicht mitkommen kann, wird mir wohl keiner abkaufen.

Natürlich sind wir zu spät und ich bin daran schuld. Bis zur letzten Sekunde habe ich es hinausgezögert, meinen Bungalow zu verlassen. So lange, bis Dad schließlich der Kragen geplatzt ist und er mich beinahe eigenhändig zum Auto geschleift hätte.

Etwa fünfzehn Minuten später stehen wir vor dem Haus der Kingstons, und mein Magen rutscht mir fast bis in die Kniekehlen.

Dabei ist zu Beginn alles wie immer. Dad und Onkel Dave umarmen sich, während Jolina von Jillian und Ashley mit einem Küsschen auf die rechte und linke Wange begrüßt wird. Von Vivienne ist nichts zu sehen. Sie wird ihren großen Auftritt haben, wenn alle bereits am Esstisch sitzen. Dann wird sie sich darüber beklagen, wie furchtbar aufwendig das Kochen gewesen ist. Obwohl jeder weiß, dass sie außer der Verantwortung nichts in der Küche getragen hat. Auch Kayla kann ich nirgends entdecken, doch bevor ich die Chance habe mich richtig umzuschauen, hat Ash sich schon bei mir eingehakt und klimpert aufreizend mit den verlängerten Wimpern. Sie kann es echt nicht lassen.

Nur höchst widerwillig begleite ich sie ins Esszimmer und muss ein Seufzen unterdrücken, als sie auf den Stuhl neben mir sinkt. Schon jetzt kann ich den eingeschnappten Blick meiner

Schwester auf mir spüren. Jolina hasst es, wenn ich mehr Aufmerksamkeit von Ash bekomme als sie. Dabei würde ich alles dafür tun, mich dieser zu entziehen.

»Du siehst muskulöser aus als bei eurem letzten Besuch. Hast du mehr trainiert?«, schnurrt Ashley, woraufhin ich genervt mit den Augen rolle, als sie nicht hinsieht. Um eine Antwort komme ich glücklicherweise herum, denn Vivienne betritt in diesem Moment den Raum und zieht die gesamte Aufmerksamkeit auf sich.

»Meine Lieben! Es ist so schön euch alle wieder gemeinsam am Tisch sitzen zu sehen!« Sie strahlt jeden der Reihe nach an, aber als ihr Blick an dem leeren Stuhl mir gegenüber hängen bleibt, verrutscht ihr Lächeln für den Bruchteil einer Sekunde.

»Wo ist Kayla?«, fragt sie ihren Mann mit zusammengebissenen Zähnen. *Kayla.* Ruckartig setze ich mich aufrechter hin. Sie ist also tatsächlich hier, und Vivienne passt es ganz und gar nicht, dass sie ihren großen Auftritt verpasst hat.

»Vermutlich ist sie noch in ihrem Zimmer. Ihre Freunde sind doch eben erst gegangen, Liebling«, erwidert Dave ruhig, steht auf und ruft nach seiner Tochter. Ihre Freunde? Will der mich gerade verarschen? Als ich ihn nach der Sache mit Miranda gefragt habe, ob ich Kayla besuchen dürfte, hat er mir diesen Wunsch abgeschlagen. Wieso dürfen sie dann andere Leute sehen? Was für ein beschissenes Spiel spielen die beiden eigentlich?

»Ich hasse Unpünktlichkeit«, murrt Vivienne und lässt sich auf ihren Platz sinken.

Hm, Kayla normalerweise auch. Mein ganzer Körper steht unter Strom. Die Gedanken von vorhin drängen sich erneut in den Vordergrund. Wie wird unsere erste Begegnung nach fünf Monaten sein? Freut sie sich, mich zu sehen? Erklärt sie mir ihr Verhalten oder ignoriert sie mich weiterhin? Diese Anspannung ist unerträglich.

Nur am Rande bekomme ich mit, dass die Küchenangestellten das Essen auftischen. Kayla ist nach wie vor nicht anwesend. Vivienne wirft Dave einen Blick zu, der jedem Mann die Eier abfallen lassen würde, weshalb er sich beeilt, aufzustehen.

»Kayla, kommst du jetzt bitte? Alle warten auf dich.«

»Ich bin unterwegs!«, kommt es prompt zurück, und mein Herz gerät für einen Moment aus dem Takt. Das ist ihre Stimme! Es ist tatsächlich ihre Stimme.

»Falls du es vergessen haben solltest, ich bin nicht mehr so schnell beim Treppensteigen.«

Dave kommt zurück, setzt sich und räuspert sich kurz. »Sie kommt.«

Vivienne sieht zufrieden aus. Ashley dagegen eher so, als könne sie gut auf Kaylas Anwesenheit verzichten. Und ich? Ich bin einfach verflucht aufgeregt. Und das nervt mich. *Sie* ist diejenige, die einfach aus meinem Leben verschwunden ist. Die einen Monat lang meine Nachrichten ignoriert hat, bis ich es schließlich aufgegeben habe, ihr zu schreiben. Ich sollte damit abgeschlossen haben. Ihr zeigen, dass ich gut ohne sie leben kann. Immerhin habe ich 21 Jahre nichts anderes getan. Trotzdem pocht mein Herz so schnell, dass ich Angst habe, gleich vom Stuhl zu kippen.

Wer braucht denn so lange, um eine Treppe runterzukommen? Es dauert eine gefühlte Ewigkeit, bis Kayla endlich im Türrahmen auftaucht. Aber dann … ist der Moment plötzlich da.

Ein atemloses Schnaufen ertönt, und alle Köpfe drehen sich Richtung Tür. Vivienne lässt erschrocken ihr Besteck fallen, das klirrend auf dem Teller landet. Ash klappt die Kinnlade herunter, während ihre Zwillingsschwester grinsend einen Daumen in die Höhe reckt. Kaylas taillenlanges Rapunzelhaar ist weg. Stattdessen endet es jetzt knapp über dem Schlüsselbein. Das steht ihr gut. Lässt sie erwachsener aussehen. Außerdem hat sie abgenommen. Ihre Gesichtszüge sind kantiger geworden und verleihen ihr dadurch einen ernsten, harten Ausdruck.

Dave findet als Erster seine Stimme wieder.

»Sieht gut aus, Liebes. Setz dich.«

Sie nickt und steuert den freien Platz zwischen Jolina und Jill an. Ihre Schritte wirken dabei so unsicher, als hätte sie Angst gleich zu fallen. Tatsächlich sieht es ein bisschen so aus, als würde sie auf rohen Eiern laufen. Sehr merkwürdig.

Ich erkenne Erleichterung in ihrem Gesicht, als sie endlich sitzt. Dabei vermeidet sie es allerdings tunlichst, mir in die Augen zu schauen. Die Gespräche am Tisch werden wieder aufgenommen, während Schüsseln mit Kartoffeln und Soße hin- und hergereicht werden. Nur Kayla bleibt stumm auf ihrem Stuhl und macht keine Anstalten etwas zu essen. Glücklicherweise hat Jolina Ash in ein Gespräch verwickelt, sodass ich mich vollkommen auf Kayla konzentrieren kann.

»Hey«, wispere ich leise und lehne mich ein Stück vor. Warum ich den ersten Schritt mache, weiß ich nicht genau. Aber mir gefällt dieses Schweigen zwischen uns nicht. Sie blickt auf und sieht mich mit ihren grünen Augen traurig an. Moment mal. Was? Kayla hat doch warme braune Iriden.

»Du … deine … die Farbe …«, stammle ich unbeholfen und deute mit den Fingern auf ihr Gesicht. Suche nach den richtigen Worten, aber sie hat mich schon verstanden.

»Ich habe früher Kontaktlinsen getragen. Lange Geschichte«, erwidert sie nur und senkt erneut den Blick.

Verdammt! Diese Geschichte muss sie mir erzählen! Ich will alles hören, was sie mir zu sagen hat. Zuallererst hätte ich aber gern eine Erklärung für die Funkstille der letzten Monate. Auch wenn ich noch so sehr versucht habe, Kayla aus meinen Gedanken zu verdrängen, pocht mein verletztes Herz auf Antworten. Und diese Schwäche vor mir selbst zuzugeben, kostet mich viel Überwindung. Allerdings habe ich keine Chance mehr, Kayla danach zu fragen, denn plötzlich strafft sie die Schultern und begegnet mir mit einem harten Ausdruck in den Augen.

»Kannst du mir mal die Kartoffeln geben?«

Wir starren uns einen Augenblick lang an, bis meine Hand wie von selbst die Schale mit der gewünschten Beilage anhebt und Kayla ihren Arm ausstreckt, um sie entgegenzunehmen. Dabei fällt mir etwas auf ihrem Handrücken auf. Ein Geflecht aus hellen Narben, das sich über ihre sonst so makellose Haut ziehen. Ich bin mir sicher, dass das vor fünf Monaten noch nicht da gewesen ist.

»Was hast du denn da gemacht?« Sie folgt meinem Blick und hätte um ein Haar die Servierschale fallen gelassen, wenn ich sie nicht ebenfalls festgehalten hätte.

»Ja, Kayla. Erzähl doch mal«, stichelt Ash und wird dafür prompt von ihrer Mutter getadelt.

»Kleiner Unfall mit dem Wasserkocher«, murmelt Kayla leise und zieht ihre Hand zurück, um sie unter dem Tisch zu verstecken.

»Das muss ja ein riesiger Wasserkocher gewesen sein«, provoziert Ash weiter. Wenn Blicke töten könnten, würde Kaylas sie zerfetzen.

»Ashley Kingston, reiß dich zusammen.« Daves Stimme ist gefährlich ruhig und kontrolliert. Ich sehe erst ihn und dann den Rest an. Es ist still geworden im Raum, und ich kann es an jedem einzelnen Gesicht ablesen: Alle wissen, was passiert ist. Alle, außer mir. Und Jolina, denn die guckt ebenfalls vollkommen ratlos in die Runde. Selbst Dad sieht aus, als wüsste er, was Ashleys kryptische Worte zu bedeuten haben.

Fassungslos schüttle ich den Kopf, und auch Kayla ist sichtlich überfordert mit der Situation. Wortlos schiebt sie ihren Stuhl zurück und stürmt aus dem Raum. Gut, stürmen ist zu viel gesagt, aber sie versucht, so schnell wie möglich das Esszimmer zu verlassen. Aber so einfach kommt sie mir nicht davon. Diesmal nicht.

Ich folge ihr in die Eingangshalle und bleibe am Anfang der Treppe stehen. Sie hat bereits vier Stufen erklommen, sieht dabei jedoch aus, als würde sie gerade den Mount Everest besteigen und keine stinknormale Treppe. Ich verschränke die Arme vor der Brust und beobachte sie schweigend, bis sie etwa die Hälfte der Stufen hinter sich gebracht hat.

»Das war also unser Wiedersehen nach fünf Monaten?« Beim Klang meiner Stimme zuckt sie zusammen und hält inne. »Du erzählst mir, dass du braune Kontaktlinsen getragen hast und fragst mich nach den Kartoffeln. Das war alles? Du denkst nicht, dass ich eventuell eine Erklärung verdient hätte? Oder eine Entschuldigung?«

Sie dreht sich auf der Stufe um und klammert sich regelrecht an das geschwungene Geländer. Ihr Griff ist so fest, dass ihre Knöchel weiß hervortreten.

»Anscheinend kennen alle anderen den Grund für dein plötzliches Abtauchen, nur ich nicht.«

Sie beißt die Zähne zusammen und mahlt mit dem Unterkiefer. »Hast du schon mal daran gedacht, dass sich die Welt nicht nur um dich dreht?«, schleudert sie mir entgegen. Ich zucke zusammen bei der Heftigkeit ihrer Worte. So hat sie früher nie mit mir gesprochen.

»Mein ganzes Leben wurde auf den Kopf gestellt. *Ich* muss damit fertig werden, nicht du. Also tu nicht so, als wärst du der Leidtragende in dieser Geschichte!«

Ich glaube, ich höre nicht richtig.

»Du weißt genau, dass ich auch mein Päckchen zu tragen habe. Dass mein Leben nicht nur rosarot ist. Trotzdem wollte ich für dich da sein! Aber du … du hast mich weggestoßen und bist einfach verschwunden!«

Eine kurze Gefühlsregung huscht über ihr Gesicht, aber in

mir flammt eine unglaubliche Wut auf. Vergessen ist der gute Vorsatz, alle Emotionen einfach zu unterdrücken und runterzuschlucken. Sie müssen raus.

»Du sagst, ich bin nicht der Leidtragende, aber ich habe genauso gelitten wie du. Ich hätte dich gebraucht, damit du auch für mich da sein kannst. Da war ein Funke zwischen uns, der sich zu einem lodernden Feuer hätte entwickeln können, aber du warst zu egoistisch und hast nicht eine Sekunde an mich gedacht.«

Sie öffnet den Mund, und ein kleiner Teil von mir, der noch nicht von Wut zerfressen ist, hofft, dass sie etwas sagen wird. Mich vom Gegenteil überzeugt und mir klar macht, dass ich ihr nicht vollkommen egal bin. Aber sie bleibt stumm. Ich schüttle den Kopf. So kenne ich sie nicht. Wo ist die Kayla hin, die sich mit lustigen Sprüchen und zarten Berührungen in mein Herz geschlichen hat?

»Was hat dich so verändert?«, frage ich leise und bin mir nicht mal sicher, ob ich mit ihr spreche oder doch eher mit mir selbst. Ihre Schultern sacken ab, und auf einmal sieht sie furchtbar müde aus. In etwa so müde, wie ich mich fühle.

»Das Leben«, antwortet sie und wendet sich von mir ab. »Das hat mich verändert.«

Sie will die nächste Stufe nehmen, gerät aber ins Straucheln und wäre beinahe gefallen, wenn sie nicht noch immer das Geländer umklammert hätte. Sofort nehme ich zwei Treppenstufen auf einmal um ihr zu helfen, stoppe dann aber, weil mein innerer Stolz den Kampf gegen mein Herz gewinnt. Also bleibe ich stehen, verschränke die Arme vor der Brust und kralle die Fingernägel in meine Oberarme.

»Brauchst du Hilfe?«, frage ich nach einem kurzen Räuspern. »Also, um die Treppe hochzukommen?«

Sie müsste einfach nur »Ja« sagen. Ich wäre sofort bei ihr. Doch kaum habe ich die Worte ausgesprochen, verspannt sie sich und wirft mir einen vernichtenden Blick zu.

»Ich habe deine Hilfe in den letzten fünf Monaten nicht gebraucht, also benötige ich sie jetzt auch nicht.«

Das hat gesessen.

»Weißt du was, Kayla? Wenn du so super allein klarkommst, dann mach doch was du willst. Ich bin raus.«

»Gut. Mache ich auch.«

»Gut!« Damit dreht sie sich um und kämpft sich weiter in den ersten Stock. Plötzlich wird mir die ohrenbetäubende Stille bewusst, die uns umgibt. Die Gespräche im Nebenzimmer sind verstummt. Wahrscheinlich schon seit einer ganzen Weile, ohne dass ich es bemerkt habe.

Ohne Abschied stürme ich aus dem Haus und bestelle mir nebenbei ein Uber. Anschließend informiere ich Wes, dass wir uns gleich im *Midnight* treffen. Kayla will mich nicht mehr in ihrem Leben? Schön, dann soll es so sein. Ich kannte sie nur wenige Wochen, da kann es ja wohl nicht so schwer sein, sie zu ersetzen, oder?

Kapitel 4 – *Kayla*

Den restlichen Freitag und beinahe den kompletten Samstag verbringe ich mit Weinen. Das Zusammentreffen mit Jake war katastrophal, und ich bin schuld daran. Ich kann ihm seine Reaktion nicht einmal verübeln, denn ich habe mich wie eine richtige Bitch aufgeführt. Ashleys Sticheleien haben das Fass zum Überlaufen gebracht. Ich war wegen des Essens ohnehin schon angespannt, und sie hat alles nur noch schlimmer gemacht. Also habe ich einen Schutzmechanismus hochgefahren, der einzig und allein dazu dienen sollte, mich vor Schlimmerem zu bewahren. Jake hat recht. Ich bin egoistisch. Aber nur, weil ich ihm meine Probleme nicht noch zusätzlich aufhalsen will.

Dank Dave bin ich immer auf dem Laufenden geblieben, was Jakes Leben angeht. Deshalb weiß ich, dass seine Mom die Therapie abgebrochen hat und es ihr inzwischen deutlich schlechter geht. Ich habe so oft an Jake gedacht und trotzdem nicht den Mut aufgebracht, mich bei ihm zu melden. Er sollte mich nicht so sehen, sondern die Version von mir in Erinnerung behalten, die ich vor dem Feuer gewesen bin. Glücklich, witzig und froh über jede Minute, die ich mit ihm verbringen durfte. Jetzt bin ich kaputt, gezeichnet vom Leben und nur noch ein Schatten meiner selbst.

Ich habe Jake gestern ein zweites Mal verloren, indem ich ihm nicht die Wahl gelassen habe, selbst zu entscheiden, ob er Teil meines neuen Lebens sein will, und es tut so viel mehr weh, als ich dachte. Der fassungslose Blick in seinen schönen blauen Augen, nachdem ich ihm die Abfuhr erteilt habe, hat mein Herz in tausend Scherben zerspringen lassen. Die gleichen Augen, die mich jede Nacht bis in den Schlaf verfolgen.

Mein Verhalten ihm gegenüber hat er nicht verdient. Trotzdem war ich mir sicher, das Richtige zu tun. Er hat genug mit seinen eigenen Problemen zu tun, da muss ich ihm das Leben nicht zusätzlich erschweren.

Diese Sicherheit bröckelt inzwischen allerdings. Mindestens hundert Mal habe ich das Handy in die Hand genommen, bereit seine Nummer zu wählen und ihm alles zu erklären, wenn er es denn noch hören will. Angefangen bei meiner Internetidentität Lynn, durch die wir uns, ohne dass uns das damals schon klar geworden wäre, schon viel früher kennengelernt haben. Er soll von dem Brand erfahren, der mein Leben komplett verändert hat und von der Frau, die sich neunzehn Jahre lang als meine Mom ausgegeben und mir damit die größte Identitätskrise aller Zeiten beschert hat.

Aber immer, wenn ich den grünen Hörer zur Seite wischen will, kann ich es nicht. Aus Angst vor seiner Zurückweisung, die ich nicht ertragen könnte, obwohl ich sie verdient hätte.

Also verschanze ich mich in meinem Zimmer. Die Rollos sind unten, sodass mich komplette Dunkelheit umgibt. Vivienne bringt mir Essen, doch ich rühre es kaum an. Mir ist jeglicher Appetit vergangen. Manchmal versucht sie sogar, ein Gespräch mit mir anzufangen, jedoch erfolglos. Sie ist freundlich, aber ich bemerke, dass es hinter ihrer Fassade brodelt. Kein Wunder, Jake und ich haben ihre Dinnerparty gesprengt und das nimmt sie mir übel. Ich habe gehört, wie sie Freitagabend mit Dave darüber gesprochen hat. Sie will mich ebenso wenig hierhaben wie ihre Töchter, und ich könnte mir auch bessere Mitbewohner vorstellen. Es ärgert mich immer noch, dass Dave darauf gepocht hat, dass ich hier einziehe. Ich hätte nach der Reha viel lieber erstmal bei den Marinos gewohnt. Bei den Leuten, die ich kenne und mag. Hier in diesem Haus lebe ich praktisch mit drei Fremden unter einem Dach. Ich kann mir kaum vorstellen, dass diese negative Energie förderlich für meinen Heilungsprozess ist.

Obwohl ich die Marinos sehr mag, schlage ich Giulias Angebot, bei ihnen vorbeizuschauen aus. Momentan will ich nur in Selbstmitleid baden und niemanden sehen. Vielleicht hat Dr. Miller recht, und ich bin geradewegs in eine heftige Depression geschlittert, aus der ich jetzt nicht mehr rauskomme. Zumindest fühlt es sich so an. Ich möchte nicht aufstehen, nichts essen und niemanden sehen. Eigentlich ist der Gang ins angrenzende Badezimmer schon eine Zumutung.

Den kompletten Samstag lässt Dave mich in Ruhe, aber am Sonntag ist es damit vorbei. Er stürmt in mein Zimmer, reißt die Vorhänge auf und der komplette Raum wird mit Sonnenlicht geflutet. Geblendet von der plötzlichen Helligkeit, kneife ich die Augen zusammen und ziehe mir die Decke über den Kopf.

»Du hast zehn Minuten Zeit, um am Frühstückstisch zu sitzen. Sonst komme ich wieder und zerre dich eigenhändig runter.« Mit einem Auge luge ich unter der Decke hervor. Er lächelt zwar, aber in seinem Blick erkenne ich, wie ernst er es meint. Trotzdem denke ich für den Bruchteil einer Sekunde darüber nach liegen zu bleiben. Nur um zu schauen, ob er seine Drohung wahrmacht. Aber nach weiteren zwei Minuten intensiven Nachdenkens komme ich zu dem Schluss, dass ich keine Lust auf einen ausgedehnten Familienstreit habe. Der Haussegen hängt sowieso schon schief. Also raffe ich mich auf und gehe nach unten.

Alle anderen sitzen bereits am Tisch. Mit einem leisen »Guten Morgen« sinke ich auf meinen Platz. Dave lächelt erleichtert. Ash würdigt mich keines Blickes, dafür zwinkert Jill mir kurz zu. Okay, merkwürdig. Vivienne erwidert meine Begrüßung gewohnt übertrieben, und anschließend wenden sich alle wieder ihren vorherigen Gesprächsthemen zu. Also kann ich mich in Ruhe meinem Kaffee und dem Croissant widmen, das bereits auf meinem Teller liegt. Mein Magen knurrt ungeduldig. So ganz begeistert ist er von dem Essensentzug nicht.

Ich habe nicht mal die Hälfte meines Gebäcks verzehrt, als Ash beschließt, mir doch ihre Aufmerksamkeit zu schenken.

»Du hattest also was mit Jake Van Wyngaarden?«, fragt sie beiläufig, woraufhin ich beinahe an meinem Croissant ersticke. Dave sieht aus, als hätte man ihm Salz anstatt Zucker in den Kaffee getan, und Vivienne wirft ihrer Tochter einen warnenden Blick zu.

»Ich wüsste nicht, was dich das angeht«, entgegne ich kühl, nachdem ich meine Fassung wiedererlangt habe. Ash lacht nur und wirft ihr blondes Haar über die Schulter.

»Euren kleinen Streit am Freitag hat jeder mitbekommen, also brauchst du es gar nicht zu leugnen.«

»Es geht dich einen feuchten Dreck an, mit wem ich was gehabt habe!« Wütend funkle ich sie an. Was fällt ihr ein, sich in meine Privatangelegenheiten einzumischen? Sie mag mich nicht, ich mag sie nicht. Leider müssen wir zwangsläufig unter einem Dach wohnen, das heißt aber noch nicht, dass wir uns miteinander unterhalten müssen.

»Ashley, hör auf deine Schwester so auszufragen. Kayla, zügle deinen Tonfall. Beim Essen will ich Harmonie an diesem Tisch spüren.« Dave sieht uns beide streng an.

»Sie ist nicht meine Schwester«, ertönt es unisono aus unseren Mündern. Immerhin sind wir uns in diesem Punkt einig. Dave seufzt und legt seine Zeitung beiseite.

»Es gibt ohnehin etwas, dass ich mit euch besprechen will.« Vier Augenpaare richten sich augenblicklich auf ihn. Mir schwant Böses. »Eigentlich wollte ich dir noch eine Woche Ruhe zum Eingewöhnen gönnen, Kayla, aber der gestrige Tag hat mir gezeigt, dass du dringend wieder am normalen Leben teilnehmen musst.« Ich starre meinen Vater an. Wovon redet er da? »Ab morgen gehst du mit Ash und Jill in die Schule.«

Mein Mund wird staubtrocken. Ich soll eine richtige High School besuchen? Mit anderen Mitschülern, die wahrhaftig neben mir im Unterricht sitzen? Die ich nicht nur über einen Bildschirm in einer Videokonferenz sehe? Das, was früher mein größter Wunsch war, entpuppt sich jetzt als schlimmster Albtraum. An Ashs Gesichtsausdruck erkenne ich, dass sie sich auch Schöneres vorstellen kann, als mich zusätzlich in der Schule zu sehen. Jill hingehen sieht recht gelassen aus, so als wäre es ihr egal, ob ich mitkomme oder nicht.

»Kann ich nicht einfach weiterhin Onlinekurse besuchen?« Meine Stimme klingt viel höher und piepsiger als sonst. Zu meinem großen Entsetzen schüttelt Dave den Kopf.

»Das Schuljahr hat bereits begonnen und du musst die Abschlussklasse wiederholen. Deshalb ist es einfacher, wenn du auf die *PPH* gehst.« Einfacher für wen? Ihn oder mich? Es wird schon schlimm genug sein, als Neue abgestempelt zu werden, und ich bin mir sicher, dass Ash mir das Leben dort zur Hölle machen wird. Wenn ich richtig gerechnet habe, müssten die beiden ebenfalls im Abschlussjahrgang sein, was bedeutet, dass wir eine Menge Kurse zusammen haben werden. *Ganz große Klasse.*

»Ich würde mich wirklich wohler fühlen, wenn ich beim Onlineunterricht bleiben dürfte. Immerhin habe ich noch nie eine normale High School besucht.«

»Da bin ich ausnahmsweise mal ihrer Meinung«, stimmt Ash zu, und beinahe hätte ich ihr ein dankbares Lächeln zugeworfen. Aber eben nur fast. »Ich brauche niemanden, der mir das Abschlussjahr versaut und meinen Beliebtheitsgrad schmälert. Gott, was werden die anderen wohl denken, wenn sie hören, dass *die da* bei uns wohnt.«

Sie fächert sich hektisch Luft zu, während Jillian ihr beruhigend die Hand auf den Arm legt. Ich verdrehe genervt die Augen. Was denkt sie denn? Dass ich mich freiwillig an ihren Rockzipfel hänge? Sicher nicht.

»Die *Pacific Palisades Hall* ist keine normale High School, Süße«, mischt Vivienne sich jetzt ein, die bisher geschwiegen hat. »Sie ist die angesehenste Privatschule hier in der Gegend. Sehr kultiviert und mit dem besten Bildungsstandart. Wenn du da deinen Abschluss machst, kannst du sicher sein, dass du an den renommiertesten Colleges des Landes angenommen wirst. Es ist ein Privileg, dort zu lernen.« Sie sieht mich eindringlich an. »Normalerweise muss man einen Aufnahmetest machen und jahrelang auf einer Warteliste stehen, aber glücklicherweise spielt dein Vater mit dem Direktor Golf und konnte es so regeln.«

Eine Privatschule, gütiger Himmel. Wenn ich an das erste Treffen mit Jill und Ash denke, kommt mir direkt ihre Kleidung wieder in den Sinn. Eine Schule mit Uniformpflicht, wie schrecklich. Die Schüler sind bestimmt versnobter als meine Klassenkameraden aus den Onlinekursen. Und die waren schon schlimm.

»Ich würde mich besser fühlen, wenn ich wüsste, dass du soziale Kontakte und täglich einen Grund zum Aufstehen hast«, fügt Dave hinzu.

»Das verstehe ich alles, aber kann ich nicht einfach eine öffentliche Schule besuchen, wenn es schon eine mit Präsenzunterricht sein soll? Dafür muss ich auch aufstehen.« Vivienne schnappt erschrocken nach Luft und sieht aus, als würde sie ihren *Chai Tea* gleich wieder ausspucken. Allein der Gedanke an eine öffentliche Schule ist ihr wohl zuwider.

»Kayla, ich schicke dich doch nicht auf eine High School für jedermann, wenn du einen Platz an einer angesehenen Privatschule hast!« Dave klingt wütend und fassungslos zugleich. Ich bin allerdings ebenfalls verärgert. Er will, dass ich das Haus verlasse, um zur Schule zu gehen? Kein Problem. Aber wieso lässt er sich nicht auf den Kompromiss mit einer öffentlichen Schule ein? Da lernen immerhin auch nur Menschen.

Ich öffne den Mund, um zu einem weiteren Protest anzusetzen, doch er bringt mich mit einer Handbewegung dazu, ihn wieder zu schließen.

»Du gehst ab morgen auf die *Pacific Palisades Hall* und damit basta! Ich diskutiere da nicht weiter drüber. Außerdem kommt Costa gleich für eine extra Krankengymnastikstunde vorbei, also zieh dir etwas Vernünftiges an.«

Damit ist das Gespräch beendet und ich muss akzeptieren, dass ich diesen Kampf verloren habe. Das restliche Frühstück bringen wir schweigend hinter uns. Nicht mal Ash hat Lust, noch weiter gegen mich zu sticheln. Zu schockiert scheint sie über die Tatsache zu sein, dass wir ab morgen zusammen die Schulbank drücken. Anschließend schaffe ich es gerade noch, mich umzuziehen und die Treppen runterzusteigen, als es an der Tür klingelt.

Costa Vasileiou ist einer der angesehensten Physiotherapeuten von Los Angeles. Deshalb hat Dave es sich nicht nehmen lassen, ihn schon während meiner Reha in *Oceanside* zweimal die Woche kommen zu lassen und die Fahrtkosten zusätzlich zu den Therapiekosten zu übernehmen. Bei unserem ersten Treffen hat Costa direkt erzählt, dass er sogar mit den *LA Rams* arbeitet. Aber da ich mich wenig für Football begeistern kann, fiel meine Reaktion darauf eher verhalten aus. Zu seiner großen Enttäuschung.

Er ist ungefähr ein Meter achtzig groß und unfassbar breit. Sein halbes Gesicht wird durch einen dunklen Vollbart verdeckt, dafür fehlen ihm auf dem Kopf die alle Haare. Die haben seine Patienten gefressen, witzelt er immer. Und auch wenn er anfangs recht brummig wirkt, täuscht der erste Eindruck gewaltig. Er ist ein liebenswerter Teddybär mit großem Redebedarf. Manchmal glaube ich, dass er sich bei einigen Klienten, was das Quasseln angeht, zurückhalten muss. Um dennoch seinen täglichen *word count* zu erreichen, redet er bei anderen – wie beispielsweise bei mir – umso mehr.

Auch heute plappert er wieder ohne Punkt und Komma, während er mich die Treppen rauf- und runterjagt. Mir kommt das sehr gelegen. So habe ich keine Zeit, meinen eigenen Gedanken hinterherzuhängen, sondern konzentriere mich auf ihn. Nur durch gelegentliches Raunen oder Murmeln gebe ich zu verstehen, dass ich geistig noch an Bord bin.

»Du bist heute so still«, meint er schließlich, als ich auf seiner mitgebrachten Liege sitze und im Inbegriff bin, mich hinzulegen. Ich werfe ihm einen bedeutungsschweren Blick zu, kann mir ein Grinsen allerdings nicht verkneifen.

»Weißt du wie schwer es ist, bei dir zu Wort zu kommen?«, erwidere ich und ziehe eine Augenbraue nach oben. »Du redest genug für uns beide.«

»Hey, du musst mich einfach unterbrechen«, meint er und hebt abwehrend die Hände, bevor er sich meinen linken Fuß schnappt und beginnt, die vernarbte Haut zu massieren. Beim letzten Mal hat er mir erklärt, dass dadurch das Gewebe wieder weich werden soll. Um es noch geschmeidiger zu machen, creme ich es zusätzlich zweimal am Tag ein. Für mich war es anfangs sehr schwer, ihn an meine Füße zu lassen, die beim Brand am schlimmsten verletzt wurden, aber nach einigen Einheiten konnte ich mich bei den Massagen endlich entspannen. Trotzdem ist Costa neben mir der Einzige, der weiß, wie meine Füße nach dem Unfall tatsächlich aussehen.

»Also, was ist los?«

Seufzend starre ich an die hohe Decke.

»Ich soll ab morgen auf die *PPH* gehen. Diese tolle Privatschule.« Die Anführungszeichen bei »toll« sind unüberhörbar.

Costa hält inne und sieht mich mit großen Augen an.

»Die *Pacific Palisades Hall*? Da steht meine Tochter bereits auf der Warteliste. Die Schule soll der Hammer sein!«

Ich stütze mich auf die Ellenbogen und sehe ihn stirnrunzelnd an. »Ist deine Tochter nicht erst fünf?«

»Man kann nie früh genug anfangen, in die richtige Bildung zu investieren«, erklärt er schulterzuckend. »Also, wo liegt das Problem?«

Seufzend lege ich mich wieder hin. »Was, wenn mich alle für einen Freak halten?«, frage ich leise und nestle am Saum meines Shirts. »Ich meine … sieh mich an.«

Costa massiert inzwischen meinen rechten Fuß und schweigt. »Das tue ich.« Er schaut mir direkt in die Augen. »Und weißt du, was ich sehe?«

Ich schüttle den Kopf.

»Eine Kämpferin. Du hast etwas überlebt, an dem andere zerbrechen würden. Nur das zählt. Auch wenn du deine Narben momentan verstecken willst, irgendwann kommt der Tag, an dem du sie mit Stolz trägst. Sie zeigen deine Stärke, nicht deine Schwäche. Denk immer dran: Die Narben sind der Beweis dafür, dass das, was versucht hat dich umzubringen, es nicht geschafft hat.«

Er lächelt mir aufmunternd zu, und mir wird ganz warm ums Herz. Auf einmal kommt mir der morgige Tag gar nicht mehr so schrecklich vor. Ich bin stark und nicht auf den Kopf gefallen. Kontern konnte ich schon immer gut, ich habe es nur vergessen, weil sich eine Schicht aus Leid und Trauer über mich gelegt hat. Aber vielleicht waren es genau diese aufbauenden Worte, die ich gebraucht habe, um wieder aus meinem schützenden Kokon zu brechen. Ein »Alles wird gut«.

»Danke Costa«, sage ich leise und ernte ein erneutes Lächeln.

»Immer wieder gern. Und wenn dir doch jemand blöd kommen sollte, erzählst du, dass dein Physiotherapeut alle Feindseligkeiten rächen wird.«

Jetzt lache ich wirklich. Es ist das erste richtige Lachen seit Langem, das von Herzen kommt. Ich weiß, dass Costa seine Worte ernst meint. Wer sich mit mir anlegt, sollte Angst vor ihm haben. Dieser Mann kann Kokosnüsse mit seinen Fingerspitzen knacken. Und ganz plötzlich fühle ich mich mutiger und stärker. Auf einmal bin ich mir sicher, für den morgigen Tag gewappnet zu sein.

Kapitel 5 – *Kayla*

Der Montagmorgen kommt schneller, als mir lieb ist. Die Nacht war unruhig, aber nicht so schlimm wie befürchtet. Das gestrige Gespräch mit Costa hat meine Nerven deutlich beruhigt, auch wenn ich immer noch furchtbar aufgeregt bin. Abends habe ich mit Giulia, Mario und Toni via *FaceTime* telefoniert und ihnen von den neusten Entwicklungen berichtet. Wie erwartet haben auch sie versucht, mir die Angst zu nehmen. Keiner von ihnen war auf einer Privatschule, dafür waren sie aber an öffentlichen High Schools, weshalb sie mir wertvolle Tipps fürs Überleben mit auf den Weg gegeben haben. Gut, die waren eher lustig als ernst gemeint, trotzdem haben sie geholfen, meine Anspannung zu mildern.

Bereits um Viertel vor sechs klingelt der Wecker, und da ich nicht zum Frühaufstehen geboren bin, dauert es noch knappe 25 Minuten, bis ich mich aufraffe, mein Bett zu verlassen.

Um Viertel nach sechs stehe ich unter der Dusche. Das warme Wasser prasselt auf meine Haut und lässt mich für zehn Minuten den Stress vergessen, der mit dem anbrechenden Tag auf mich wartet. Vorsichtig steige ich aus der Kabine und lege ein bisschen Make-Up auf. Nicht zu viel, um meinen natürlichen Look zu wahren, aber doch genug, um die dunklen Augenringe zu verbergen, welche die albtraumhaften Nächte hinterlassen haben. Meine Haare locke ich leicht und tusche dann noch meine Wimpern, bevor ich zurück ins Schlafzimmer schlurfe und die kleine Kleiderschranknische betrete.

Vivienne hat mir gestern einen großen Kleidersack gebracht, in dem sich meine Schuluniform befindet. Keine Ahnung, wie sie die an einem Sonntag organisieren konnte, aber wenn man Kingston heißt, scheint alles möglich zu sein. Außer auf eine öffentliche High School gehen zu dürfen. Langsam öffne ich die dünne Plastikhülle, und mir springen direkt zwei dunkelrote Faltenröcke ins Auge. Allein die Vorstellung, in denen in die Schule gehen zu müssen, jagt mir einen Schauer über den Rücken.

Daneben hängen zwei dunkelrote Shorts, die ich ebenso wenig tragen will. Ganz hinten sind zwei lange Hosen in derselben Farbe versteckt. Beinahe fange ich vor Freude an zu weinen. Sie sind eng geschnitten und erinnern an diese Paperback-Hosen, die gerade in Mode sind. So kann niemand die Narben an meinen Beinen anzustarren. Der Stoff fühlt sich weich an, und ich empfinde ihn beim bloßen Darüberstreichen schon als angenehm auf der Haut.

Obenrum entscheide ich mich für eine weiße, langärmlige Bluse mit aufgesticktem Schullogo und lege mir den passenden Blazer über den Arm. Keine Ahnung, ob es Pflicht ist, den zu tragen, denn immerhin ist es selbst jetzt im September noch brüllend heiß. Bequeme weiße Sneaker runden das Outfit ab, und so mache ich mich auf den Weg ins Esszimmer. Meine Füße sind zwar schlimm verbrannt und vernarbt, aber glücklicherweise kann ich normale Schuhe tragen. Wenn auch eine Nummer größer als früher. Dadurch sehen sie zwar recht klobig aus, aber sie sind immer noch besser als irgendwelche Sonderanfertigungen.

Der Rest der Familie sitzt bereits am Tisch. Erstaunlich, dass sie sogar an Arbeitstagen miteinander frühstücken. Bei Mom … nein, Miranda, hat es sowas nicht gegeben.

»Dein Outfit würde durch High Heels wesentlich aufgewertet werden.« Ashleys Stimme reißt mich aus meinen Gedanken. Kein »Guten Morgen«, keine höfliche Floskel, sondern direkt die nächste Spitze gegen mein Aussehen. Im Vorbeigehen klopfe ich ihr auf den Kopf. Sie zuckt zur Seite.

»Was soll das?«, faucht sie und funkelt mich wütend an.

»Ich wollte schauen, ob du da drin vielleicht hohl bist«, antworte ich wahrheitsgemäß und setze mich. »Denn du hohle Nuss weißt genau, dass ich keine Absatzschuhe tragen kann.«

Jill prustet los und kaschiert ihr Lachen wenig erfolgreich in einem Hustenanfall. Vielleicht erstickt sie allerdings auch gerade an ihrem Brötchen, wenn ich mir ihren hochroten Kopf so anschaue. Ash öffnet den Mund zum Gegenschlag, als Dave sich einschaltet.

»Ich will keine Zickereien beim Frühstück«, sagt er streng, ohne dabei von seiner Zeitung aufzuschauen. Ich grinse meine Stiefschwester triumphierend an, die sich zwar wütend auf die Lippe beißt, aber immerhin den Mund hält. Punkt für mich.

Vor mir steht bereits ein dampfender Kaffee. Mit dem ersten Schluck nehme ich die Schmerztabletten ein und verziehe kurz das Gesicht. Die Dinger sind so groß, dass es mir immer noch schwerfällt, sie zu schlucken. Papierrascheln ertönt und ich bemerke Daves freundliches Lächeln.

»Bist du aufgeregt, Kayla?« Ich nicke und beiße die Ecke von meinem Toastbrot ab. »Brauchst du nicht. Deine Mitschüler werden dich bestimmt mit offenen Armen empfangen.«

Mein Blick zuckt zu Ash, die mich diabolisch anlächelt. Manchmal würde ich gern einen Tag Urlaub in Daves heiler Welt machen, in der anscheinend keine Probleme oder fiesen Teenager existieren. Er bemerkt zwar die direkten Konfrontationen zwischen Ash und mir, aber das darunter liegende Brodeln sieht er nicht. Oder er ignoriert es.

»Ich bringe dich hin und begleite dich zum Schulleiter, bevor ich selbst ins Büro fahre. Ash, Jill, soll ich euch auch mitnehmen?« Die beiden schütteln den Kopf und erklären, dass sie selbst fahren werden. Ein bisschen neidisch bin ich schon, dass sie die Möglichkeit dazu haben. Ich besitze kein Auto, geschweige denn einen Führerschein, und das wird sich in nächster Zeit nicht ändern. Ohne richtiges Gefühl in den Fußsohlen werde ich kaum in der Lage sein, ein Fahrzeug zu führen. Deshalb bin ich auf die Zwillinge angewiesen, und das nervt mich gewaltig.

»Okay, Kayla, wir müssen gleich los. Mach dich bitte schnell fertig.« Dave lächelt mich aufmunternd an, also stürze ich den inzwischen abgekühlten Kaffee hinunter und verschwinde noch einmal im Bad, bevor der normalste Schultag in meinem bisherigen Leben beginnt.

Die *Pacific Palisades Hall* sieht so edel aus, dass ich mich jetzt schon fehl am Platz fühle, und dabei habe ich sie noch nicht einmal betreten. Sie besteht aus weißem, glattem Stein und vor ihrem Eingang, ragen Säulen in die Höhe. Damit vermittelt sie eher der Eindruck in den Südstaaten und nicht in Kalifornien zu stehen. Die Gänge sind lang und gesäumt von Spinden, deren Türen in demselben bordeauxroten Ton erstrahlen wie die Uniformen. Alles ist modern, weitläufig und hell, was an den bodentiefen Fenstern liegen muss, welche die Spinde auf der linken Seite immer wieder unterbrechen. Durch sie kann man auf den Innenhof schauen, der mit vielen runden Tischen aus massivem Gestein bestückt ist, und aus großen Grünflächen besteht, auf denen die Schüler ihre Pausen verbringen können.

Obwohl es fast acht Uhr ist und der Unterricht gleich beginnt, herrscht wenig Gedränge auf dem Gang. Im Sekretariat angekommen, begrüßt die Frau hinter dem Tresen meinen Vater mit Namen. Sie hat ein rundliches Gesicht, freundliche Augen und bereits ergrautes Haar. Durch die Andeutung von Falten in ihrem Gesicht schätze ich, dass sie bereits im fortgeschrittenem Alter sein muss. Auf den ersten Blick würde ich sagen, dass vor mir eine nette, hilfsbereite und liebenswerte ältere Dame sitzt, die gern Kekse an die Schüler verteilt. Denn auf dem Tresen steht ein Teller mit großen Cookies, die nach

Chocolate Chips aussehen. Sie winkt uns zum Direktorat durch, und Dave beugt sich zu mir runter.

»Nimm dich bei Dorothy in Acht. Sie mag freundlich wirken, ist aber der Schuldrache. Und ihre Kekse schmecken scheußlich. Egal, wie gut sie duften.« Überrascht ziehe ich die Augenbrauen hoch. Damit hätte ich nicht gerechnet, aber es zeigt wieder mal, wie sehr der Schein trügen kann. Innerlich mache ich mir eine kurze Notiz: Nicht den Unmut der Sekretärin auf mich ziehen.

Im Büro des Schulleiters angekommen, nehmen wir in zwei grauen Sesseln Platz, die vor einem opulenten weißen Schreibtisch stehen. Unauffällig sehe ich mich um. Der Raum wirkt recht steril. Es fehlt jegliche persönliche Note, weshalb ich mich direkt unwohl fühle. Welche Person kann in dieser Umgebung arbeiten? Meine Frage wird prompt beantwortet, denn der besagte jemand kommt gerade zur Tür herein.

»Dave! Es tut mir leid, dass ihr warten musstet!« Ein Mann, etwa in Daves Alter, mit breitem Lächeln und leichten Geheimratsecken schüttelt meinem Vater die Hand.

»Kein Problem, Thomas. Wir sitzen noch nicht lange hier.« Die beiden Männer nehmen Platz, während ich unruhig auf dem Sessel hin und her rutsche. Noch hat der Direktor mir keine Beachtung geschenkt, sondern sich nur auf Dave konzentriert.

»Du musst Kayla sein!« Er lenkt seinen Blick in meine Richtung und lächelt so übertrieben, dass ich von seinen strahlend weißen Zähnen beinahe geblendet werde. Falls er den Job als Direktor mal an den Nagel hängen will, könnte er locker Werbung für Zahnpasta machen. »Ich bin Thomas Davidson. Es freut mich außerordentlich, dich kennenzulernen!«

Ich erwidere sein Lächeln verhalten. Er ist zwar freundlich, aber es wirkt aufgesetzt. Wie eine Maske, die er über Jahre hinweg perfektioniert hat.

»Sie sieht Heather wirklich unheimlich ähnlich.« Verwirrt sehe ich zu Dave.

»Kayla ist ihr wie aus dem Gesicht geschnitten«, erwidert er und bemerkt erst dann meinen fragenden Blick. »Thomas, deine Mom Heather, Jakes Eltern Samuel und Emma, Miranda und ich sind zusammen zur Schule gegangen. Wir kennen uns schon eine halbe Ewigkeit.«

»Ach ja … die guten alten Zeiten.« Thomas, also Mr. Davidson, nickt und sieht einen Moment so aus, als würde er in der Vergangenheit schwelgen. Nur Sekunden später räuspert er sich und wendet sich uns wieder zu. »Aber darum geht es heute nicht. Kayla, ich habe mit deinen Lehrern von der Onlineakademie gesprochen und bin begeistert von deinen Noten!«

Ich lehne mich in meinem Sessel zurück. Kein Wunder, immerhin stand ich in jedem Fach auf einer Eins.

»Anhand deiner letzten Kurse habe ich einen Stundenplan für dich erstellt.«

Er schiebt mir ein Blatt Papier zu, dass ich sofort ergreife und überfliege. Englisch, Mathe, Biologie, Spanisch, Kunst und … Sport? Soll das ein Scherz sein? Vorsichtig sehe ich erst zu Dave und dann zu Mr. Davidson. Er wird ihm doch sicher von meinen Umständen erzählt haben, oder?

»Ich kann keinen Sport machen.«

»Natürlich, das weiß ich. Allerdings ist es an dieser Schule ein Pflichtfach. Also wirst du dem Unterricht beiwohnen und dich mit der Theorie dahinter befassen.« Mr. Davidson sieht aus, als wäre das die Idee des Jahrhunderts. In meinen Ohren klingt es dagegen furchtbar trocken und langweilig.

»Gibt es eine Alternative für Kunst?« Beide Männer schauen mich überrascht an.

»Nun … ich habe einige deiner Arbeiten gesehen. Du bist sehr talentiert«, lobt mein neuer Schulleiter, doch ich zucke nur mit den Schultern.

»Ich würde mich gern umorientieren.«

Er und Dave wechseln einen kurzen Blick, bevor Mr. Davidson in seinen Computer schaut und nach wenigen Minuten frustriert seufzt. »Es gäbe nur Physik und Chemie als Alternativen, aber dafür hättest du im letzten Jahr Aufbaukurse besuchen müssen, was du nicht getan hast. Ich befürchte, du musst bei Kunst bleiben.«

Ein bitterer Geschmack legt sich auf meine Zunge. Wenn ich eines nicht wollte, dann zum Malen gezwungen werden, aber gut, es scheint, als hätte ich keine Wahl. Das wird dann wohl der erste Kurs sein, in dem ich mit Pauken und Trompeten durchfalle.

»Die Bücher kannst du dir aus der Bibliothek leihen, bis du sie selbst gekauft hast.«

Ich nicke und stopfe den Stundenplan in meine Tasche. Mehr als einen Block, einen Kugelschreiber, mein Portemonnaie, Handy, Schlüssel und eine Flasche Wasser habe ich heute nicht dabei.

»Draußen wartet jemand auf dich, der dir die Schule zeigt und dich zu deinen Kursen begleitet. Falls du jemals ein Problem haben solltest, scheu nicht davor zurück, an meiner Tür zu klopfen. Sie steht dir immer offen.«

Mein neuer Schulleiter setzt wieder dieses strahlende Lächeln auf, und ich erwidere es kurz, bevor ich Daves Schulter drücke und mich verabschiede.

So schnell es mir möglich ist, verlasse ich das Büro und treffe im Gang auf ein Mädchen. Sie ist die einzige Person weit und breit, woraus ich schließe, dass sie diejenige ist, die mich durch die Schule führt.

»Hey, du bist bestimmt Kayla!« Aufgeregt hüpft sie zu mir herüber, und selbst als sie vor mir steht, kann sie kaum stillhalten. »Ich bin Macey, quasi ab jetzt deine Bezugsperson hier. Ich zeige dir alles, weihe dich in die wichtigsten Regeln und Geheimnisse ein und passe auf, dass du dich am ersten Tag nicht direkt blamierst. Zeig mal deinen Stundenplan.«

Gott, die hat ja richtig Hummeln im Hintern. Etwas verlangsamt reiche ich ihr den schon leicht zerknitterten Zettel und bin wie erschlagen von dem Wasserfall an Worten, der aus ihrem Mund kommt. So viel habe ich in der ganzen letzten Woche nicht geredet!

»Englisch, Mathe, Biologie, Spanisch, Kunst und Sport … deckt sich fast mit meinem. Nur statt Kunst habe ich Chemie. Was kreative Dinge angeht, bin ich eine totale Niete. Also, mal sehen …«

Und dann legt sie erst so richtig los. In der nächsten Dreiviertelstunde zeigt sie mir jeden Winkel des Schulgebäudes, dabei habe ich nach zehn Minuten schon Probleme, mich an den Weg zurück ins Direktorat zu erinnern. Für jemanden, der sein komplettes Leben fast ausschließlich in den eigenen vier Wänden verbracht hat, ist Orientierung ein Fremdwort.

Während des ganzen Rundgangs redet Macey ohne Punkt und Komma und ist so schnell unterwegs, dass ich Mühe habe, mit ihr Schritt zu halten. Pluspunkt für sie, weil sie mich einfach wie jede andere Schülerin der *Pacific Palisades Hall* behandelt. Dennoch bekomme ich alles mit, was ich wissen muss, um an dieser Schule zu überleben. Die Footballspieler und Cheerleader sind die Kings und Queens. Wer hätte das gedacht? Alle anderen zählen in ihren Augen nur zum gemeinen Fußvolk. Ich erfahre, wer mit wem liiert ist, wer nach hässlicher Trennung einen Rosenkrieg austrägt und mit welchen Leuten man lieber nicht beim Mittagessen sitzen sollte. Nachdem Macey offenbart, dass Ash Captain der Cheerleader ist und hier das Zepter in der Hand hält, wird mir schnell klar, dass ich ganz oben auf der Liste der zu meidenden Personen stehen werde.

»Naja, bei Mr. Simmons in Bio würde ich versuchen, nicht in der ersten Reihe zu sitzen. Er hat eine fürchterlich feuchte Aussprache. Mrs. Rodriguez fragt Wissen gern vorne an der Tafel ab, weil sie ein teuflisches Biest ist. Also sei in Spanisch am besten sehr gut vorbereitet, und wenn du beim Sportunterricht nur einen Funken Ehrgeiz zeigst und eine gute Ausdauer hast, ist das schon die halbe Miete«, schließt Macey ihre Rede, und ich frage mich einen kurzen Moment, ob ihr Hals vom vielen Sprechen wohl ganz trocken ist. Ich greife nach der Wasserflasche in meiner Tasche und reiche sie ihr, was sie mit hochgezogenen Augenbrauen, aber freundlichem Lächeln annimmt.

»Ich nehme nicht aktiv am Sportunterricht teil«, verrate ich ihr währenddessen. Unsicher werfe ich einen Blick auf meine Füße. »Ich habe einige körperliche Einschränkungen.«

Macey fängt meinen Blick auf und schluckt. »Man munkelt, dass deine Mom euer Haus absichtlich in Brand gesteckt hat, um ein Verbrechen zu vertuschen.«

Wow. Kaum eine Stunde hier und schon kursieren die wildesten Gerüchte über mich.

»Es war ein Unfall«, erwidere ich schlicht und verkneife mir den Kommentar darüber, dass Miranda nicht meine Mutter ist. Für einen Moment breitet sich unbehagliches Schweigen zwischen uns aus. Ich merke Macey an, dass sie gern weitere Fragen stellen würde, sich aber anständigerweise zurückhält.

»Also … willst du sonst noch was wissen?« Sie sieht mich erwartungsvoll an, und von einer Sekunde auf die andere erwacht ihre hyperaktive Seite erneut. Tausend Dinge schießen mir durch den Kopf, doch für den Augenblick begnüge ich mich mit: »Wo findet unsere nächste Unterrichtsstunde statt?«

Macey hüpft aufgeregt vor mir her, während sie mir den Weg weist. Schmunzelnd folge ich ihr und weiß instinktiv, dass diese kleine, energiegeladene Person mir eine sehr gute Freundin sein wird.

Kapitel 6 – *Kayla*

Glücklicherweise kann ich in Biologie einen Platz in der dritten Reihe neben einem Mädchen namens Liza ergattern. Dort bin ich zwar vor den Spuckattacken geschützt, aber nicht vor dem Schwall an Fragen, mit dem Mr. Simmons mich überfällt, um meinen Leistungsstand zu prüfen. Macey sitzt direkt vor mir und zwinkert mir verschwörerisch zu.

Auch im Spanischunterricht werde ich direkt an die Tafel zitiert, bestehe den kleinen Test allerdings mit Bravour, sehr zu Ashleys Missfallen. Sprachen lagen mir schon immer.

In der Mittagspause sitze ich mit Macey und ihren Freunden zusammen, die zwar alle Cheerleader oder Footballspieler sind, aber nicht in der ersten Mannschaft mitspielen. Alle sind freundlich und offen, trotzdem spüre ich Ashs Blicke im Rücken. Es passt ihr gar nicht, dass ich direkt so gut integriert werde.

Zum Kunstunterricht begleitet mich Trevor. Er ist Ersatzspieler des Schulteams und wünscht sich, dieses Jahr endlich aktiv eingesetzt zu werden, weil alle Talentscouts der Colleges zuschauen. Seine Stimme ist tief und ruhig, was ihn zu einem angenehmen Gesprächspartner macht. Naja, er redet mehr als ich, aber ich höre ihm gern zu. Außerdem überfällt er mich nicht mit Fragen, sondern wartet, bis ich etwas von mir aus preisgebe, und ist vollkommen d'accord damit, wenn ich über einige Themen nicht sprechen möchte.

Deshalb freut es mich umso mehr, dass neben ihm noch ein Platz frei ist, auf dem ich mich niederlasse. Eine weitere Welle der Erleichterung erfasst mich, als ich merke, dass wir in den nächsten Stunden gar nicht malen werden, sondern uns vorerst mit der Geschichte der Kunst auseinandersetzen. Damit kann ich umgehen und so zumindest zu Beginn gute Noten erzielen.

Der Sportunterricht ist eine der unangenehmsten Erfahrungen des Tages. Ich komme mir fehl am Platz vor, während ich den anderen dabei zusehe, wie sie schnaufend die Übungen absolvieren, die Mr. Kent ihnen aufzwingt. Nach fünfzehn Minuten bin ich mir sicher, dass er in einem früheren Leben Drill Sergeant beim Militär gewesen sein muss. Sein Gebrüll hört man vermutlich bis in die Cafeteria, und sobald er anfängt zu sprechen, stehen alle stramm und konzentrieren ihre Aufmerksamkeit auf ihn. Allerdings beruhigt es mich ein wenig, dass er mit mir ebenso wenig anfangen kann wie ich mit der Situation. Etwas unbeholfen klopft er mir auf die Schulter und meint, dass wir schon eine Lösung bezüglich der Benotung finden werden. Er wird sich in den nächsten Tagen Gedanken darüber machen.

Nach der Schule holt Dave mich wieder ab.

»Na, wie war der erste Tag?« Er wirft mir einen schnellen Blick von der Seite zu, bevor er den Motor startet und losfährt.

»Ganz gut«, erwidere ich und merke, dass es tatsächlich stimmt. Durch Maceys offene Art und die herzliche Aufnahme in ihren Freundeskreis war der Tag tatsächlich nicht halb so schlimm, wie erwartet.

»Wow, ich habe das Gefühl dabei gewesen zu sein«, witzelt Dave. Ich lache und flechte die Finger im Schoß ineinander. »Sind die Lehrer mit deinem Wissensstand zufrieden? Konntest du schon Freunde finden? Hat Ashley sich anständig benommen? Ich weiß, wie schwer es euch beiden fällt, sich in der Gegenwart des anderen zu beherrschen.«

»Ja, die Lehrer waren begeistert von mir. Ja, ich habe sogar schon Freunde gefunden.« Eine kurze Pause entsteht, in der ich Dave nachdenklich betrachte. Hatte er wirklich Sorge, dass ich mich abschotten würde, anstatt zu versuchen, mich zu integrieren? Ich hatte noch nie ein Problem damit, auf Leute zuzugehen. Andererseits … woher soll er das wissen? Immerhin kennen wir uns erst einige Monate. Auch wenn mir die Schulsituation nicht gefällt, mache ich es mir sicher nicht schwerer, indem ich mich von allen zurückziehe und zur kompletten Außenseiterin werde. Mit Macey an meiner Seite wäre das ohnehin unmöglich. Ihre Fröhlichkeit ist so ansteckend, dass ich merke, wie sich die Dunkelheit langsam aus mir zurückzieht und durch Licht ersetzt wird.

»Überraschenderweise kann ich den letzten Punkt ebenfalls bejahen. Ashley hat mich weitestgehend in Ruhe gelassen. Im Nachhinein betrachtet war es ein guter Start. Du kannst also beruhigt sein.« Ich zwinkere ihm zu und sehe, dass er sich tatsächlich entspannt.

In den nächsten Tagen bekomme ich allerdings deutlich zu spüren, wie viel Einfluss Ashley wirklich an der Schule hat. Immer weniger Leute sitzen mittags mit mir zusammen. Am Donnerstag sind es nur noch Macey und Trevor. Sogar im Unterricht wenden sich meine Sitznachbarn von mir ab, als wäre ich zum Staatsfeind Nummer eins erklärt worden. Ash hingegen läuft die ganze Zeit mit einem triumphierenden Lächeln durch die Gegend, während Jill mir nur entschuldigende Blicke zuwirft. Sagen tut sie jedoch nichts. An ihrer Stelle hätte ich mich wahrscheinlich auch nicht gegen meine Zwillingsschwester gestellt. Trotzdem macht sich das bekannte Gefühl von Einsamkeit in mir breit. Ich habe Giulia, Toni und Mario schon eine ganze Weile nicht mehr gesehen, weil unsere Tagesabläufe es nicht zulassen. Alles war viel einfacher, als wir uns überwiegend im selben Haus befunden haben. Und Jake fehlt mir. Er hätte sicherlich die richtigen Worte gefunden, um mich wieder aufzubauen. Als Jacob ist ihm das immer geglückt. Aber seit dem Abendessen herrscht Funkstille. Ich bringe es nicht über mich, ihm zu schreiben, und kann verstehen, dass er keinen weiteren Versuch wagt, sich mir wieder anzunähern. Wenn ich an seiner Stelle wäre, würde ich nach den Worten, die ich ihm entgegen geschleudert habe, nicht einmal darüber nachdenken.

Da Ash und Jill zusätzliches Cheerleadertraining haben und mich zumindest eine Hälfte des Zwillingsduos ohnehin ungern in ihrem Auto mitnimmt, fahre ich mit dem Bus. Es dauert zwar knapp zwanzig Minuten und ich muss den Weg von der Haltestelle nach Hause zu Fuß hinter mich bringen. Aber es ist eindeutig die bessere Option, als zu warten bis Ash und Jill fertig sind. Ich bin außer Atem, als ich endlich in die Auffahrt einbiege, die zu unserem Haus führt. Meine Füße schmerzen, denn die Wirkung der Medikamente lässt langsam nach. Trotzdem nehme ich mir fest vor, irgendwann mit dem Fahrrad zur Schule zu fahren. Das wäre ein erstrebenswertes Ziel, auf das ich gern hinarbeite. Ich muss Costa das nächste Mal fragen, wie zeitnah ich wohl wieder in die Pedale treten kann.

Zu Hause angekommen nehme ich mir etwas von dem Auflauf, den Summer, unsere Haushälterin, gemacht hat. Ihr Essen kommt zwar nicht ansatzweise an Francescas Köstlichkeiten heran, aber ich habe schon deutlich Schlechteres gegessen. Vivienne heimst gern die Lorbeeren für alles ein, auch wenn sie selbst nichts damit zu tun hat. Das ist mir, seit ich hier bin, schon öfter aufgefallen. Auch wenn sie mir gegenüber immer freundlich ist, habe ich sie diesbezüglich durchschaut. Sie mag mir den Kleidersack mit der Schuluniform gebracht oder mir Essen ins Zimmer gestellt haben. Allerdings ist sie nur der Bote. Die treibende Kraft dahinter sind die Angestellten, die unbemerkt durch dieses Haus wuseln.

Ich bringe meine Sachen nach oben in mein Zimmer, schnappe mir den Laptop und gehe wieder nach unten. Das Treppensteigen ist zwar immer noch anstrengend, fällt mir aber mit jedem Mal leichter. Die Physiotherapie mit Costa zahlt sich aus.

Gerade als ich den Computer hochfahre, klingelt das Telefon. Schnell werfe ich einen Blick auf die Uhr. Meine Therapiesitzung mit Dr. Miller geht erst in zehn Minuten los, also haste ich zum Telefon und hebe ab.

»Kingston«, sage ich nach kurzem Zögern. Es fühlt sich immer noch merkwürdig an, diesen Namen über die Lippen zu bringen. Am anderen Ende der Leitung meldet sich eine Computerstimme.

»Dies ist ein Anruf aus der Gefängnisanstalt *California Institution for Women.* Möchten Sie diesen Anruf entgegennehmen und die Kosten des Gesprächs tragen?«

Die Welt hört auf sich zu drehen. Mein Herz flattert wie verrückt, aber nicht vor Freude. Denkt Miranda tatsächlich, dass ich mit ihr reden will? Sicher nicht.

»Nein«, entgegne ich mit erstaunlich fester Stimme, doch meine zitternden Finger verraten meinen wahren Gemütszustand, als ich den roten Hörer drücke. Ich lege das Telefon beiseite und atme ein paar Mal tief durch, um mich zu beruhigen.

Wie oft hat sie schon versucht, hier anzurufen? Woher kennt sie diese Nummer überhaupt? Weiß Dave davon und hat es mir verschwiegen? Oder haben die Hausangestellten die Anrufe bisher immer entgegengenommen? Ich versuche, die Atemtechniken anzuwenden, die ich während meiner Reha gelernt habe. Tief einatmen. Ausatmen und bis 72 zählen. Das ist eine chinesische Meditationsmethode, doch sie funktioniert nicht. Egal wie stark ich mich darauf konzentriere. Ich bin zu aufgewühlt. Dieses Gespräch hat meine sorgsam sortieren Gefühle komplett durcheinandergewirbelt und das kurz vor der Therapiesitzung.

Das Läuten der Türglocke lässt mich zusammenfahren und holt mich zurück ins Hier und Jetzt. Da niemand anderes zu Hause ist, mache ich mich auf den Weg, um dem Besucher zu öffnen. Doch noch bevor ich die Tür erreiche, klingelt es ein zweites Mal.

»Ja, ja. Ich komme doch schon!«, rufe ich, reiße die Haustür auf und stutze. Vor mir steht ein junger Mann, den ich vom Sehen aus der Schule kenne. Er ist Footballer und sitzt mittags immer mit Ashley und ihren Gefolgsleuten an einem Tisch. Macey hat mir auch seinen Namen genannt … Dean irgendwas.

»Ash und Jill sind nicht da«, informiere ich ihn und verschränke die Arme vor der Brust.

»Ich weiß«, antwortet er. »Ich wollte auch zu dir.«

Sofort schießen meine Augenbrauen in die Höhe. Wer's glaubt. Der Typ hat bisher nicht ein Wort mit mir gewechselt, wieso sollte er jetzt plötzlich damit anfangen?

»Ich bin Dean Evans, wir hatten bisher noch nicht das Vergnügen.« Er streckt mir die Hand entgegen, die ich erst misstrauisch betrachte, dann aber zögerlich ergreife. Seine Augen sind hinter einer Sonnenbrille versteckt, die er jetzt glücklicherweise in sein kurz geschorenes, blondes Haar schiebt. Ein Gespräch mit jemandem zu führen, dem man nicht in die Augen schauen kann, fühlt sich merkwürdig an.

»Kayla«, erwidere ich, woraufhin er wissend nickt.

»Meine Eltern sind momentan auf den Bahamas, deshalb schmeiße ich morgen eine fette Poolparty bei mir. Du bist herzlich eingeladen.«

Ich räuspere mich kurz. Öffne den Mund, schließe ihn direkt wieder. Unauffällig werfe ich einen Blick über seine Schulter, aber außer uns ist niemand zu sehen. Keine Freunde, die irgendwo in der Nähe stehen und sich über unser Gespräch lustig machen. Keine Ash, die sich ins Fäustchen lacht, weil sie sich einen Scherz erlaubt hat. Trotzdem bleibe ich misstrauisch.

»Du bist den ganzen Weg hierhergefahren, um mich auf deine Party einzuladen?«

Er nickt eifrig. »Klar. Die Cheerleader haben heute Sondertraining. Dachte es ist besser dich zu fragen, wenn Ash nicht in der Nähe ist, sonst kratzt sie mir noch die Augen aus.« Grinsend fährt er sich mit der Hand über das stoppelige Haar. »Du kannst gern jemanden mitbringen. Macey kennt die Adresse. Wir sehen uns!«

Dean joggt rückwärts unsere Auffahrt runter, hebt die Hand zum Abschied und verschwindet. Und ich? Ich bleibe ratlos und mit gemischten Gefühlen zurück. Nachdenklich sehe ich ihm hinterher und schließe die Tür erst, als ich den Klingelton des Videocalls höre.

Den Großteil der Therapiesitzung bin ich nur körperlich anwesend. Auf Dr. Millers Fragen antworte ich kurz und fahrig, sodass sie nach zwanzig Minuten seufzend aufgibt und mich eine Zeit lang schweigend anstarrt. Mir fliegen jedoch zu viele Gedanken im Kopf herum, um darauf einzugehen: Der Anruf aus dem Gefängnis und die Einladung zu Deans Party. Hat er wirklich genug Selbstbewusstsein, um sich gegen Ashley zu stellen? Ich muss unbedingt Macey davon erzählen und Giulia fragen, ob sie mich zur Party begleiten will. Mit ihr an meiner Seite käme ich mir weniger verloren vor.

Ein wiederholtes Räuspern holt mich schließlich aus meinem Gedankenstrudel. Meine Therapeutin zieht eine Augenbraue nach oben und ich vermute, dass sie mir eine Frage gestellt hat, die ich nicht beantwortet habe.

»Was ist wirklich los, Kayla? Ich bin deine ablehnende und wortkarge Art gewohnt, aber heute sehe ich regelrecht, wie es in deinem Kopf arbeitet.«

Ich seufze. Diese Therapie ist dazu da, dass ich über meine Gedanken und Gefühle spreche. Egal, welches Thema sie betreffen. Wenn ich mit jemandem meine Probleme diskutieren kann, dann mit ihr. Und das wäre mir tausendmal lieber, als mit Dave darüber zu reden. Dr. Miller sieht mich immer noch erwartungsvoll an, also seufze ich erneut und breche schließlich mein Schweigen.

»Sie haben Recht. Momentan beschäftigt mich viel. Es ist nervenaufreibend meine neue Schule zu besuchen. Alle tanzen nach der Pfeife meiner reizenden Stiefschwester, die ein richtiges Biest ist. Abgesehen von den Lehrern reden nur zwei Leute mit mir. Die anderen haben viel zu viel Angst davor, wie Ashley reagiert, wenn sie gegen ihre Regeln verstoßen. Trotzdem war eben einer meiner Mitschüler hier und hat mich zu einer Party eingeladen, auf der alle aus meinem Jahrgang sein werden. Er war nett, doch ich konnte die ganze Zeit nur daran denken, dass es ein mieser Trick ist. Wird das für immer so sein? Ist dieses Misstrauen jetzt mein neuer Lebensbegleiter?«

Ich stütze mein Kinn in die Hände und sehe den Bildschirm mit Dr. Millers Gesicht an, als hätte sie die Lösung für meine Probleme parat.

»Kayla, du hast einen großen Vertrauensbruch miterleben müssen. Durch eine Person, die dir sehr nahestand. Da ist es verständlich, dass du vorsichtig bist. Vor allem Fremden gegenüber. Du musst nur aufpassen, dass du davon nicht dein Leben bestimmen lässt. Geh auf diese Party. Hab Spaß! Sei ein normaler Teenager. Das wolltest du doch immer.«

Ich nicke langsam. Das war eine Zeit lang tatsächlich mein größter Wunsch.

»Miranda hat versucht, hier anzurufen«, erzähle ich schließlich leise, ohne auf Dr. Millers Motivationsrede näher einzugehen. Es ist ein abrupter Themenwechsel, aber wenn ich es jetzt nicht anspreche, tue ich es beim nächsten Mal bestimmt nicht. Diese Worte kommen mir deutlich schwerer über die Lippen als die Probleme mit meinen Mitschülern.

»Wie hast du dich dabei gefühlt?« Dr. Miller sieht mich aufmerksam an, doch ich zucke nur mit den Schultern.

»Keine Ahnung. Ich war überrascht, dann wütend und ich hatte Angst. Angst davor, was sie mir zu sagen hat.«

»Also habt ihr nicht miteinander gesprochen?«

Ich schüttle den Kopf. »Kayla, du weißt, dass ich es enorm wichtig fände, dass ihr miteinander redet. Du musst die Beziehung zu Miranda und ihren Verrat aufarbeiten. Die ersten Schritte dahin können wir gemeinsam machen, aber das Gespräch mit ihr bleibt dir nicht erspart. Das ist für dich wichtiger als alles andere.«

Seufzend spiele ich mit meinen Haarspitzen. Ich weiß das sehr wohl, aber ich bin noch nicht bereit dazu. Fünf Monate sind vergangen, und ich bringe es nicht über mich, mit der Frau zu sprechen, die mir die größte Lüge aller Zeiten aufgetischt hat. Die mein Leben ins Wanken gebracht hat.

»Ich denke, das reicht für heute.« Dr. Miller sieht zufrieden aus, und ich entspanne mich kaum merklich. »Trotzdem gebe ich dir eine kleine Aufgabe bis nächste Woche.«

Ich sehe sie erwartungsvoll an.

»Geh auf diese Party und hab Spaß mit deinen Klassenkameraden. Das wird dir guttun. Außerdem würde ich vorschlagen, dass du dich in Ruhe hinsetzt und dir überlegst, was du Miranda gern sagen würdest. Denk mal darüber nach, wie es wäre mit ihr zu sprechen. Schreib eine Pro- und Kontraliste mit all deinen Gedanken, die für und gegen ein Gespräch mit ihr sprechen. Es ist wichtig, dass du dich intensiv damit befasst, um damit abschließen zu können.«

Ich nicke und wir verabschieden uns. Es wird wieder still im Haus und ich lehne mich geschafft auf dem Sofa zurück. Eine Therapiesitzung mit Dr. Miller ist anstrengender, als ein 3-Meilen-Dauerlauf je sein könnte. Aber jetzt habe ich alles geschafft, was heute angestanden ist, und kann mich anderen Dingen widmen – wie zum Beispiel Giulia und Macey über die Einladung zu Deans Party morgen zu informieren.

Kapitel 7 – *Kayla*

Wie erwartet ist Macey genauso überrascht über die Einladung wie ich, während Giulia direkt Feuer und Flamme ist. Aber bevor wir uns mit der Outfitplanung beschäftigen und Partylaune aufkommt, müssen zumindest Macey und ich einen Schultag hinter uns bringen. Giulia hat, während ich im Krankenhaus war, ihren Abschluss gemacht und beginnt im Herbst damit, Modedesign an der UCLA zu studieren. Bis dahin arbeitet sie weiterhin als Model. Prinzipiell wäre das Studium nicht nötig, da sie sich vor Aufträgen kaum retten kann, aber es war schon immer ihr großer Traum. Und sie bleibt nicht ewig jung und schön – wie sie selbst zu sagen pflegt.

Der Schultag verläuft ähnlich wie die letzten drei zuvor, allerdings mit einer Ausnahme: Dean Evans grüßt mich tatsächlich auf dem Gang und zwar in Ashs unmittelbarer Nähe. Anders als erwartet, fallen ihr daraufhin nicht die Augen aus dem Kopf, geschweige denn schäumt sie vor Wut oder speit Feuer. Es ist ihr egal, und daran störe ich mich am meisten. Irgendwas geht hier nicht mit rechten Dingen zu. Nichts, was ich an dieser Schule mache, ist ihr bisher gleichgültig gewesen. Doch Maceys gute Laune und ihre Vorfreude auf die Party sind so ansteckend, dass ich mir bald schon keine Gedanken mehr über meine Stiefschwester mache und beginne, mich ebenfalls auf den heutigen Abend zu freuen. Meine erste richtige Party, die ich ohne Zeitdruck oder mit Miranda im Hinterkopf genießen kann! Meine positive Stimmung fällt auch Costa auf, während er mich am Nachmittag die Treppen hoch und runterjagt.

»Du bist ungewohnt aufgekratzt, und dein Gesicht drückt etwas aus, dass ich fast als Freude interpretieren würde.«

Schwer atmend lehne ich mich gegen das Treppengeländer.

Ich beschwere mich zwar nicht über sein heutiges Training, finde es aber genauso anstrengend wie sonst auch.

»Ich gehe nachher auf eine Party«, erkläre ich und merke, dass es in meinem Bauch aufgeregt kribbelt. So überraschend die Einladung gewesen sein mag und so sehr ich Ashley auch misstraue, ich habe mir fest vorgenommen den heutigen Abend zu genießen.

»Uhhh …« Costa wackelt vielsagend mit den Augenbrauen, während ich mich die letzten Treppenstufen nach unten kämpfe. »Du hast dich also gut eingelebt?«

Ich lege mich auf die Liege und ziehe die Socken aus, damit er das Narbengewebe massieren kann.

»Der Start war etwas holprig«, gestehe ich und starre an die weiße Decke. »Aber ich bin zuversichtlich, dass sich das heute Abend ändert.«

Und das hoffe ich wirklich. Vielleicht trauen sich Liza und die anderen in einer ungezwungeneren Umgebung eher, wieder mit mir zu sprechen. Ash kann ihre Augen immerhin nicht überall auf Deans Party haben. Meine Mitschüler sollen ruhig wissen, dass meine Gesellschaft es wert ist, sich gegen meine biestige Stiefschwester aufzulehnen.

»Du wirst sie alle umhauen, da bin ich mir sicher. Steht dein Outfit schon?«

Ich muss mir ein Grinsen verkneifen. Dieses Gespräch könnte ich eins zu eins mit meiner besten Freundin führen.

»Nein, die Outfitplanung mache ich später mit den Mädels.« Dabei ist das nicht sonderlich schwer. Ich brauche nur etwas, dass all meine Narben verdeckt. Und ich wäre sehr glücklich darüber, wenn das zur Abwechselung mal keine Hose ist.

Costa seufzt verzückt auf. »Noch einmal jung sein und die Nacht durchfeiern. Das wär's.«

Ich schüttle lachend den Kopf und lehne mich entspannt zurück. Wenn der Nachmittag schon so lustig ausklingt, knüpft der Abend hoffentlich daran an.

Dave ist kurz überrascht, als Giulia und Macey wenig später mit haufenweise Taschen unser Haus entern, fängt sich allerdings schnell wieder und ich sehe ihm an, wie zufrieden er ist. Deshalb hat er auch nichts einzuwenden, als ich ihn über unsere Pläne für den Abend informiere.

Er wünscht uns nur viel Spaß und zieht sich mit Vivienne ins Wohnzimmer zurück. Macey und Giulia sind vollkommen aufgekratzt und verwandeln mein Zimmer in eine Pre-Party-Zone. Laute Musik kommt aus der kleinen Bluetooth-Box, die Macey auf dem Schreibtisch abgestellt hat. Ein Champagnerkorken knallt und fliegt durchs Zimmer. Überall liegen Kleidungsstücke herum. Entweder einzeln oder in Kombination mit anderen, um ein potenzielles Outfit zu visualisieren. So feiern also die reichen Kids. Angesteckt von der guten Stimmung hätte ich mich beinahe ebenfalls zu einem Glas Champagner hinreißen lassen. Aber meine innere Stimme der Vernunft ruft mich zur Ordnung. Alkohol und starke Schmerztabletten vertragen sich nicht. Wenn ich den Abend also genießen will, sollte ich die Wirkung der Medikamente nicht beeinträchtigen.

»Ich kann es immer noch nicht fassen, dass du Lorenzo Marino kennst!« Macey sitzt auf meinem Bett und schüttelt ungläubig den Kopf. In den letzten Tagen war sie deutlich ruhiger als bei unserem ersten Treffen, aber heute ist sie wieder genauso lebhaft wie am Montag, als wir uns kennengelernt haben.

»Ich versuche schon seit Monaten, einen Termin in seinem Salon zu bekommen, aber keine Chance. Hat er dir diese Frisur geschnitten?« Ihre Augen glänzen, weshalb Giulia und ich einen amüsierten Blick wechseln. Es ist nichts Neues, dass Leute Enzo und sein handwerkliches Geschick mit der Schere bewundern.

»Nein, das war sein Sohn. Auch wenn ich es ungern zugebe, weil es sein Ego ins Unermessliche wachsen lassen würde … aber er hat das Talent seines Dads.«

Macey quietscht und hüpft aufgeregt auf und ab. »Mario Marino schneidet dir die Haare? Ich folge ihm auf Insta und er ist so cool!« Oh Mann, wie gut, dass Mario jetzt nicht hier ist. Der wäre direkt 5 Zentimeter gewachsen bei dieser Aussage.

»Er wäre begeistert von dir«, merkt Giulia an, und ich nicke. Mario hat ein Faible für schöne Menschen, egal welchen Geschlechts, und Macey würde ihn definitiv beeindrucken. Vor allem ihr heutiges Outfit. Der Mann könnte die Finger nicht mehr von ihr lassen. Sie trägt einen knallpinken Bikini, darüber ein papierdünnes, weißes Shirt der Band *Misfits* und eine farblich passende pinke Shorts. Ihre langen blonden Haare fallen ihr in Beach Waves über die Brust. Sie sieht aus wie eine absolut hinreißende Barbie!

Giulia hat sich für zerrissene Jeansshorts entschieden, aus denen die Bänder ihres schwarzen Bikinihöschens frech hervorschauen. Ihre Brüste werden von einem sehr knappen, braunen Fransentop bedeckt, das sie durchaus tragen kann. Ich hingegen habe das am wenigsten aufregendste Outfit von uns allen an. Giulia hat es mir aus ihrem endlosen Repertoire an Kleidern mitgebracht. Es ist mintgrün und bodenlang. Mein vernarbter linker Arm wird von einem dünnen Ärmel verdeckt, der andere ist nackt. Die Haut blitzt durch den Stoff, aber man müsste schon sehr genau hinsehen, um die Narben zu erkennen. Der Ausschnitt ist tief, aber das macht nichts. Mein Oberkörper ist vom Feuer immerhin verschont geblieben. Und obwohl ich weiß, dass ich das Kleid heute nicht ausziehen werde, habe ich einen kastanienbraunen Bikini angezogen. Einfach so, nur für mich.

In diesem Outfit fühle ich mich seit langem mal wieder schön, selbstbewusst und fast ein wenig wie früher. Trotzdem bin ich im Bad verschwunden, um mich umzuziehen. Giulia kennt meine Verletzungen zwar, und ich fühle mich wohl in Maceys Gegenwart, dennoch schaffe ich es nicht, mich halbnackt vor anderen Menschen zu zeigen.

Wir beschließen, zu Fuß zu Dean zu gehen, da er nur wenige Straßen entfernt wohnt. Das ist einerseits anstrengend, andererseits ein gutes Training. Macey und Giulia schlendern aus Rücksicht auf mich extra langsam. Bei Dean angekommen spüre ich die Belastung des Spaziergangs zwar, bin jedoch nicht vollkommen erschöpft, durchgeschwitzt oder außer Atem. Costa wäre stolz auf mich!

Die Party ist bereits in vollem Gange. Musik dröhnt aus riesigen Boxen durch den kompletten Garten und … ist das ein DJ? Wow. Dean hat echt aufgefahren. Der komplette Jahrgang ist da, und hin und wieder erspähe ich einige jüngere Schüler, die sich hergeschlichen haben. Nach kurzer Zeit finden wir Trevor, der uns in die Küche begleitet, wo die Drinks stehen. Überall auf der Küchenanrichte sind rote und blaue Becher verteilt, dazwischen mehrere Flaschen Alkohol und Getränke zum Mixen. Es ist ein heilloses Chaos! Allerdings kann ich mir nicht vorstellen, dass Dean das morgen eigenhändig aufräumt. Bei der Größe dieses Hauses und des Gartens sowie der teuren Einrichtung ist klar, dass seine Familie reich ist. Und wer Geld hat, beseitigt seine Unordnung nicht selbst, sondern lässt das eine Reinigungsfirma erledigen. Deshalb ist es egal, wie schlimm die feierfreudigen Gäste alles hinterlassen.

Trevor drückt jedem von uns einen Becher mit roter, süßlich schmeckender Flüssigkeit in die Hand. Allein ein Schluck reicht aus, um festzustellen, dass da definitiv Alkohol drin ist. Unauffällig stelle ich das Getränk beiseite und nehme mir eine Cola.

Gemeinsam gehen wir wieder nach draußen und suchen uns eine Sitzgelegenheit in der Nähe des Pools, wo sich der Großteil der Gäste aufhält. Der Ausblick ist sagenhaft. Ich sehe das glitzernde Wasser des Südpazifiks und dadurch, dass wir einige Meter über dem Strand sind, sind die Menschen dort unten lediglich kleine, sich bewegende Punkte.

Ich lege meine Füße über Giulias Schoß, sehr darauf bedacht, dass der Stoff des Kleides nicht verrutscht. Wir unterhalten uns, lachen und beobachten unsere Mitschüler. Viele von ihnen kommen auf uns zu, um Macey und Trevor zu begrüßen, drehen aber wieder um, als sie mich bemerken.

»Das ist so lächerlich, ehrlich«, schimpft Giulia laut. »Die können dich doch nicht meiden, nur weil deine Stiefschwester es angeordnet hat.«

Meine Lippen verziehen sich zu einem milden Lächeln. Giulia war nie eine Mitläuferin, so wie es andere aus meinem Jahrgang offensichtlich sind. Sie steht immer für ihre Meinung ein und hasst Ungerechtigkeit.

»Anscheinend schon. Es ist sehr unhöflich, aber ich kann es nicht ändern. Sie scheinen zu viel Angst vor Ashley zu haben.« Ich zucke mit den Schultern. Natürlich habe ich gehofft, dass sich die Situation heute entspannt. Da es jedoch nicht den Anschein macht, werde ich die Tatsache akzeptieren, dass sich meine Freundschaften an der *PPH* auf zwei Personen beschränken. Für Macey und Trevor tut es mir leid. Weil sie mit mir abhängen, gefährden sie ihre gesellschaftliche Stellung. Ich komme nicht umhin mich zu fragen, wann sie das bemerken und sich ebenfalls von mir abwenden.

Nach einiger Zeit beschließen die drei, sich im Pool abzukühlen, denn obwohl wir bereits September haben, ist es nach wie vor sehr heiß. Ich bleibe lächelnd zurück und begnüge mich damit, ihnen zuzusehen. Dabei kommen unwillkürlich Erinnerungen an meine letzte Poolparty in mir hoch. Die Party, auf der ich Jake wiedergetroffen habe.

»Keine Lust zu schwimmen?«, fragt plötzlich eine tiefe

Stimme neben mir, bevor ich zu sehr in den Erinnerungsstrudel hineingezogen werde.

Überrascht zucke ich zusammen. Mein Blick gleitet nach rechts und ich stelle verblüfft fest, dass sich tatsächlich jemand neben mich gesetzt hat. Sein Haar ist dunkelblond und seine grünen Augen zeugen von echtem Interesse. Außer mir scheint er der Einzige zu sein, der mehr als einen Bikini oder eine Badehose trägt. Er hat nämlich ein graues T-Shirt an. Ich kenne ihn vom Sehen aus der Schule. Macey hat mir sicherlich auch seinen Namen genannt, doch an den erinnere ich mich nicht. Was ich aber weiß ist, dass er Footballspieler ist und mittags zusammen mit Dean, Ash und deren Gefolge isst.

»Pools und ich sind keine gute Kombination«, verrate ich, woraufhin er eine Augenbraue hochzieht. Eine unausgesprochene Frage hängt zwischen uns, und ohne groß darüber nachzudenken, beantworte ich sie. »Ich kann nicht schwimmen.«

Er sieht mich überrascht an und schwenkt den blauen Becher in seinen Händen. »Dann scheinst du die Gefahr zu lieben«, entgegnet er, weshalb ich irritiert die Stirn runzle. »Na, weil du trotzdem so nah am Wasser bist.«

Meine Mundwinkel zucken. Leider bleibt uns keine Gelegenheit das Gespräch weiterzuführen, denn eine laute, lallende Stimme zerschneidet den Moment.

»Da bist du ja! Hey, Kayla!« Dean kommt auf mich zu, und an seinem wankenden Gangs merke ich, dass er schon ordentlich getankt hat. »Freut mich, dass du gekommen bist!«

Er zieht mich mit einem Ruck auf die Füße, doch da ich den Boden darunter kaum spüre, strauchle ich kurz. Dean hält mich fest, trotzdem wünsche ich mir gerade nichts mehr, als dass er mich loslässt. Er riecht nach teurem Alkohol und Rauch. Sein Griff ist fest, bestimmend und sehr unangenehm.

»Ich habe Lust schwimmen zu gehen«, säuselt er an meinem Ohr, und von seiner Alkoholfahne wird mir schlecht.

Nur mit Mühe kann ich ein Würgen unterdrücken.

»Ich schwimme nicht«, entgegne ich fest, während ich versuche, ihn von mir zu schieben. Allerdings ist das ungefähr so schwer, wie einen Felsen zu bewegen.

»Das ist blöd«, murmelt er nachdenklich und ich weiß nicht, ob er mehr mit sich selbst spricht oder tatsächlich mit mir. Für einen kurzen Augenblick hoffe ich, dass er mich in Ruhe lässt.

»Ändert trotzdem nichts an der Tatsache, dass ich dich mit ins Wasser nehme. Sieh es als eine Art Aufnahmeritual.«

»Jo, Dean. Sie hat Nein gesagt«, mischt sich jetzt mein Sitznachbar ein. Ich werfe ihm ein dankbares Lächeln zu, das im nächsten Moment in blankes Entsetzen übergeht, als Dean mich packt, zum Pool taumelt und mich mit voller Wucht hinein wirft.

Ich habe keine Zeit zu reagieren. Keine Zeit etwas zu sagen. Denn Sekunden darauf spüre ich schon, wie das Wasser über mir zusammenschlägt. Panisch strample ich mit den Armen und Beinen, wobei ich immer wieder mit dem Fuß gegen etwas Hartes stoße. Ist es der Boden? Eine Wand des Pools? Ich weiß es nicht. Verzweifelt versuche ich, die Luft anzuhalten. Nicht zu schreien, obwohl alles in mir nach Hilfe rufen will. Durch Deans Überraschungsmoment ist bereits Wasser in meine Lungen geraten. Der Drang zu Husten ist so groß, dass ich kurzzeitig ungewollt den Mund öffne. Wasser strömt hinein. Ich reiße die Augen auf. Mein Körper weigert sich zu atmen, als würde er einen Schutzmechanismus aktivieren, damit ich nicht ertrinke.

Um mich herum ist alles blau. Ich muss an die Wasseroberfläche kommen. Aber wie? Die Angst zu sterben ist so präsent, dass ich keinen klaren Gedanken fassen kann.

Da packen mich auf einmal zwei starke Arme und ziehen mich hoch. Sobald ich aufgetaucht bin, schnappe ich erleichtert nach Luft und huste so stark, dass ich Sorge habe, gleich meine Lunge im Wasser treiben zu sehen. Jemand flüstert mir beruhigende Worte ins Ohr. Leise Anweisungen, dass ich tief ein und ausatmen soll. Mein Retter hilft mir aus dem Pool, woraufhin ich mich zitternd aufrichte.

Alle starren mich an. Der DJ hat die Musik runtergedreht. Es ist mucksmäuschenstill. Giulia eilt sofort an meine Seite. Die meisten meiner Mitschüler sehen erschrocken aus, Ash triumphierend und Dean so, als wäre er gerade mit einem Schlag nüchtern geworden.

»Du hast nicht gesagt, dass sie nicht schwimmen kann«, krächzt er und sieht in die Richtung meiner Stiefschwester, doch die verzieht keine Miene.

»Hast du jetzt, was du wolltest?«, keife ich und werde anschließend erneut von einem Hustenanfall geschüttelt. Schützend schlinge ich die Arme um meinen Oberkörper. »War es dir das wert? Mein Leben aufs Spiel zu setzen, um mich zur Lachnummer zu machen, du blöde Kuh?«

Meine Stimme wird von Wort zu Wort rauer. Giulia zupft vorsichtig an meinem Ärmel, aber ich ignoriere sie. Während mein Herz noch immer dabei ist, in den normalen Rhythmus zurückfinden, löst sich der Knoten aus Angst in meiner Brust und rutscht tiefer. Ein Brennen breitet sich in meiner Bauchgegend aus, und ich brauche einige Sekunden, um zu verstehen, dass die Panik einem anderen Gefühl gewichen ist: Heißer, brennender Wut.

»Und was ist mit euch?« Ich sehe die restlichen Partygäste an. Am liebsten würde ich schreien, doch meine geschundenen Stimmbänder verhindern das. »Ihr steht nur da, ohne einzugreifen. Eure Eltern können echt stolz auf euch sein.«

Giulia flüstert jetzt meinen Namen und zupft erneut an meinem Ärmel, aber ich bin noch nicht fertig. Selbst Macey und Trevor schauen betreten zu Boden und sagen kein Wort. Jills Augen sind weit aufgerissen, und Jolina ist so blass, als würde sie gleich in Ohnmacht fallen.

»Ashley Kingston ist nicht die Queen, die Präsidentin oder Gott. Versteht das endlich!«

»Kayla!«

»Was?« Ich sehe meine beste Freundin an, die meinen Blick eindringlich erwidert.

»Du blutest.« Mit einem Kopfnicken deutet sie auf meine Füße, und ich unterdrücke ein Fluchen. Der Saum meines klatschnassen Kleides ist nicht mehr mintgrün, sondern tiefrot verfärbt. Eines der Hauttransplantate muss bei diesem *Scherz* beschädigt worden sein.

»Wir gehen«, wispere ich an Giulia gewandt und laufe Richtung Haus. Zwar humpelnd, aber mit erhobenem Kopf.

Draußen auf der Straße betrachtet Giulia meinen Fuß genauer und kommt zu dem Schluss, dass wir ins Krankenhaus müssen.

»Scheiße!«, fluche ich und wringe mein nasses Haar aus. Das hat mir gerade noch gefehlt.

»Wie kommen wir dahin? Du hast kein Auto hier und welcher Taxifahrer nimmt ein tropfnasses Mädchen mit?« Ich klinge so verzweifelt, wie ich mich fühle. Ein leichter Druck baut sich hinter meinen Augen auf, aber ich will nicht weinen. Nicht hier, wo jederzeit meine Mitschüler vorbeikommen und mich sehen könnten. Für einen Abend wurde ich genug gedemütigt.

»Lass mich einen Moment nachdenken. Wir finden schon eine Lösung.« Giulia tippt sich mit dem Zeigefinger gegen das Kinn und beginnt auf dem Bürgersteig hin und her zu laufen. Unruhig trete ich von einem Fuß auf den anderen. Das Brennen in meiner Bauchgegend ebbt langsam ab. Anstatt einer lodernden Flamme ist da jetzt nur noch ein Haufen Glut. Jederzeit wieder entflammbar, falls nötig. Das Engegefühl in meiner Brust macht mir gerade mehr Sorgen. Dort sitzt die Verzweiflung. Die Angst davor, noch einmal operiert werden zu müssen.

Dass alles zunichte gemacht werden könnte, was ich bisher geschafft habe, weil Ashley mich bloßstellen wollte.

»Meinst du, Toni kann uns fahren?«

Giulia hat bisher noch immer nichts gesagt. Zu meiner Enttäuschung schüttelt sie dem Kopf. »Der besucht seine Abuela.«

»Mario?«

»Ist mit Dad übers Wochenende bei einer Messe.«

»Deine Mom?«

»Mit Freundinnen im Kino.« Mist, dann haben wir wirklich ein Problem.

»Hey!« Wir blicken auf, als eine männliche Stimme neben uns ertönt. Der blonde Typ von eben steht vor uns. Sein Haar ist feucht, und er hält sein tropfendes, graues Shirt in den Händen. Binnen Sekunden zähle ich eins und eins zusammen. Er muss mich aus dem Pool gezogen haben. Vor lauter Panik, Erleichterung und Wut habe ich auf ihn gar nicht mehr geachtet.

»Kann ich euch helfen?«

Ich sehe zu Giulia, die gerade mehr damit beschäftigt ist, sein Sixpack anzustarren, als auf seine Stimme zu hören. Mit dem Ellenbogen stoße ich ihr in die Rippen, was sie aus ihrer Trance holt.

»Bist du noch fahrtüchtig?«, frage ich vorsichtig und erinnere mich an den blauen Becher, den er vorhin in den Händen hatte.

»Ja, ich habe nur Wasser getrunken. Ähm, wohin müsst ihr denn?« Er betrachtet meinem Fuß, der inzwischen Blutspuren auf dem Asphalt hinterlassen hat. »Vergesst die Frage.«

»Wenn du mich zum *Beverly Hills Triangle Medical Plaza* bringen könntest, wäre das super.«

»Kein Problem. Ich hole eben den Wagen. Übrigens … ich bin Riven.« Er lächelt uns freundlich an, was ich schwach erwidere.

»Ich bin Kayla und das ist Giulia.« Meine Freundin winkt

etwas unbeholfen, anscheinend immer noch abgelenkt von seinem nackten Oberkörper. Riven trabt davon, um sein Auto zu holen.

»Wir haben noch ein anderes Problem. Jemand Volljähriges muss meine Entlassungspapiere unterschreiben.« Mit Daumen und Zeigefinger massiere ich mir die Nasenwurzel.

»Dave kann ich unmöglich bitten. Der reißt mir den Kopf ab, wenn er hört, wie es dazu gekommen ist«, denke ich laut und seufze. »Aber ich habe keine andere Wahl. Sonst kann ich niemanden anrufen.«

Sofort beginnt Giulia neben mir herumzuzappeln.

»Da gäbe es schon jemanden«, meint sie vorsichtig. Ich brauche ein paar Sekunden, um zu verstehen, wen sie meint.

»Vergiss es.« Ich hebe die Hände und schüttle energisch den Kopf. »Ich rufe ihn auf keinen Fall an.«

Sie seufzt, als ein schwarzer Jeep neben uns hält. Ein älteres Modell als die anderen Fahrzeuge hier und schon deutlich in die Jahre gekommen. Irgendwie macht Riven das direkt noch sympathischer.

»Einsteigen, Ladys!« Er hat sich lässig übers Lenkrad gelehnt, grinst und hat wieder ein T-Shirt an. »Auf dem Rücksitz liegen Handtücher. Vielleicht kannst du eins auf dem Sitz ausbreiten und das andere unter deine Füße legen. Wasser trocknet, aber Blut bekommt man immer so schlecht wieder raus.«

Ich kann mir ein Grinsen nicht verkneifen, auch wenn die Situation absolut nicht zum Lachen ist. Der Junge hat Humor. Meine Hand liegt schon am Türgriff, als eine weitere Stimme uns aufhält.

»Kayla! Kayla, warte!« Eine sehr aufgeregte Jill kommt auf uns zugelaufen. Mit meiner Tasche in der Hand. Die habe ich vollkommen vergessen in dem Trubel.

»Ash wusste nicht, dass du nicht schwimmen kannst«, erklärt sie kleinlaut und sieht zu Boden.

»Wenn sie es gewusst hätte, hätte sie es trotzdem getan«, erwidere ich kühl. Jill presst die Lippen aufeinander.

»Manchmal schießt sie etwas übers Ziel hinaus«, gesteht sie, woraufhin ich lediglich eine Augenbraue in die Höhe ziehe. Das ist noch milde ausgedrückt.

»Wo fahrt ihr denn hin?« Neugierig beobachtet sie mich, als ich die Autotür öffne, um auf den Rücksitz zu klettern.

»Ins Disneyland, was denkst du denn?«, blafft Giulia und deutet auf meinen Fuß. Jill zuckt zusammen und sieht noch schuldbewusster aus als ohnehin schon.

»Kann ich euch begleiten?«

Überrascht sehe ich sie an, suche in ihrem Gesicht nach einem Anzeichen für die nächste Intrige, kann aber nichts finden. Also nicke ich seufzend.

»Unter der Bedingung, dass du weder Dave, noch deiner Mom, noch Ash sagst, wo wir sind.«

»Geht klar!« Sie nimmt auf dem Beifahrersitz Platz, während Giulia und ich die Rückbank in Beschlag nehmen.

»Wir brauchen trotzdem noch jemanden über 21, der zum Krankenhaus kommt und für dich unterschreibt«, wispert Giulia und ich knirsche mit den Zähnen.

»Schreib ihm, Kay. Er ist deine einzige Chance.« Sie sieht mich eindringlich an.

Alles in mir sträubt sich dagegen. Wir haben seit dem Abendessen letzte Woche nicht mehr miteinander gesprochen. Er weiß nichts von meinen Narben, und jetzt soll er mein Retter in der Not sein? *Wer garantiert mir, dass er überhaupt kommt, wenn ich ihn darum bitte?*

»Er wird kommen.« Giulia kann seit Neustem entweder Gedanken lesen, oder mein innerer Kampf spielt sich so offensichtlich auf meinem Gesicht ab. »Glaub mir.«

»Wer wird kommen?«, fragt Jill und dreht sich zu uns um.

»Jake«, entgegnet meine beste Freundin, als wäre es das

Normalste auf der Welt, mit meiner Stiefschwester darüber zu sprechen. Die nickt allerdings zustimmend und sieht mich an.

»Wenn es um dich geht, würde er vermutlich alles tun. Eure Auseinandersetzung beim Essen war heftig. So reagiert niemand, dem der andere vollkommen egal ist.«

Schließlich gebe ich mich geschlagen und hole mein Handy aus der Tasche.

Kayla: Ich brauche dringend deine Hilfe.

Kapitel 8 – *Kayla*

Ich betrachte die olivfarbene OP-Kleidung und rümpfe die Nase. Hässlich. Anders kann ich es beim besten Willen nicht beschreiben. Aber besser als das tropfnasse Kleid, in dem mir trotz der heißen Temperaturen langsam kalt geworden ist.

In der Notaufnahme des *Beverly Hills Triangle Medical Plaza* ist nicht viel los. Entweder ist es noch zu früh für etwaige Notfälle, oder Freitagabende sind generell unbeliebter, um in der Notaufnahme zu landen.

Zu meinem Glück, denn so muss ich nicht lange warten, sondern werde direkt in eine Kabine gebracht, deren Vorhang gruselige Ähnlichkeit mit dem Stoff der Kleidung hat, die ich freundlicherweise bekommen habe. In knappen Sätzen erkläre ich, was passiert ist und erwähne, dass Dr. Saxton mich bereits kennt. Er ist als plastischer Chirurg zwar nicht für die Arbeit in der Notaufnahme vorgesehen, hat aber trotzdem Dienst auf seiner Station, weshalb die Schwester mir versichert, ihm unverzüglich Bescheid zu sagen.

Also sitze ich jetzt hier, wackle mit dem unverletzten Fuß hin und her und warte. Währenddessen lässt die Wut über Ashs Verhalten weiter nach und macht Nervosität Platz. Überraschenderweise hat Jake direkt zugestimmt, mir zu helfen, ohne überhaupt zu wissen, worum es geht. Ich weiß nicht, ob mir diese schnelle Reaktion gefällt oder mich eher ängstigt. Der Hintern geht mir jedenfalls ziemlich auf Grundeis bei dem Gedanken, gleich wieder vor ihm zu stehen. In Klamotten, die nichts von dem verbergen, was ich am liebsten verstecken will. Als der Vorhang schließlich aufgerissen wird, steht da nicht Jake, sondern Dr. Saxton. Er mustert mich kurz, bevor sein Blick an meinem Fuß hängen bleibt.

»Weißt du, Kayla, ich finde es super, dass du dich Hals über

Kopf wieder ins Leben stürzt, aber … vielleicht solltest du nächstes Mal einen Gang zurückschalten.«

»Haha«, entgegne ich trocken. Der nachdenkliche Ausdruck in seinen Augen verschwindet. Stattdessen verziehen sich seine Lippen zu seinem schiefen Grinsen. Er zieht den Vorhang zu, nimmt auf dem kleinen weißen Hocker Platz und beginnt meinen rechten Fuß zu inspizieren.

»Also, was ist passiert?«

Ich stütze mich mit den Händen auf der Liege ab.

»Ein blöder Scherz meiner dämlichen Stiefschwester, der damit geendet hat, dass ich panisch versucht habe, nicht im Pool zu ertrinken«, erkläre ich. »Dabei bin ich mit dem Fuß mehrmals gegen etwas Hartes gestoßen.«

Und zack bin ich nicht mehr nervös, sondern wieder wütend. Ich kann verstehen, dass Ash mich als Eindringling sieht, der ihr perfektes Leben von heute auf morgen einfach infiltriert. Aber ich will ich nichts von dem, was ihr gehört. Ihr den Platz in der Familie oder Schule streitig machen schon gar nicht. Das kann oder will sie allerdings nicht verstehen. Es wäre so viel einfacher, wenn sie mich ignorieren würde und wir friedlich nebeneinander existieren könnten. Aber nein, stattdessen heckt sie irgendwelche fiesen Pläne aus, um mir den Start in ein normales Leben zu erschweren. Was auch immer sie damit bezwecken will, verschwinden werde ich auf keinen Fall.

Ein Klappern holt mich zurück in die Gegenwart. Dr. Saxton hat die oberste Schublade des Rollcontainers aufgezogen und bereitet eine Spritze vor.

»Wie schlimm ist es, Doc?«, frage ich vorsichtig und bereite mich auf eine Hiobsbotschaft vor.

»Die gute Nachricht: Du kommst um eine OP herum.« Ich atme erleichtert aus. Gott sei Dank. Wenn es anders gewesen wäre, hätte ich Dave auf jeden Fall informieren müssen. »Die schlechte Nachricht: Die Naht ist entlang des Spanns aufgerissen. Das muss ich schließen.«

Zähneknirschend blicke ich auf die Spritze in seiner Hand. Ich mag an meiner Fußsohle nichts richtig spüren, aber der Rest meines Körpers ist durchaus schmerzempfindlich. Deshalb verziehe ich ziemlich das Gesicht, als Dr. Saxton die örtliche Betäubung setzt. Aber gut, Augen zu und durch. Ich habe schon weitaus Schlimmeres überstanden und alles ist besser als eine weitere Operation.

Nach zwanzig Minuten ist es vorbei. Die Naht sitzt, in zehn Tagen soll ich zum Fäden ziehen kommen und die Entlassungspapiere werden vorbereitet. Jetzt muss ich nur hoffen, dass Jake wirklich auftaucht.

Mit einer Ghettofaust verabschiedet Dr. Saxton sich von mir und verschwindet. Ein schwacher Versuch, cool zu wirken, dabei hat er das gar nicht nötig. Er ist mit Abstand der beste Arzt, den ich jemals hatte. Ich schlüpfe wieder in meine braunen Flip-Flops und begebe mich langsam zum Ausgang. Die Tür zum Wartebereich ist kaputt, weshalb sie dauerhaft offensteht und ich die immer lauterwerdende Stimme bereits von Weitem höre.

»Ich will jetzt verdammt noch mal wissen, wo sie ist!« Ich bleibe wie vom Donner gerührt stehen. Das ist eindeutig Jake. Er ist tatsächlich gekommen. Mein Herz beginnt zu rasen und ich fühle mich noch unwohler in den OP-Klamotten. Ja, sie sind trockener als mein Kleid, aber leider kurzärmlig und nicht bodenlang, was bedeutet, dass meine Narben gut sichtbar sind.

»Ich wurde hierher gebeten in eine *Notaufnahme* und keiner von euch kann mir sagen, was los ist?« Er klingt fassungslos und sehr, sehr wütend. Ich bleibe im Türrahmen stehen und beobachte das Szenario.

»Es war ein Scherz, der etwas aus dem Ruder gelaufen ist.« Jill findet als Erste ihre Stimme wieder. »Einer unserer Mitschüler hat Kayla in den Pool geworfen. Dabei wurde sie verletzt.«

Jakes Blick zuckt zu Riven, dessen Haare noch immer nass sind. »Das warst du, oder?«

Seine Stimme trieft vor Wut, und im Bruchteil einer Sekunde hat er Riven am T-Shirt gepackt und ihn auf die Beine gezogen. »Sie kann nicht schwimmen.«

»Ich weiß«, faucht der Angesprochene, und für einen Moment sieht es aus, als würde Jake ihm eine reinhauen wollen. Ich schlinge die Arme schützend um meinen Oberkörper, bevor ich näher an die Gruppe herantrete.

»Jake.« Allein seinen Namen zu sagen, reicht aus, damit er von Riven ablässt und zu mir herumwirbelt. Seine Augen wandern suchend über meinen Körper. Vergebens versuche ich, die Narben zu verdecken. Es sind zu viele und sie sind zu ungeschützt.

»Dir geht es gut.« Mit wenigen Schritten ist er bei mir. Vorsichtig nimmt er mein Gesicht in seine Hände, die eben noch gewaltsam an Rivens Ausschnitt gezogen haben. Aber jetzt, Sekunden später, berühren sie mich mit einer Sanftheit, die mein Herz gefährlich ins Stolpern bringt. Keine Ahnung, mit welcher Reaktion ich gerechnet habe, aber nicht mit dieser. Ich dachte, dass Jake eine knappe Erklärung fordert, die Papiere unterschreibt und wieder verschwindet. Dass er nach unserem letzten Gespräch nur noch das Nötigste mit mir zu tun haben will, sich aber aus irgendwelchen Gründen dazu verpflichtet fühlt, mir zu helfen.

»Wer war das? Sobald wir hier fertig sind, fahre ich zu dieser Party und verpasse demjenigen eine Abreibung, die er nie mehr vergisst.«

Meine Mundwinkel zucken, auch wenn die Situation nicht lustig ist. Diesen ausgeprägten Beschützerinstinkt kenne ich von Jake nicht, aber … er gefällt mir gut.

»Die treibende Kraft war Ashley. Ich denke nicht, dass du ihr eine reinhauen kannst, ohne Probleme mit Dave zu kriegen«, erwidere ich schmunzelnd. Es ist erleichternd, wie einfach es ist mit ihm zu sprechen.

»Frauen schlage ich nicht. Auch wenn sie es verdient hätte.« Seine Kiefermuskulatur zuckt, und er wirft einen schnellen Blick zu Jill, die angestrengt die Lippen aufeinanderpresst.

»Dir geht es wirklich gut?« Er schaut mich wieder an und ich nicke. Ein schwaches Lächeln umspielt meine Lippen und scheint ihn zusätzlich zu beruhigen. Er atmet hörbar aus und lässt mich los. Sofort vermisse ich das Gefühl seiner warmen Hände.

»Du müsstest die Papiere unterschreiben, damit ich gehen kann.«

»Klar, kein Problem.« Er bleibt noch einen Augenblick unschlüssig vor mir stehen und sieht mich an, bevor er zum Empfangstresen verschwindet.

Ich räuspere mich und schaue überrascht auf, als etwas Weißes in mein Sichtfeld kommt. Jillian hält mir ihren gehäkelten Cardigan hin, den ich dankbar annehme. Er verdeckt zwar nur einen Teil meiner Haut, aber hilft mir dabei, mich nicht mehr so nackt zu fühlen. Jetzt bemerke ich auch, dass sich noch zwei weitere Personen zu unserem kleinen Grüppchen gesellt haben: Macey und Trevor. Betreten schauen sie zu Boden, als unsere Blicke sich begegnen.

»Was macht ihr denn hier?«

Macey schluckt und kratzt sich verlegen am Hinterkopf. »Jill hat uns geschrieben, wo ihr seid. Es tut uns echt leid, dass wir vorhin nicht eingegriffen haben, Kayla. Wir hätten mitkommen sollen, als du gegangen bist. Aber … Ashley kann wirklich einschüchternd sein.«

Trevor nickt zustimmend, während Jill den Mund zum Protestieren öffnet. Aber ein Blick von Giulia reicht, damit sie ihn wieder zuklappt.

»Danke, dass ihr da seid.« Ich lächle die beiden an.

»Wie geht es dir denn? Ist alles in Ordnung?« Trevor schaut mich fragend an, woraufhin ich nicke.

»Die Naht eines der Hauttransplantate an meinem Fuß ist aufgerissen. Glücklicherweise konnte Dr. Saxton es nähen. Ansonsten hätte ich noch mal operiert werden müssen.« Ich ziehe eine Grimasse und mein Blick bleibt an Jake hängen, der inzwischen wieder zu uns gestoßen ist. Stirnrunzelnd mustert er mich. Die Art, wie er mich ansieht, bereitet mir eine Gänsehaut. Eine von der guten Sorte.

Ich will einen Schritt auf ihn zu machen. Mich entschuldigen für die Dinge, die ich gesagt habe. Für das Schweigen, das während meiner Krankheits- und Rehabilitationszeit zwischen uns entstanden ist. Für mein plötzliches Verschwinden. Doch Jillian macht mir einen Strich durch die Rechnung.

»Gott, Leute. Das war alles aufregend. Hat noch jemand Bock auf Burger?« Die Umstehenden murmeln zustimmend. Auch ich nicke gedankenverloren, mein Blick ist allerdings weiterhin auf Jake gerichtet. Und seiner auf mich. Ein Essen mit Freunden klingt verlockend, eine Aussprache mit Jake ist mir momentan jedoch wichtiger.

»Hey, ihr Schweigefüchse! Euer wortloses Anstarren könnt ihr später fortführen. Auf geht's!«, ruft Jill und unterbricht damit unseren Moment.

Jakes Mundwinkel zucken und ich seufze. Dann verschieben wir das Reden eben auf später.

Fasziniert betrachte ich die Fotos an der Wand des kleinen Diners. Jedes von ihnen zeigt einen freundlich lächelnden, älteren Mann mit verschiedenen Prominenten, die hier gegessen haben. Und das sind eine ganze Menge. Auf einigen bereits verblassten Bildern ist eine hübsche Frau in den Fünfzigern zu sehen.

Das *Joe's* ist ein gemütliches, recht unscheinbares Restaurant in der Nähe des Santa Monica Piers. Trotz der fortgeschrittenen Uhrzeit ist es sehr voll, und vor allem Jill ist glücklich darüber, dass wir noch bedient werden.

Wir sitzen an einem der Ecktische. Die mit orangem Leder überzogene Sitzbank passt wunderbar zu den orangen Tulpen, die überall auf den Tischen stehen. Der Besitzer hat ein Händchen für Einrichtung. Auch wenn die Farbe nicht unbedingt meine erste Wahl gewesen wäre. Plötzlich quietscht Giulia ganz aufgeregt und verschluckt sich dabei an ihrem Milchshake. Hustend zeigt sie auf ein Foto hinter mir.

»Sogar Adrian Adams war hier!« Ihre Augen funkeln begeistert, nehmen im nächsten Moment jedoch einen traurigen Ausdruck an. »Es ist furchtbar, dass er so früh gestorben ist.«

»Da sagst du was«, pflichtet Trevor ihr bei und seufzt verzückt bei dem Gedanken an den Sänger, der mit *Hard To Get* seinen größten Erfolg gefeiert hat. »Er war Sex auf zwei Beinen. Gott holt leider immer die Falschen früher zu sich.«

Jake verspannt sich neben mir. Sofort kommt mir ein schrecklicher Gedanke, den ich bisher verdrängt habe. Wenn seine Mom inzwischen verstorben wäre, wüsste ich das, oder? Dave hätte das unmöglich für sich behalten.

»Er ist nicht tot.« Jill schiebt sich zwei Pommes in den Mund, die sie davor in ihren Milchshake gedippt hat. Wir anderen starren sie entgeistert an.

»Was denn? Verfolgt ihr den *Hollywood Ticker* nicht?« Mit hochgezogenen Augenbrauen sieht sie uns an. »Da wird seit Tagen von nichts anderem gesprochen als davon, dass sein Tod fingiert gewesen sein soll. Anscheinend ist er untergetaucht.«

Sofort zücken Giulia und Trevor ihre Handys, um Jills Aussagen zu kontrollieren. Ich hingegen schiebe nachdenklich meine Fritten von einer Seite des Tellers auf die andere. Das ist eine sehr drastische Maßnahme, um dem Rampenlicht zu entgehen. Während Trevor, Giulia und Jill angeregt über die Gründe von Adrian Adams anscheinend vorgetäuschten Tod diskutieren, lege ich meine Hände in den Schoß und betrachte mein Essen. Richtigen Appetit habe ich nicht, weshalb nur einige Pommes fehlen und der Burger beinahe unberührt ist. Das entgeht auch Jake nicht, der mich die ganze Zeit beobachtet. Immer, wenn ich mich bewege, die Hand nach etwas ausstrecke oder der Ärmel von Jills Cardigan hochrutscht, zuckt sein Blick zu meiner entblößten, vernarbten Haut. Er sieht alles, hat aber den Anstand, mich vor meinen Freunden nicht mit den Fragen zu bombardieren, die ich in seinen Augen lese. Generell ist er ungewohnt still.

»Also …«, Riven legt seine Serviette auf den leeren Teller und lehnt sich auf seinem Platz zurück. »Warum verhält sich deine Schwester Kayla gegenüber so furchtbar, Jill? So schlimm, wie sie sagt, ist Kay doch gar nicht.«

Meine Stiefschwester wird rot, und ich grinse Riven an. »Danke. Immerhin einer, der nicht vor Ashley kuscht.«

Er zwinkert mir zu. »Ich mache mir gern selbst ein Bild von den Menschen, aber unser Gespräch wurde ja leider unterbrochen.«

Aus den Augenwinkeln sehe ich, dass Jake sich aufrichtet. Ich bin mir nicht sicher, ob Riven mit mir flirtet. Allerdings scheint es Jake nicht zu gefallen.

»Das holen wir nach«, versichere ich Riven. »Schließlich hast du mir das Leben gerettet. Da stehe ich dir gern Rede und Antwort.«

Ich widme mich wieder meinen Pommes, während Jillian endlich auf die eben gestellte Frage antwortet. »Ash hat Angst vor Kayla.«

Mir klappt die Kinnlade herunter. Das meint sie nicht ernst! Giulia kichert. Auch Jakes Mundwinkel zucken, während die anderen sie irritiert ansehen.

»Ich kenne niemanden, der weniger furchteinflößend ist, als Kay«, gibt Giulia zu bedenken, was ich heftig nickend bestätige.

»Das ist es nicht. Ich rede nicht von *dieser* Art Angst. Du bist Dads leibliche Tochter. Er hat fast zwei Jahrzehnte lang nach dir gesucht. Sie hat Sorge, dass du ihn ihr wegnimmst.«

»Ich habe nicht vor, mich irgendwo reinzudrängen«, entgegne ich. Auch wenn ich selbst schon vermutet habe, dass das der Grund für Ashleys Verhalten sein könnte. Jill beißt sich auf die Unterlippe. Es ist offensichtlich, dass sie noch etwas hinzufügen will, sich aber zurückhält. Vielleicht ist ein öffentliches Diner mit vielen neugierigen Ohren an jedem Tisch auch nicht der richtige Ort für so ein Gespräch.

Wir vertiefen es also nicht weiter, und Riven fragt Jill etwas über die Aufgaben der letzten Mathestunde. Auch Macey und Trevor klinken sich ein, während Giulia etwas auf ihrem Smartphone tippt.

Jake räuspert sich leise neben mir. »Vielleicht sollten wir uns auch noch mal ausführlich unterhalten.«

Mit klopfendem Herzen und weit aufgerissenen Augen sehe ich ihn an.

»Hier?« Hoppla. Meine Stimme klingt mindestens zwei Oktaven höher als sonst. Belustigt schüttelt er den Kopf.

»Nein, ich bringe dich nach Hause und dann reden wir.« Erleichtert lasse ich mich nach hinten sinken. Hier hätte ich dieses Gespräch ebenso wenig führen wollen wie das über Ashleys Probleme mit mir. Jake ist die ganze Zeit über erstaunlich ruhig geblieben. Hat keine Fragen gestellt oder Anmerkungen gemacht, die mich zum Grübeln brächten. Aber ich weiß, dass sich das ändern wird, sobald wir allein sind. Dann könnte die entspannte Stimmung zwischen uns schnell umschlagen, und dabei brauchen wir kein Publikum.

Die Aufregung über die bevorstehende Vieraugenunterhaltung mit Jake bleibt dennoch bestehen. Mein Herz schlägt schneller, meine Handflächen sind feucht geworden und mir ist plötzlich ganz unsäglich warm.

Das *Joe's* hat sich inzwischen geleert. Wir sind einer der wenigen Tische, die noch besetzt sind. Kein Wunder, immerhin ist es spät geworden. Macey gähnt hinter hervorgehaltener Hand. Giulia blinzelt einige Male, um die Müdigkeit abzuschütteln.

Riven fährt sich mit der Hand übers Gesicht und schaut uns nacheinander an. »Ich mach mich auf den Weg nach Hause. Macey, Trevor? Soll ich euch mitnehmen?«

Die beiden nicken dankbar.

»Kannst du mich auch nach Hause bringen?« Giulia schaut ihn abwartend an.

»Klar, kein Problem.«

Sie lächelt und er zwinkert ihr zu.

»Dann schließen wir uns an. Fährst du, Jake?« Jill sieht ihn an, woraufhin er bejaht. Giulia wirft mir einen langen Blick zu, den ich mit einem kaum merklichen Schulterzucken beantworte. Ich weiß ebenso wenig wie sie, was gleich passieren wird. Aber ich muss mich auf einen Schritt nach dem anderen konzentrieren. Erstmal bringt Jake uns nach Hause. Wie es anschließend weitergeht, sehen wir dann. Entweder wird es hochemotional und ich breche in Tränen aus, oder wir schreien uns gegenseitig an, bis wir das komplette Haus wecken. Es bleibt abzuwarten.

Nachdem wir gezahlt haben, schlendern wir gemeinsam nach draußen zu den Wagen. Es herrscht ein heilloses Durcheinander bestehend aus Winken, Umarmungen und verbalen Verabschiedungen.

»Halt mir am Montag einen Platz beim Essen frei, Kay Kay!«, ruft Riven mir zu und steigt in seinen Jeep. Perplex sehe ich dem Auto nach, bevor Jake mich bestimmend weiterschiebt. Er murmelt irgendwas Unverständliches, aber ich merke deutlich, dass er Riven nicht leiden kann. Nach seinem Angriff im Krankenhaus hat er zwar kapiert, dass Riven mich nicht geschubst hat, trotzdem hatte er kein nettes Wort für ihn übrig. Wenn ich es mir genau überlege, hat er den Abend über gar nicht mit ihm gesprochen. Stattdessen wurde er jedes Mal hellhörig, wenn ich mich mit ihm unterhalten oder über einen seiner Scherze gelacht habe. Die Tatsache, dass Riven sich jetzt für Montag zum Mittagsessen mit mir verabredet hat, verdunkelt Jakes Gesicht. Seine Lippen sind zu einer dünnen Linie zusammengepresst, als er hinters Lenkrad rutscht.

»Ash wird ausrasten, wenn sie dich und Riven zusammen sieht«, flüstert Jill mir mit dem Anflug eines Grinsens zu. Wenn ich es nicht besser wüsste, würde ich meinen, es gefällt ihr, dass jemand ihrer Schwester Paroli bietet.

Ich sinke auf den Beifahrersitz, und sofort prasseln Erinnerungen auf mich ein. Der Beinahe-Kuss auf der Rückbank. Die Fahrten zu unseren Dates, die allein durch Jake zu etwas Besonderem geworden sind. Das ernste Gespräch, bevor ich herausgefunden habe, dass er hinter Jacob steckt. Ich kann immer noch nicht fassen, dass es tatsächlich möglich ist, sich zweimal in denselben Menschen zu verlieben.

»Alles in Ordnung?« Jakes leise Stimme stoppt die Flut aus Erinnerungen. Ich sehe ihn an, lächle und nicke. »Ist schön wieder hier zu sein.«

Seine Mundwinkel heben sich leich,t und seine Augen funkeln vergnügt. Er erinnert sich also auch.

Die Fahrt nach Hause ist kurz. Die ganze Zeit über bin ich mir aber seiner Hand bewusst, die lässig auf dem Schaltknüppel liegt und meinem Knie dadurch ganz nah ist. Eine kleine Bewegung und ich könnte ihn berühren. Etwas, nach dem ich mich früher gesehnt habe, vor dem ich nicht zurückgeschreckt wäre. Aber allein die Vorstellung, dass Jake jetzt den kaputten, unperfekten Teil von mir sehen, ja sogar fühlen könnte, jagt mir einen Angstschauer über den Rücken. Noch während wir die Auffahrt hochfahren, bemerke ich, dass das Haus hell erleuchtet ist. Die Sorge, jemanden zu wecken, ist also unbegründet. Der Wagen kommt zum Stehen, und noch bevor wir die Haustür überhaupt erreicht haben, wird sie aufgerissen und ein sehr übellauniger Dave erwartet uns.

»Ihr zwei«, meint er drohend und deutet dabei auf Jill und mich, »habt ein großes Problem.«

Kapitel 9 – *Kayla*

»Einfach so von dieser Party zu verschwinden! Ohne jemandem Bescheid zu sagen!« Dave donnert direkt los, nachdem wir über die Türschwelle getreten sind. Als Jake jedoch hinter mir auftaucht, hält er abrupt inne und sieht zwischen ihm und mir hin und her. »Ich danke dir, Jake, dass du die beiden aufgesammelt und hergebracht hast, aber du gehst jetzt besser nach Hause. Das ist eine Familiensache.«

»Ich gehöre doch zur Familie, Dave.« Lässig versucht Jake sich an meinem Vater vorbeizuschieben, doch der legt ihm die Hand auf die Brust und dirigiert ihn bestimmend nach draußen.

»Netter Versuch. Richte deinen Eltern Grüße aus. Wir sehen uns.« Noch bevor er die Chance hat, zu protestieren, fällt die Tür vor seiner Nase zu, und damit wird uns die Gelegenheit zur Aussprache genommen. Mein Herz wird schwer, und eine Welle der Enttäuschung rollt durch meinen Körper. Ich hätte mich Jake gern von Angesicht zu Angesicht erklärt, aber so müssen wir uns später mit einem Telefonat begnügen. Jetzt drehe ich mich zu Dave um und starre ihn fassungslos an.

»Ist das dein Ernst? Das war super unfreundlich von dir!« Erstaunlich, wie schnell meine Emotionen umschwingen. Eben war ich noch enttäuscht, aber jetzt spüre ich dieselbe Wut wie vorhin auf Ash. Mit einem einzigen Blick bringt Dave mich dazu, meine nächsten Worte runterzuschlucken.

»Du bist gerade nicht in der Position, dich zu beschweren!« Seine Stimme wird wieder lauter. Bisher hat er sich mir gegenüber immer ruhig und gelassen gezeigt. Ash muss ihm eine wahnwitzige Geschichte aufgetischt haben, dass er jetzt so reagiert. Meine Stiefschwester lehnt lässig am Treppengeländer und grinst zufrieden. Ein Grinsen, welches ich ihr am liebsten mit einer Ohrfeige aus dem Gesicht geklatscht hätte. Ihr Blick zuckt nur kurz zu Jill, die sie mit ihrer dämlichen Aktion ebenfalls in die Scheiße geritten hat, und ein Funken Mitleid taucht in ihren blauen Augen auf. Vivienne steht schweigend im Eingang vom Esszimmer und blickt abwechselnd von einem zum anderen. Wenn sie auch nur den Hauch einer Ahnung von dem hat, was ihre Tochter hier abzieht, dann behält sie es für sich.

»Wir haben uns solche Sorgen gemacht!« Dave wirft theatralisch die Arme in die Luft. Eine Geste, die ich eher Vivienne zugetraut hätte. »Als Ash uns erzählt hat, was der Evans-Junge mit dir gemacht hat, war ich kurz davor, seine Eltern anzurufen! Eine Frechheit, dir so übel mitzuspielen.« Sein Gesicht hat eine tiefrote Farbe angenommen. Die Ader an seinem Hals pocht gefährlich stark. »Aber Kayla ... du kannst nicht einfach verschwinden.« Er seufzt und fährt sich mit der Hand durchs Haar. Der Ausdruck seiner grünen Augen wird eine Spur sanfter. »So funktioniert das in unserer Familie nicht.«

Als sein Blick dann auf Jill fällt, presst er kurz die Lippen aufeinander und atmet tief durch. »Dass du diese Aktion gedeckt hast, enttäuscht mich sehr. Was habt ihr euch nur dabei gedacht?«

Ich ziehe den Cardigan enger um mich und versuche so, die OP-Kleidung weiterhin zu verstecken. Dave hat sich derart in Rage geredet, dass er noch keine Notiz davon genommen hat. Fassungslos schüttelt er den Kopf, wobei sein Blick auf meinen Fuß fällt. Sofort hält er inne. Seine Augen weiten sich für den Bruchteil einer Sekunde, verengen sich dann zu Schlitzen und wandern kritisch meinen Körper hinauf.

»Warum klebt ein Pflaster auf deinem Fuß und was zur Hölle hast du da an?«, fragt er betont ruhig.

»Darunter ist eine frische Naht und ich trage OP-Kleidung«, entgegne ich knapp. Dave ist nicht auf den Kopf gefallen. Mein

Aussehen ist selbsterklärend. Die Antwort hätte ich nicht geben müssen. Er wiederholt die Worte murmelnd.

»Du warst im Krankenhaus?«

Ich nicke und trete unruhig von einem Fuß auf den anderen. So viel dazu, diesen Besuch vor ihm geheim zu halten.

»Geht es dir gut?« Er klingt ruhiger als vorher, aber ich sehe den Ärger nach wie vor in seinen Augen.

»Ja. Dr. Saxton hat das geregelt. Es musste nichts operiert werden.«

Dave knirscht so laut mit den Zähnen, dass es mir eine Gänsehaut verpasst. »Zum Glück. Sonst hätte der Evans-Junge was erleben können. Die Kosten für die Krankenhausbehandlung zahlen seine Eltern.«

Ich muss mich bemühen, ruhig zu bleiben. In mir brodelt es. Klar war es nicht in Ordnung, was Dean gemacht hat. Aber ich bin mir sehr sicher, dass er niemals allein auf die Idee gekommen wäre, mich vor dem ganzen Jahrgang bloßzustellen. Warum sollte er das auch tun? Wir hatten bisher keine Berührungspunkte in der Schule. Dass Ash ihm die Schuld in die Schuhe schiebt, ist unglaublich. Sie weiß genau, dass Daves Ärger ihr gelten würde, wenn er die Wahrheit wüsste.

Vivienne räuspert sich leise, und ich sehe sie mit hochgezogenen Augenbrauen an.

»Ich kenne dieses Verhalten von dir nicht, Jillian. Dave, es tut mir leid, das zu sagen … aber Kayla hat einen schlechten Einfluss auf sie.«

»Sag mal, geht's noch? Ich habe keinen schlechten Einfluss auf deine Tochter«, schnauze ich und verschränke die Arme vor der Brust, bevor ich mich an Dave richte. »Und wenn du irgendwelche Eltern zur Rechenschaft ziehen willst, dann stell dich und Vivienne mal vor einen Spiegel. Dean war nicht derjenige, der auf diese Idee gekommen ist.«

Ich werde ihm zwar sicher nicht so schnell verzeihen, was er getan hat, aber er sollte nicht allein als Sündenbock dastehen. Ashley verdient ihre Strafe genauso. Dave braucht einen Moment, bis er den Wink versteht, Vivienne dagegen sieht komplett ratlos aus. Langsam dreht er sich zu Jill.

»Stimmt das?«

Sie wirft erst Ash einen Blick zu, die warnend den Kopf schüttelt, dann mir. Wortlos nickt sie, und ich werde zum zweiten Mal an diesem Abend überrascht. Sie stellt sich gegen Ash und hält zu mir. Alle Achtung.

Ihrer Zwillingsschwester ist das Grinsen inzwischen vergangen. Stattdessen funkelt sie mich so wütend an, als versuche sie, mich dadurch in Luft aufzulösen. Hoffentlich merkt sie jetzt, dass sie mit mir nicht einfach machen kann, was sie will.

»Jill, Kayla, ihr könnt gehen. Wir sprechen morgen weiter. Ash ins Esszimmer. *Sofort.*«

Mit hängenden Schultern verschwindet Jill nach oben, sodass ich keine Möglichkeit habe, noch einmal mit ihr zu sprechen. Nichts liegt mir ferner, als einen Keil zwischen sie und ihre Schwester zu treiben, trotzdem bin ich ihr dankbar, dass sie sich heute auf meine Seite geschlagen hat.

Langsam erklimme ich die Stufen ins erste Obergeschoss und falle vollkommen erledigt aufs Bett. Der Abend hat mich geschafft. Emotional und physisch. Ich fühle mich ausgelaugt, meine Beine schmerzen und ich sehne mich nach nichts mehr als nach einer erholsamen Mütze Schlaf. Allerdings muss das warten. Erst muss ich mit Jake sprechen. Die letzten Stunden waren ein Schritt in die richtige Richtung, aber es steht noch zu viel Ungesagtes zwischen uns. Er verdient eine Erklärung. Ich war zu ängstlich, um mich seinen Fragen zu stellen, aber jetzt bin ich bereit dafür. Doch zunächst muss ich aus diesen Klamotten raus.

Stöhnend rapple ich mich auf und ersetze die grässliche OP-Kleidung durch eine Leggings, warme kuschlige Socken und ein Longsleeve. Die Sachen aus dem Krankenhaus landen direkt im Mülleimer. Die will sowieso niemand mehr. Giulias inzwischen nur noch feuchtes, aber blutiges Kleid fliegt in den Wäschekorb. Darum kümmere ich mich morgen.

Unschlüssig drehe ich das Handy zwischen meinen Fingern. Ob Jake schon zu Hause ist? Lohnt es sich noch, ihn anzurufen? Immerhin ist es schon nach zwölf, und er könnte bereits eingeschlafen sein. Daves »Familienangelegenheit« hat doch länger gedauert als angenommen. Außerdem ist mir eine persönliche Aussprache lieber. Jetzt aus dem Haus zu schleichen und mit dem Uber zurück nach Beverly Hills zu fahren, kommt allerdings nicht in Frage. Erstens habe ich keinen Geheimgang mehr, den ich nutzen könnte, und zweitens ist meine körperliche Verfassung nicht mehr so gut wie noch vor fünf Monaten. Ob ich die Aussprache doch lieber auf morgen verschiebe? Auf die paar Stunden kommt es jetzt auch nicht mehr an, oder?

Ein Klopfen an der Balkontür nimmt mir die Entscheidung ab. Ich zucke zusammen und werfe einen Blick über die Schulter. Draußen steht Jake! Beinahe stolpere ich über meine eigenen Füße, während ich ihm aufmache.

»Was machst du hier?«

Er grinst und tritt an mir vorbei ins Zimmer. »Hast du wirklich gedacht, dass ich mich von Dave einfach so vor die Tür setzen lasse?« Ja, um ehrlich zu sein habe ich das. Aber ich sage es ihm nicht.

»Wie bist du überhaupt hier hochgekommen?«

Schulterzuckend fährt Jake sich mit der Hand durchs Haar. »An eurem Haus ist ein Rosengitter. Daran bin ich hochgeklettert. Allerdings wäre ich zuerst fast bei Jill gelandet. Das war ein bisschen peinlich.«

Er lacht, und auch meine Mundwinkel zucken nach oben. Neugierig sieht er sich in meinem zugegebenermaßen recht kahlem Zimmer um. In der letzten Woche hatte ich weder Zeit noch Lust, mich weiter einzurichten.

»Ich hätte etwas Farbenfroheres erwartet. Immerhin fließt doch Kunst durch deine Adern!«

Ich beiße mir auf die Unterlippe und senke den Blick. Es gibt einiges, das ich in den letzten Monaten verloren habe und die Kunst zählt definitiv dazu.

»Ich … also … ich male nicht mehr.« Die Worte klingen noch immer fremd in meinen Ohren. Trotzdem entsprechen sie der bitteren Wahrheit.

»Wie jetzt? Hast du etwa vergessen, dass ich auf mein Portrait warte? Ich wäre allzeit bereit, dir Modell zu stehen.« Ein schwacher Versuch, mich aufzumuntern, aber er funktioniert. Der Anflug eines Lächelns umspielt meine Lippen. Jake atmet erleichtert auf. Danach verfallen wir in Schweigen. Keiner scheint zu wissen, wie wir das bevorstehende Gespräch anfangen sollen. Ich sinke auf die Kante meines Bettes, während er auf dem Schreibtischstuhl Platz nimmt.

»Es tut mir wirklich leid«, sage ich genau in dem Moment, als er mit »Was hat sich noch alles verändert?« beginnt. Peinlich berührt lächeln wir uns an.

»Fang du an«, bitte ich schließlich und nestle nervös am Saum meines Shirts. Wahrscheinlich ist es einfacher, ihm Rede und Antwort zu stehen, als meine Sicht der Dinge zu erklären. Dafür die richtigen Worte zu finden, erscheint mir unheimlich schwer.

»Was hat sich noch alles verändert in den letzten Monaten?«

»Alles.« Ein simples Wort, das es am besten beschreibt. Ich habe alles verloren, inklusive mich selbst, und bis jetzt nichts wiederbekommen. Wie soll ich mit beiden Beinen fest im Leben stehen, wenn sich alles um mich herum verändert? Ich bezeichne dieses Haus zwar als mein Zuhause und Dave, Vivienne und die Zwillinge sind theoretisch meine Familie, aber es fühlt sich nicht so an. Nichts fühlt sich richtig an, außer hier mit Jake zu sitzen. Neben meinen Freunden ist er die einzige Verbindung zu meiner Vergangenheit.

»Auch wir?« Seine Stimme ist leise, doch nicht aus Angst, jemanden auf uns aufmerksam zu machen. Ich sehe es in seinen tiefblauen Augen, die mich selbst in meinen Träumen verfolgt haben. Er hat Angst vor meiner Antwort.

»Ich weiß es nicht«, erwidere ich ebenso leise und wende meinen Blick von ihm ab. Diese Funkstille hat eine Kluft zwischen uns entstehen lassen. Wie unüberwindbar sie ist, liegt allein in unseren Händen. Seine Anwesenheit fühlt sich richtig an, aber wir können die letzten Monate nicht löschen und einfach dort weitermachen, wo wir aufgehört haben. Das würde keinem von uns weiterhelfen.

Ich spüre, wie sich die Matratze unter mir senkt, als er sich neben mich setzt und hebe den Blick.

»Ich möchte alles wissen, Kayla. Von dem Moment an, als du meinen Bungalow verlassen hast.«

Sein Bungalow. Sofort kommen Erinnerungen in mir hoch, die ich bisher erfolgreich verdrängt habe. Wie sich seine Lippen auf meinen anfühlen. Wie er mich festhält, als ob er mich nie wieder gehen lassen will. Noch jetzt explodiert ein Feuerwerk an Gefühlen tief in meiner Brust, wenn ich daran zurückdenke. Auch wenn ich diesen Tag am liebsten komplett aus meinem Gedächtnis gelöscht hätte, dieser Moment hat sich auf ewig darin eingebrannt. Und dann beginne ich zu erzählen. Davon dass ich es rechtzeitig nach Hause geschafft habe, ohne dass Miranda meine Abwesenheit bemerkt hat. Ich berichte von dem großen Streit, der nach Jakes Auftauchen ausgebrochen ist und von dem Sturz, an den ich mich nur noch schemenhaft erinnere.

»Mir wurde erst im Krankenhaus das Ausmaß der ganzen Situation bewusst.« Ich ziehe die Ärmel meines Shirts über meine Handrücken. »Alles hat sich auf einmal so unwirklich angefühlt. Mein Leben wurde auf den Kopf gestellt. Diese Flut an Informationen musste ich erstmal verarbeiten.«

»Ich hätte für dich da sein können.« Jakes Stimme ist leise, aber ich höre den unterschwelligen Vorwurf darin deutlich heraus. Entschieden schüttle ich den Kopf.

»Das wollte ich nicht. Du solltest mich so in Erinnerung behalten, wie du mich kennengelernt hast. Nicht die Narben sehen, die ich jetzt habe.« Seine Hand berührt meinen Unterarm, und ich schaue ihn an. Unsere Blicke finden und verankern sich ineinander.

»Ich sehe immer nur dich, Kayla. Auch jetzt.« Mein Herz gerät ins Stolpern. Ich schlucke und versuche, mich an das zu erinnern, was ich eben sagen wollte.

»Ich war in einem dunklen Loch. Nicht mal Giulia oder Toni haben es geschafft, mich da rauszuholen. Du musst dir vorstellen, dass sich mein ganzes Leben auf einen Schlag geändert hat. Alles war eine einzige Lüge, und nicht nur das. Ich kann kaum richtig laufen, weil ich den Boden unter meinen Füßen nicht spüre. Ich trage keine kurzen Outfits mehr, sondern verhülle mich komplett, weil niemand die Narben sehen soll, die ich von dem Feuer davongetragen habe. Nicht nur mein Leben hat sich verändert, Jake. Auch ich bin nicht mehr dieselbe Person wie vor fünf Monaten.«

Er sieht mich lange an. Seine Augen wandern von meinem Gesicht zu meiner vernarbten Hand bis zu den Füßen, die in pinken Kuschelsocken stecken. Pink … normalerweise gar nicht meine Farbe, dafür aber Viviennes und die hat meinen Kleiderschrank gefüllt. Was kann man da anderes erwarten?

»Wo warst du? Also … wo warst du wirklich? Dave hat irgendwas von einem abgelegenen Erholungsort gefaselt. Er ist ein miserabler Lügner.« Meine Mundwinkel zucken wieder. Ja, das ist mir auch schon aufgefallen.

»Ich war in einer Rehaklinik in *Oceanside*. Dort habe ich

mich von einer Lungenentzündung erholt, die ich mir im Krankenhaus eingefangen habe, und natürlich von den Folgen des Feuers. Ich habe zusätzliche Physiotherapie bekommen, um die Schmerzen beim Laufen zu reduzieren, und eine Psychotherapie gemacht. Ganz viele Gespräche, teilweise auch mit Dave, in denen er und meine Therapeutin mehr geredet haben, als ich in den ganzen Wochen zusammen. Ich war nicht bereit dazu.«

Wenn ich ehrlich zu mir selbst bin, vermeide ich auch jetzt noch jegliche Konfrontation diesbezüglich. Über Dr. Millers Wochenaufgabe habe ich mir bisher jedenfalls keine weiteren Gedanken gemacht. Will ich jemals wieder mit Miranda in Kontakt treten? Katapultiert mich sowas nicht eher zurück, als dass es mich voranbringt? Oder ist das der entscheidende Schlüssel, um mir eine ruhige und friedliche Zukunft zu ermöglichen?

»Du kannst mit mir reden.«

Überrascht sehe ich Jake an. »Hasst du mich nicht?«

Er lacht und dabei wird mir ganz warm ums Herz. Ich hatte fast schon vergessen, wie schön das klingt. Vorsichtig nimmt er meine Hand.

»Ich könnte dich niemals hassen, Kayla. Ich war wütend, weil du einfach verschwunden bist und nicht auf meine Nachrichten reagiert hast. Aber hassen? Niemals. Dafür bist du mir viel zu wichtig.« Ich erröte leicht und senke den Blick.

»Es tut mir so leid, Jake. Du hattest vollkommen recht mit dem, was du beim Abendessen gesagt hast. Ich war egoistisch, und das war nicht richtig.«

Er schüttelt entschieden den Kopf. »Du hattest auch recht. Die Welt dreht sich nicht um mich. Schon gar nicht deine Welt.« Oh, wenn er nur wüsste, wie falsch er liegt. »Es tut mir leid, dass ich dir diesen Vorwurf gemacht habe. Können wir einfach versuchen, da weiterzumachen, wo wir aufgehört haben?«

Das hoffnungsvolle Funkeln in seinen Augen bricht mir fast das Herz, denn auf einmal wird mir bewusst, wie sehr er mir gefehlt hat. Und ich ihm anscheinend auch.

»Ich kann nicht versprechen, dass es genauso wie früher wird, aber ich würde es gern versuchen.«

Sein glückliches Lächeln macht den schillernden Sternen am Himmel Konkurrenz. »Ich nehme, was ich kriege und wir fangen morgen direkt damit an.«

»Morgen?« Er nickt, lässt meine Hand los und geht rückwärts Richtung Balkontür.

»Ich hole dich am Vormittag ab, und dann machen wir endlich unseren Ausflug zum Santa Monica Pier.« Seine Aufregung entfacht in mir ein heftiges Bauchkribbeln. Ursprünglich wollte ich lernen und den Tag abgeschottet von der Außenwelt verbringen, aber ein Ausflug mit ihm klingt viel verlockender.

»Ich freue mich drauf«, erwidere ich und sehe dabei zu, wie er mit breitem Grinsen und einem kurzen Zwinkern über den Balkon verschwindet. Er muss mir unbedingt den Weg übers Rosengitter zeigen. Nicht, dass ich es nachmachen will, aber vielleicht ist diese Information irgendwann mal wichtig.

Zufrieden lehne ich mich gegen das Kopfteil meines Bettes. Noch immer kribbelt meine Haut dort, wo er meine Hand berührt hat. Wie konnte ich jemals annehmen, dass ich diesen Mann vergessen kann? Selbst fünf Monate Funkstille ändern nichts an der Tatsache, dass ich mich ihm immer noch verbunden fühle. Mich zu ihm hingezogen fühle. Und auch, wenn mein Leben nach wie vor Kopf steht und ich keine Ahnung habe, wie ich all dem entgegentreten soll, weiß ich, dass ich es mit Jake an meiner Seite schaffe. Egal, wie viel Platz wir einander im Leben einräumen oder wie wir diese Verbindung zwischen uns definieren werden. Er ist als mein Fels in der Brandung zurückgekehrt und nur das zählt.

Kapitel 10 – *Jake*

Es ist kurz vor acht, als ich aufwache und beschließe, meinen Tag mit Kayla früher zu starten. Unser Gespräch gestern hat mich beflügelt, und ich kann es nicht erwarten, sie wiederzusehen.

Jake: Guten Morgen! Planänderung. Ich hole dich schon um 9 ab.

Ich rechne nicht damit, direkt eine Antwort zu bekommen, denn ich weiß, dass Kayla das Aufstehen gern so lang wie möglich hinauszögert. Deshalb bin ich umso überraschter, als mein Handy nach wenigen Sekunden vibriert.

Kayla: Um 9?? Das ist in einer Stunde. Bis dahin bin ich niemals fertig.

Meine Mundwinkel zucken.

Jake: Ich freue mich, dass du dich für mich hübsch machen willst, aber ist nicht nötig. Ich gucke dich auch so gern an.
Kayla: Haha, sehr witzig.

Mein Lächeln wird zu einem Grinsen. Es ist schön, wieder so unbeschwert mit ihr umzugehen. Eine weitere Nachricht trudelt ein, während ich noch immer grinsend auf das Display starre.

Kayla: Ich beeile mich, ok?
Jake: 9 Uhr.
Kayla: Vielleicht wird's auch 9:05 …

Ich lege das Handy beiseite und sinke noch einmal zurück in die Kissen. Mein Herz klopft heftig in der Brust. In meinem Bauch kribbelt es. Ist lange her, dass mein Körper so extrem auf eine Verabredung reagiert hat. Allerdings kann ich die Vorfreude darüber nicht leugnen, Kayla gleich wiederzusehen.

Sie steht bereits an der Straße, als ich eine Stunde später vor ihrem Haus halte. Während sie einsteigt, nehme ich mir einen Moment Zeit, um sie ausgiebig zu betrachten. Ihre Haare hat sie in einer kompliziert aussehenden Flechtfrisur zusammengefasst. Es gibt einen bestimmten Namen dafür. Wie nennt Jolina das immer? *Boxer Braids* oder so ähnlich. Ist auch egal. Steht ihr auf jeden Fall gut. Ihr Körper, den sie früher immer mit enganliegenden Hosen, Shirts oder Kleidern betont hat, steckt heute in einem weiten, bunt gemusterten Einteiler, dessen Beine bis auf den Boden reichen, sodass ihre Füße nicht zu sehen sind. Ebenso wenig wie ihr linker Arm, der ebenfalls von Stoff verhüllt wird. Die Farbkombination ihres Outfits ist sehr wild. Sonst bin ich eigentlich eher Schlichteres von ihr gewohnt.

Ich räuspere mich leise und meine Mundwinkel zucken ungewollt nach oben. »Bist du in einen Farbtopf gefallen?«

Kayla schnaubt, schiebt die Sonnenbrille ins Haar und wirft mir einen vernichtenden Blick zu.

»Vivienne hat meinen Kleiderschrank gefüllt. Ich schwöre dir, gedeckte Farben sind für die Frau ein Fremdwort.« Ich kann mein Lachen nicht mehr unterdrücken und pruste los, während ich anfahre. Vivienne ist immer gut gekleidet, allerdings habe ich sie in den ganzen Jahren noch nie so bunt rumlaufen sehen wie Kayla jetzt. Entweder hat sie eine neue Vorliebe für Muster entwickelt, von der sie uns nichts erzählt hat, oder sie wollte der Tochter ihres Mannes eins auswischen. Beides kann ich mir durchaus vorstellen. Aus den Augenwinkeln sehe ich, dass auch Kayla Mühe hat, ihre ernste Fassade aufrecht zu erhalten, und als sie schließlich lacht, macht mein Herz einen kleinen Hüpfer. Sofort durchflutet mich eine altbekannte Wärme, die ich seit fünf Monaten nicht mehr verspürt habe.

Seit Kayla verschwunden ist, ohne sich zu verabschieden oder zu erklären, war es kalt in mir. Nichts konnte diese Kälte vertreiben, und seit gestern Abend weiß ich, dass es nur ihr möglich ist.

»Falls ich unterwegs angemessenere Kleidung für dich sehe, sage ich Bescheid. Obwohl dir auch der Mustermix ausgezeichnet steht.« Ich zwinkere ihr zu. Ihre Stirn kräuselt sich, weshalb eine kleine Denkfalte zwischen ihren Augenbrauen erscheint.

»Unterwegs? Ich dachte wir verbringen den Tag am Strand? Oder im *Pacific Park*?«

Schmunzelnd folge ich den Schildern Richtig *Santa Monica Pier*.

»Wie gesagt: Kleine Planänderung. Aber du wirst es lieben, da bin ich mir sicher.« Bisher lag ich mit jeder Überraschung richtig. »Oder hast du unter diesem grässlichen Fummel einen heißen Bikini, den du mir unbedingt präsentieren willst? Das stimmt mich eventuell um.«

Sie versteift sich augenblicklich, und ich weiß, dass ich komplett ins Fettnäpfchen getreten bin. Die Worte sind einfach aus meinem Mund gesprudelt, bevor ich groß darüber nachdenken konnte.

»Sorry, das war unüberlegt.« Ich umklammere das Lenkrad eine Spur fester. Vor ein paar Monaten hätte sie knackig gekontert, und wir hätten darüber gelacht, aber sie hat es ja gestern bereits gesagt: Sie ist nicht mehr die Frau von damals, und hier habe ich meinen ersten Beweis. Ich hoffe, dass wir irgendwann wieder so locker miteinander umgehen können.

Keiner sagt ein Wort, während ich fieberhaft nach einem anderen Gesprächsthema suche. Dabei fällt mir nur eines ein, das die Stimmung im schlimmsten Fall noch weiter drücken wird.

Aber mir bleibt nichts anderes übrig. Diese Stille zwischen uns gefällt mir nicht.

»Habt ihr heute trotz der frühen Uhrzeit zusammen gefrühstückt?«

Kayla seufzt und nickt. »Ich wünschte, wir hätten es nicht getan. Die Laune war unterirdisch und die Atmosphäre so eisig, als hätten wir in der Arktis gegessen. Ash hat Hausarrest bekommen und ist natürlich stinksauer.« Sie zuckt mit den Schultern, aber ich sehe das zufriedene Grinsen, das ihre Lippen umspielt. »Jill hat mich vorgewarnt, dass ihre Schwester zu einem großen Gegenschlag ausholen wird. Soll sie nur machen. So schnell lasse ich mich von ihr nicht unterkriegen.«

Ein Hauch von Stolz erfüllt mich, als ich den Wagen zum Stehen bringe. Von Jolina weiß ich, dass Ashley ein richtiges Miststück sein kann, deshalb freut es mich umso mehr, dass Kayla keine Angst davor hat, sich ihr entgegenzustellen. Vielleicht ist doch nicht so viel von ihrem früheren Ich verlorengegangen, wie sie glaubt.

Wir steigen aus, und über Kaylas Gesicht huscht ein überraschter Ausdruck, gefolgt von einem misstrauischen.

»Jetzt sind wir ja doch hier?« Sie sieht mich an, als hätte ich den Verstand verloren.

»Aber nur kurz. Siehst du den Bus da vorne?« Ich deute auf den roten Doppeldeckerbus, vor dem sich schon eine ganze Menge Leute tummeln. »Deswegen mussten wir uns so beeilen. Wir erkunden Los Angeles heute wie stinknormale Touristen.«

Für einen Moment schürzt sie die Lippen, doch dann breitet sich ein Lächeln auf ihrem Gesicht aus, und ihre grünen Augen beginnen aufgeregt zu funkeln.

»Überraschung gelungen?« Ich ziehe an einem ihrer kurzen Zöpfe.

»Wie immer«, erwidert sie und ich verliere mich einen Augenblick in ihrem Anblick. Mit ihren rosigen Wangen und dem vorfreudigen Strahlen in den Augen sieht sie wunderschön aus, und ich muss mich sehr zusammenreißen, um sie nicht zu packen und hier direkt auf dem Parkplatz zu küssen. So zu küssen wie damals in meinem Bungalow, als die Welt noch in Ordnung war.

Ihre Lippen bewegen sich, und ich versuche, die Erinnerung beiseitezuschieben, um ihr zuzuhören.

»Was hast du gesagt?«

Sie lacht, und ich komme mir vor wie ein verliebter Trottel. Amüsiert schüttelt Kayla den Kopf.

»Ich habe gefragt, ob wir rübergehen wollen.«

»Geh schonmal vor. Ich besorge noch eben Kaffee.«

»Latte Macchiato mit Vanillesirup, bitte«, gibt sie in Auftrag, bevor sie langsam Richtung Bus schlendert.

Nach etwa fünfzehn Minuten setzt sich der Bus dann in Bewegung. Kayla hat es sich auf dem Fensterplatz gemütlich gemacht, mit einem Kopfhörer im Ohr, um dem elektrischen Tourguide zuzuhören, und nippt zwischendurch an ihrem Kaffee. Aufgeregt zuckt ihr Blick immer wieder von links nach rechts. Sie saugt alles förmlich in sich auf, während ich mich frage, warum Miranda so eine Tour nicht längst mit ihr gemacht hat. In ihrer Anwesenheit durfte Kayla das Haus doch verlassen. Inzwischen wohnt sie fast ein Jahr in Los Angeles und kennt fast nichts von der Stadt.

Zwischendurch greift sie immer mal wieder nach meinem Arm, um meine Aufmerksamkeit auf etwas Bestimmtes zu lenken. Das führt allerdings dazu, dass meine Haut unter ihrer Berührung angenehm zu kribbeln beginnt und auch nicht damit aufhört, nachdem sie mich wieder losgelassen hat. Wie soll ich mich da auf etwas anderes konzentrieren als auf Kayla?

Wir halten mit etwas Verspätung am *Rodeo Drive.* Sofort springen die Touristen von ihren Plätzen auf und strömen in Scharen nach draußen, um sich an dem Luxus zu erfreuen, der hier auf sie wartet. Kayla und ich gehören zu den Letzten, die aussteigen, und flanieren entspannt die pompöse Einkaufsstraße entlang. Vierzig Minuten Aufenthalt klingen lang, doch mit jemandem an der Seite, mit dem ich gern Zeit verbringe, kommen mir die Minuten wie Sekunden vor.

»Wie wäre es, wenn wir dir etwas weniger Farbenfrohes zum Anziehen kaufen?«, schlage ich vor. Kaylas Augen sind hinter den dunklen Gläsern ihrer Sonnenbrille versteckt, allerdings hüpft ihre Augenbraue so schnell nach oben, dass sich ein ungutes Gefühl in meiner Bauchgegend ausbreitet.

»Du siehst jetzt natürlich auch super aus. Ich dachte nur … also, weil du meintest, dass du nicht so auf bunt stehst.« Etwas unbeholfen sehe ich zu ihr rüber. Ihre Mundwinkel zucken und ich weiß instinktiv, dass ich die Augenbraue falsch interpretiert habe.

»Ich befürchte die Geschäfte liegen ein bisschen über meinem Budget«, schmunzelt sie und ich lasse den Blick über *Chanel, Hermès* und *Gucci* schweifen.

»Wenn ich dich daran erinnern darf … dein Vater ist Milliardär. Wenn du dir um eines keine Sorgen machen musst, dann ist es Geld.« Sie beißt sich auf den Fingernagel ihres Daumens und scheint über meine Worte nachzudenken.

»Ich fühle mich nicht wohl dabei, sein Geld auszugeben. Dave ist mein Vater, ja, aber ich kenne ihn doch erst ein knappes halbes Jahr.«

Wir laufen den *Rodeo Drive* hinab, lassen die teuren Geschäfte hinter uns und kommen zu einer Parkanlage, in der ein bekanntes Wahrzeichen von Los Angeles steht. Dabei denke ich über Kaylas Worte nach. Für mich war Geld nie ein Thema. Ich musste mir keine Gedanken darüber machen, ob ich dieses Vermögen ausgeben soll oder nicht. Ich habe es einfach getan und dachte, dass es ihr ähnlich gehen würde. Immerhin hat auch Miranda nicht schlecht verdient.

»Eigenartig, oder?« Kaylas Stimme holt mich zurück in die Gegenwart. Vor dem Beverly-Hills-Schild hat sich bereits eine kleine Traube aus Menschen gebildet, die alle darauf warten, ein Foto zu machen. Hauptsächlich Fahrgäste aus unserem Bus.

»Was ist eigenartig?« Neugierig sehe ich zu Kayla herunter.

»Ich wohne seit fast einem Jahr hier. Gut, mit längerem Aufenthalt in *Oceanside* – aber trotzdem lerne ich die Stadt jetzt erst richtig kennen.« Ich nicke nachdenklich.

»Wieso hat Miranda L.A. nie mit dir erkundet? Ich meine … dabei hätte sie dich doch im Auge gehabt.«

Kayla zuckt mit den Schultern.

»Ich habe aufgehört, mich sowas zu fragen. Vielleicht war es ihr zu riskant. Auch wenn ich immer Kontaktlinsen drin hatte, sobald ich das Haus verlassen habe, hätte mich dennoch jemand erkennen können.« Insgeheim bin ich froh darüber, dass Miranda es nicht getan hat. Denn es gefällt mir, derjenige zu sein, mit dem Kayla so viele Dinge zum ersten Mal erlebt.

»Das war also der Grund, weshalb du sie getragen hast. Damit niemand dich mit dem verschwundenen Kind mit den großen, grünen Augen in Verbindung bringt.« Auf einmal macht alles Sinn.

»Es lag bestimmt nicht daran, dass ich so gern braune Augen gehabt hätte«, schmunzelt sie, woraufhin meine Mundwinkel zucken.

»Braun stand dir auch gut. Obwohl ich grün besser finde«, gebe ich zu und werde das Gefühl nicht los, diese Augen bereits zu kennen. Stattdessen wende ich mich einem anderen Thema zu. Etwas, das mich brennend interessiert.

»Hast du noch mal was von Miranda gehört?« Ich nenne diese Frau bewusst beim Vornamen, weil ich mir vorstellen kann, dass Kayla sie nicht mehr als ihre Mom bezeichnet. Seufzend schiebt sie ihre Brille ins Haar und wackelt vage mit dem Kopf.

»Nicht direkt. Vor ein paar Tagen habe ich einen Anruf aus dem Gefängnis bekommen, aber nicht angenommen. Und heute, kurz bevor du mich abgeholt hast, kam der nächste. Ich weiß nicht, ob ich mit ihr sprechen will, Jake.«

Ich lege meinen Arm um ihre Schulter und ziehe sie ein Stück zu mir heran.

»Das ist auch keine Entscheidung, die du leichtfertig treffen solltest. Dieses Gespräch wird sicherlich eine Menge Erinnerungen und Emotionen hervorrufen.«

Sie nickt und ich kann förmlich sehen, wie es in ihr arbeitet.

»Niemand zwingt dich dazu, jemals wieder mit ihr zu reden, Kayla. Aber vielleicht ist es ein sinnvoller Abschluss.«

»Hast du dich mit meiner Therapeutin abgesprochen?«, neckt sie, und ich bin froh, dass ihr grüblerischer Gesichtsausdruck verschwunden ist. »Sie sagt nämlich genau dasselbe.«

Ich lache und lasse sie los, damit wir wieder in den Bus einsteigen können.

»Du musst wissen, dass wir uns wöchentlich treffen, um uns über dich auszutauschen.«

Jetzt grinst sie von einem Ohr zum anderen und boxt mir spielerisch gegen die Brust.

»Darüber macht man keine Scherze!« Sie will streng klingen, scheitert allerdings kläglich.

»Ich mache keine Scherze. Das ist mein voller Ernst!«

Jetzt lacht sie und dieses Geräusch trifft mich mitten ins Herz. Es bereitet mir Gänsehaut und macht mir klar, wie sehr ich ihr Lachen vermisst habe.

Als nächstes fährt der Bus uns zum *Grove*, einem beliebten Einkaufszentrum in Los Angeles. Diesmal haben wir eine volle Stunde Zeit, die wir sinnvoll nutzen, um Kaylas Kleiderschrank nach ihren Vorstellungen zu füllen. Die Preise sind hier deutlich angemessener als am *Rodeo Drive*, und auch wenn sie im ersten Moment protestiert, bezahlen wir den kompletten Einkauf mit

Daves Kreditkarte. Den grässlichen Jumpsuit behält sie trotzdem an.

Anschließend holen wir uns etwas zu essen, suchen uns ein ruhiges Plätzchen und genießen die warmen Sonnenstrahlen an diesem lauen Septembertag. Um ein Haar hätten wir die Abfahrt des Busses verpasst, der uns jetzt zu einem Ort etwas außerhalb der Stadt bringt. Der wohl größten Attraktion in ganz Los Angeles: Dem *Hollywood Sign.*

Hier ist mehr los, als erwartet. Dabei gibt es außer den überdimensional großen Buchstaben im Hintergrund nichts Spannendes zu sehen. Das hält mich trotzdem nicht davon ab, Kayla davor zu positionieren, um ein Foto von ihr zu schießen. So richtig touristenmäßig eben. Wegen dieser Bemerkung streckt sie mir die Zunge raus, was mich zum Lachen bringt. Dadurch ziehen wir die Aufmerksamkeit eines älteren Pärchens auf uns.

»Sollen wir ein Foto von Ihnen und Ihrer Freundin machen?« Die Frau mit den grauen Locken kommt langsam näher und für einen Moment bin ich versucht, ihr zu sagen, dass Kayla und ich nicht auf diese Art zusammen sind. Doch im letzten Augenblick überlege ich es mir anders und reiche ihr dankend mein Handy. Gegen ein gemeinsames Foto habe ich nichts einzuwenden. Dann stelle ich mich neben Kayla und schlinge den Arm zu sie, während unsere Fotografin begeistert den Auslöser drückt.

»Küssen Sie sich doch mal! Das Licht ist gerade so schön.« Kayla wirft mir einen fragenden Blick zu.

»Wieso will sie, dass wir uns küssen?«, wispert sie und ich meine einen Hauch Nervosität in ihrer Stimme zu hören.

»Weil sie denkt, wir wären ein Paar«, entgegne ich ebenso leise. Ihre Augen werden groß und ihre Lippen formen ein stummes O.

»Und das hast du nicht aufgeklärt?« Sie klingt streng, ihr Körper spricht jedoch eine andere Sprache. Ihre Wangen sind wieder von dieser leichten Röte überzogen und ihre Augen funkeln, als würden sie mich anflehen, sie einfach zu küssen. Wie kann ihre Stimme »Nein« sagen, wenn ihr Körper doch so laut »Ja« schreit?

»Wir müssen das nicht machen, Kay. Wir lösen das ganze einfach auf und sagen, dass wir nur Freunde sind.« *Nur Freunde.* Diese Worte hinterlassen einen bitteren Nachgeschmack auf meiner Zunge. Sind wir das? Nur Freunde? Wen will ich hier eigentlich verarschen? Es fühlt sich nach viel mehr als einer normalen Freundschaft an.

»Nein, ist schon okay. Es ist immerhin nur ein Kuss, nicht wahr? Ist ja nicht so, als hätten wir das nicht schonmal gemacht.« Sie beißt sich auf die Unterlippe, und bevor sie es sich anders überlegt, beuge ich mich zu ihr herunter, umfasse ihr Kinn und küsse sie. Ihre Lippen sind genauso weich wie in meiner Erinnerung. Ich hatte vor, es kurz zu halten, um sie nicht in Verlegenheit zu bringen. Allerdings frage ich mich jetzt, wie ich diesen Gedanken überhaupt jemals fassen konnte.

Ein kurzer Kuss. Dass ich nicht lache.

Kayla gibt einen leisen Laut von sich, eine Mischung aus wohligem Seufzen und Stöhnen, der eine direkte Auswirkung auf mich hat. Meine Hose wird sofort enger. Ich ziehe Kayla näher an mich, und ihr Körper schmiegt sich der Länge nach an meinen. Ihre Zunge stupst meine herausfordernd an, und wenn ich nicht das verzückte Seufzen der alten Dame gehört hätte, wäre dieser Kuss noch um einiges leidenschaftlicher geworden.

Atemlos löse ich mich von ihr. Ihre Wangen sind noch röter, die Lippen vom Kuss geschwollen. Ihre grünen Augen funkeln fasziniert und am liebsten hätte ich sie sofort wieder geküsst. Scheiß auf die Tour durch L.A. Jetzt würde ich lieber ganz andere Dinge mit ihr tun. Aber der Ehemann unserer Fotografin kommt mir dazwischen.

»Junge Liebe«, murmelt er und drückt mir das Handy wieder in die Hand. »Das waren noch Zeiten damals.«

Gemeinsam gehen sie zurück zum Bus. Der Fahrer winkt bereits hektisch. Wenn wir nicht hier stranden wollen, müssen wir uns beeilen.

»Das war …«, Kayla sieht mich an, als wir wieder auf unseren Plätzen sitzen. Meine Lust hat den Kampf gegen die Vernunft verloren, ansonsten stünden wir jetzt immer noch küssend vor dem *Hollywood Sign*.

»Ich weiß«, entgegne ich und grinse. »Es war genauso gut wie beim letzten Mal.«

Sie wird wieder rot, und ich finde das unfassbar niedlich. Gedankenverloren streicht sie sich mit dem Zeigefinger über die Lippen. Gott, wie sehr wünsche ich mir, das wäre mein Finger.

»Nein. Es war besser«, flüstert sie gerade so laut, dass ich es verstehe.

Den Weg zum *Walk of Fame* bringen wir schweigend hinter uns. Kaylas Blick ist aus dem Fenster gerichtet, während ihre Worte in Dauerschleife durch meinen Kopf laufen.

Zwischen gruselig geschminkten Jokern, Typen, die wie Ghostbusters durch die Gegend laufen, und verflucht realistisch aussehenden Marilyn Monroes überrede ich Kayla zu weiteren Fotos. Sie soll schöne Erinnerungen an ihren ersten richtigen Ausflug in Los Angeles haben, und ich hoffe, dass der Kuss ebenfalls dazu zählt.

Zuletzt besuchen wir den *Sunset Boulevard,* und als wir zurück in Santa Monica sind, gehen wir sogar noch ein wenig am Strand spazieren. Am liebsten hätte ich einen Abstecher in den *Pacific Park* gemacht. Wäre mit ihr ins Riesenrad gestiegen und hätte sie am höchsten Punkt, über den Dächern von Los Angeles, erneut geküsst. Aber je später es wird, desto erschöpfter ist sie. Ihr Gang wird langsamer, als wäre es anstrengend, überhaupt zu laufen. Immer öfter verzieht sie schmerzerfüllt das Gesicht. Also packe ich sie kurzerhand und nehme sie Huckepack.

»Was machst du?« Sie kichert und schlingt ihre Arme um meinen Hals. Dabei fällt mein Blick wieder auf ihren vernarbten Handrücken, doch ich zwinge mich, nicht darauf zu starren.

»Ich trage dich zurück zum Auto«, erkläre ich und drehe meinen Kopf, um sie anzusehen. Dabei komme ich leicht ins Straucheln, finde das Gleichgewicht jedoch schnell wieder.

»Damit nimmst du endlich das Angebot an, dass ich dir schon bei unserem ersten Date gemacht habe.«

Sie lacht. »Aber ich habe dich nicht darum gebeten.«

»Zählt trotzdem.«.

»Was machen wir, wenn wir am Auto angekommen sind?«, fragt sie leise.

»Dann fahren wir zu mir, bestellen Essen und schauen einen Film, den du aussuchst.«

Auf keinen Fall bringe ich sie schon nach Hause. Ich genieße jede Minute, die sie bei mir ist, und wir haben eine Menge nachzuholen. Fünf verlorene Monate, um genau zu sein.

»Das klingt nach einer fabelhaften Idee.« Ich höre ihr Lächeln. Mein Herz schlägt sofort schneller, und ich halte an dem Wunsch fest, dass sie den Abend ebenfalls nicht enden lassen will. Und das macht mich sehr glücklich.

Kapitel 11 – *Kayla*

Jake hat mich geküsst und es war … noch viel besser als beim letzten Mal. Das Gefühl seiner Lippen, die sich mit jeder Sekunde drängender auf meinen Mund gepresst haben … Gott, ich will mehr davon. Auch wenn mein Leben gerade Kopf steht, kann ich an nichts anderes denken, als an den Wunsch, ihn wieder zu küssen. Das ist absolut irrational, oder? Total irrational, ja. Aber dieser Moment war der erste, der sich richtig angefühlt hat, seit ich zurück nach Los Angeles gekommen bin. Und wenn sich etwas richtig anfühlt, kann es unmöglich verkehrt sein.

Mein Glücksgefühl hält so lange an, bis wir vor Jakes Elternhaus parken und es betreten. Jetzt weicht es einem mulmigen Gefühl in der Magengegend. Ein dunkler Schatten legt sich über mich und drückt mich nach unten, während eine leise Stimme gehässig flüstert, dass ich noch immer nicht mit offenen Karten spiele. Da wäre noch diese eine Sache, die es zu klären gibt. Das Geheimnis, das ich seit dem Tag des Brandes mit mir herumtrage. Aber ich kann es ihm nicht sagen. Nicht heute Abend. Nicht nach diesem wunderschönen Tag, der mich an glücklichere Zeiten erinnert hat. Das ist egoistisch, doch die Angst vor seiner Reaktion ist zu groß. Ich will das, was wir gerade wiedergefunden haben, nicht erneut verlieren.

»Alles gut? Du siehst aus, als wäre dir schlecht.« Jake runzelt die Stirn, also werfe ich ihm ein schnelles Lächeln zu und schüttle den Kopf.

»Mir geht es gut. Ich habe nur tierischen Hunger.«

»Dann nichts wie ab in die Küche zum heiligen Lieferservice-Kühlschrank.« Ich folge Jake und bekomme große Augen bei den vielen Speisekarten, welche die Tür des silbernen Edelstahlkühlschranks zupflastern. Kocht in diesem Haus überhaupt jemand selbst? Ich bin fest davon ausgegangen, dass die Van Wyngaardens eine Köchin beschäftigen.

»Such dir aus, was du willst. Ich lade dich ein.«

Etwas umständlich klettere ich auf einen der Barhocker und inspiziere die verschiedenen Flyer, die er mir hinhält. Die Auswahl ist so umfangreich, dass ich Probleme habe, mich zu entscheiden. Außerdem frage ich mich, wie Jake so aussehen kann, wenn er sich nur von Fast Food zu ernähren scheint.

Eine Bewegung im Augenwinkel lässt mich innehalten und aufschauen. Jakes Vater kommt zu uns in die Küche. Er sieht seinen Sohn an und hat den Mund schon zur Begrüßung geöffnet, als er mich bemerkt. Seine Augen weiten sich für den Bruchteil einer Sekunde überrascht, bevor sich ein wissendes Lächeln auf seine Lippen legt.

»Hallo Kayla.«

»Schön Sie wiederzusehen, Mr. Van Wyngaarden«, entgegne ich und erwidere sein Lächeln.

Er hebt seine Hand und schüttelt den Kopf. »Nenn mich Samuel, bitte.«

»Wir wollen etwas zu Essen bestellen.« Jake lehnt sich mit der Hüfte gegen die Tischplatte. »Wollt ihr auch was?«

Ich bin mir seiner Nähe nur allzu bewusst. Angestrengt versuche ich, meinen Blick auf dem Papier zu halten. Nur ein Stück nach rechts und mein Oberarm würde seine Brust streifen. Dann würde meine Haut wieder so angenehm kribbeln, wie immer, wenn wir uns berühren. Aber sein Vater ist hier und das hindert mich daran, es zu tun.

Er hat unseren Streit beim Abendessen neulich ebenfalls mitbekommen, und auch wenn er nicht überrascht davon zu sein scheint, dass wir uns wieder vertragen haben, traue ich mich nicht, in seiner Gegenwart näher an Jake zu rutschen. Es ist immer noch unklar, wo das mit uns hinführen wird. Alles, was ich aktuell weiß, ist, dass ich mich in Jakes Nähe so unbeschwert und leicht fühle wie schon lange nicht mehr. Er ist die Brücke zwischen den schönen Erinnerungen meiner Vergangenheit und einer Zukunft, an der er hoffentlich teilhaben wird. Solange ich weiß, dass er an meiner Seite ist, sieht alles rosiger aus. Dann ist die Welt ein bisschen besser.

Von dem Gespräch der beiden Männer bekomme ich kaum etwas mit. Erst das penetrante Piepen von Jakes Handy lässt mich aufschauen. Er schaut mit zusammengezogenen Augenbrauen auf sein Display, flucht leise, aber gut verständlich und sieht mich dann entschuldigend an.

»Das war Wes. Er hat ein Problem und ich bin die Lösung dafür. Ich muss kurz weg. Such was Leckeres aus und ich schwöre, dass ich gleich wieder da bin.«

Ich nicke, auch wenn mir der Gedanke nicht gefällt, hier ohne ihn zu sein.

»Nun geh schon.« Samuel verdreht die Augen. »Wir fressen sie nicht auf.«

Jake grinst, drückt mir einen Kuss auf den Scheitel, woraufhin ich erröte, und verschwindet. Ich sehe ihm nach, noch lange nachdem er die Küche verlassen hat, und seufze leise. Sein Vater betrachtet mich mit einem nachdenklichen Blick, bevor sich seine Lippen zu einem erneuten Grinsen verziehen.

»Irgendwann musst du mir verraten, was du mit meinem Sohn angestellt hast.«

Ich ziehe eine Augenbraue in die Höhe und sehe zu ihm herüber. »Ich habe doch gar nichts gemacht.« Er erwidert nichts. Seine Lippen umspielt lediglich ein weiteres wissendes Lächeln, das in mir ein nervöses Kribbeln auslöst. Ich habe das Gefühl, dass Samuel Van Wyngaarden bereits mehr über Jakes und meine Zukunft weiß als sein Sohn und ich.

Gemeinsam entscheiden wir uns schließlich für Pizza, was meine Erinnerung direkt zu meinem ersten Date mit Jake katapultiert. Wahrscheinlich bestelle ich genau aus diesem Grund eine Salamipizza mit Ananas. Um den Zauber der Vergangenheit wieder aufleben zu lassen. Ähnlich wie Jake damals verzieht auch sein Vater den Mund, als ich ihm meinen Essenswunsch mitteile, aber ich kann nichts dafür. Ananas auf der Pizza ist für mich ähnlich wichtig wie Luft zum Atmen. Nachdem die Bestellung erfolgt ist, sitzen Samuel und ich in der Küche und unterhalten uns über Gott und die Welt. Er erkundigt sich nach meinem Gesundheitszustand, fragt, wie es in der Schule läuft und ob ich gut mit Viviennes Töchtern zurechtkomme. Bei der letzten Frage verziehe ich das Gesicht zu einer Grimasse, was ihn zum Lachen bringt. Weitere Ausführungen dazu sind nicht nötig, denn er scheint zu wissen, wie anstrengend Ashley manchmal ist.

Unser Gespräch ist so locker und ungezwungen, dass ich mich langsam entspanne und überlege, eine Frage zu stellen, die mir schon lange auf der Zunge brennt. Eine Frage, die ich Dave nicht stelle, weil ich Angst habe, dass er dann traurig wird. Ich ziehe meine Unterlippe zwischen die Zähne und fahre mit dem Zeigefinger über den Rand des Wasserglases, welches Jakes Vater mir im Laufe unseres Gesprächs hingestellt hat.

»Samuel?« Mein Magen flattert nervös, als er mich aufmerksam ansieht. Er ist seinem Sohn dabei so ähnlich, dass ich beschließe, den Versuch zu wagen. Er wird mir bestimmt weiterhelfen können.

»Kannst du mir etwas über meine Mom erzählen? Also meine richtige Mom. Nicht Miranda.«

Er sieht mich einen Moment schweigend an und fährt sich mit der Hand durch das angegraute Haar. Als würde er überlegen, ob er den Ball, den ich ihm zugespielt habe, annimmt oder lieber an Dave weiterkickt.

»Solltest du das nicht deinen Vater fragen?«

Meine Hoffnung bekommt einen Dämpfer. Ich zucke mit den Schultern und richte den Blick auf die graue Marmortischplatte.

»Er spricht nicht über sie. Es hängen nicht mal Bilder von ihr im Haus. Ich weiß auch nicht. Wahrscheinlich habe ich einfach Angst, ihn darauf anzusprechen.«

Samuel seufzt. »Das ist eher Viviennes Schuld. Sie hat alles, was Heather betrifft, aus dem Haus verbannt, um nicht in ihrem Schatten leben zu müssen.« Ich ziehe die Augenbrauen zusammen. Das macht einerseits Sinn, ist andererseits aber vollkommen idiotisch. Wird sie nicht immer in ihrem Schatten leben, ganz egal ob nun Bilder von ihr vorhanden sind oder nicht? Samuel scheint meine Verwirrung zu bemerken und gibt sich seufzend geschlagen.

»Ich fange von vorne an, okay?«

Begeistert richte ich mich auf und nicke.

»Dave, Heather, Miranda, Emma und ich sind gemeinsam zur Schule gegangen. Wir kennen uns also fast unser ganzes Leben lang.«

Er verschränkt die Finger ineinander und legt sie auf der Tischplatte ab, bevor er sich mir wieder zuwendet. »Wir waren eine Clique und unzertrennlich. Jakes Mom und ich sind nach einigen Monaten an der High School ein Paar geworden. Kurze Zeit später ist deine Mom mit Thomas ausgegangen und Dave mit Miranda.«

»Okay, stopp!« Ich hebe die Hände und starre ihn fassungslos an. »Meine Mom ist mit Mr. Davidson ausgegangen?«

Diesem schmierigen, ekligen Typen, der jetzt die Schule leitet? Igitt.

Samuel grinst, als wüsste er genau, was ich denke. »Uns war allen klar, dass die Beziehung der beiden nicht für die Ewigkeit gemacht ist, aber sie haben es lange miteinander ausgehalten. Der Schulabschluss kam, wir studierten und schließlich haben Dave und ich unsere Freundinnen geheiratet, während Heather und Thomas sich getrennt haben. Sie waren zu verschieden. Hatten unterschiedliche Vorstellungen vom Leben.«

Dave und Miranda kommen mir auch nicht vor, als wären sie aus demselben Holz geschnitzt. Um ehrlich zu sein, fällt es mir schwer, sie mir zusammen vorzustellen. Da wundert es mich, dass sie so viele Jahre miteinander verbracht haben und sogar eine Ehe eingegangen sind.

»Hat Dave Miranda geliebt?«, frage ich plötzlich und unterbreche Samuels Redefluss. Dieser nickt langsam.

»Das hat er, wenn auch nicht so sehr wie Miranda ihn.« Das überrascht mich nicht. Sie hat Lizzies Vater, also Dave, immer als ihre große Liebe bezeichnet.

»Aber Lizzies Tod hat die beiden letztlich entzweit. Ihre Beziehung hatte schon vorher Risse, die man aber durchaus hätte reparieren können. Dieser Tag jedoch … hat ihren Untergang besiegelt.«

Ich hänge gebannt an Samuels Lippen. Das sind mehr Informationen, als ich in neunzehn Jahren aus Miranda rausbekommen habe.

»Ihre Scheidung war schlimm. Heftiger als jeder Rosenkrieg, von dem man in der Klatschpresse liest. Miranda wollte Dave vernichten für das, was er ihr angetan hat. Du kannst es dir vielleicht nicht vorstellen, aber sie wollte immer viele Kinder. Das Leben hat ihr nur eines geschenkt und Lizzie damit zu ihrem größten Schatz gemacht. Dass Dave durch ihren Tod ebenfalls einen Teil von sich selbst verloren hat, hat Miranda vollkommen ausgeblendet.«

»War er wirklich schuld an Lizzies Tod?« Meine Stimme ist leise. Ich kenne nur Mirandas Version der Geschichte, und in der ist Dave der Bösewicht.

»Schuld ist ein hartes Wort. Er hätte definitiv besser aufpassen müssen. Das Telefonat in der Nähe des Pools führen, um eingreifen zu können, wenn etwas passiert. Aber im Endeffekt war es eine Verkettung unglücklicher Zustände, unter denen Dave wohl am meisten leiden musste.«

Ich nicke. Zu diesem Schluss bin ich auch gekommen. Es war ein schrecklicher Unfall, der hätte vermieden werden können.

»Heather war während der Zeit des Trauerns und der Scheidung immer für Dave da. Es hat schon in der Schule heftig zwischen den beiden gefunkt, aber da sie andere Partner hatten, haben sie diese Gefühle nie zugelassen. Nachdem die Scheidung rechtskräftig war und sich alles wieder etwas beruhigt hat, schlug ihre Liebe ein wie eine Bombe. Heather war Daves Rettungsanker, und das hat ihre Verbindung so unglaublich stark und intensiv gemacht.« Samuel hält inne und sieht mich wieder mit diesem nachdenklichen, wissendem Blick an, mit dem er mich heute schon des Öfteren bedacht hat.

»Ich denke, du bist es für Jake«, meint er plötzlich und verschafft mir damit eine Gänsehaut. »Sein Rettungsanker, an dem er sich festhalten kann, wenn er zu ertrinken droht. Und das wird er. Spätestens, wenn seine Mutter stirbt.«

Samuels Stimme ist leiser geworden, trauriger und ich verstehe weshalb. Er hat genauso mit der Krankheit seiner Frau zu kämpfen wie Jake.

»Er ist es auch für mich«, erwidere ich ebenso leise. Es kommt mir falsch vor, in einer normalen Lautstärke zu sprechen. Als würde der Moment dadurch zerbrechen. Mein Blick fällt auf meinen verbrannten, linken Handrücken und ich merke, dass Samuel krampfhaft versucht, nicht ebenfalls darauf zu starren. »Er ist das Licht, dem ich folgen muss, um aus der Dunkelheit zu finden.«

»Sieht aus, als hättet ihr euch genau zur richtigen Zeit wiedergefunden, um euch gegenseitig zu retten.« Ich lächle Samuel an, doch bevor ich etwas darauf erwidern kann, kommt mir eine andere Stimme zuvor. Sie ist weiblich, rau und leise. Dünn wie Papier und trotzdem höre ich eine gewisse Stärke aus ihr heraus.

»Wer rettet wen?« Mein Kopf schnellt Richtung Tür und da

sitzt sie. Eingehüllt in einen großen, flauschigen Bademantel, auf dem Kopf ein dunkelgrünes Tuch. Ihre Augen sind so blau wie die ihres Sohnes: Jakes Mom.

»Kayla unseren lieben Sohn.« Samuel steht auf, um seiner Frau einen Kuss auf die Stirn zu geben. Diese schließt die Augen, und ich erlaube mir, sie einen Moment lang zu betrachten. Sie ist dünn, das erkenne ich an ihrem Hals und ihren Handgelenken. Ihr Gesicht ist eingefallen, und unter ihren Augen haben sich dunkle Ringe gebildet. Trotzdem kann man sehen, dass sie früher eine schöne Frau war. Es in gewisser Weise immer noch ist. Dieses innere Strahlen verliert man nicht. Selbst dann nicht, wenn der Krebs es einem hartnäckig zu nehmen versucht.

»Du bist also Kayla.« Sie lächelt mich freundlich an, und ihre Augen funkeln voller Wärme und Aufrichtigkeit. »Es freut mich, dich endlich kennenzulernen.« Ich erwidere ihr Lächeln und hoffe, dass sie mein Starren nicht bemerkt hat. »Jake hat erzählt, dass du Kunstliebhaberin bist. Genau wie ich! Kennst du schon unsere kleine Galerie?«

Langsam nicke ich und bemerke, dass ich bisher noch kein Wort gesagt habe. Wie unhöflich.

»Er hat sie mir gezeigt, aber ich würde sie mir gern noch einmal ansehen.«

Beim letzten Mal war ich nicht ganz bei der Sache, um der Kunst die Aufmerksamkeit zu schenken, die sie verdient. Samuel lacht und wirft seiner Frau einen liebevollen Blick zu. »Du hättest ihr mit dieser Antwort keine größere Freude machen können.«

Gemeinsam verlassen wir die Küche und gehen in den kleinen Salon, der sich auch auf den zweiten Blick als wahre Schatzkammer entpuppt. Van Gogh, Monet und ein recht unbekanntes Werk von Picasso verschlagen mir beinahe die Sprache. Ich male zwar selbst nicht mehr, aber ein gutes Bild weiß ich immer noch zu schätzen. Vor allem, wenn es von so großartigen Künstlern kommt. Ansonsten hängen hier Gemälde von amerikanischen Kunstschaffenden, die zum jetzigen Zeitpunkt ein kleines Vermögen wert sind. Ich erkenne ein Werk von Jackson Pollock, dem Meister des Klecksens und Tröpfelns. Daneben erstrahlt in grellen, bunten, fast schon neonartigen Farben ein Bild von Andy Warhol, der einst das berühmte Portrait von Marilyn Monroe gemalt hat. Es ist, als wäre ich gestorben und im Himmel für Kunstliebhaber wieder aufgewacht.

»Sagt mir bitte, dass euer Haus eine gute Alarmanlage hat«, murmle ich, und höre die beiden lachen.

»Die beste, die es gibt. Keine Sorge«, versichert Samuel und verabschiedet sich fürs Erste, um noch einige geschäftliche Angelegenheiten zu klären.

»An Ihrer Stelle würde ich mich ausschließlich hier aufhalten«, sage ich zu Emma und lasse mich auf einem der Sofas nieder. Dem Sofa, das direkt gegenüber von meinem Bild steht. Meinem Bild! Zwischen künstlerischen Ausnahmetalenten. Wie surreal ist das bitte? Beim Anblick der Gemälde, die Dave und Vivienne in meinem Schlafzimmer aufgehängt haben, hat sich mir beinahe der Magen umgedreht. Zu schmerzvoll waren die Gedanken an das, was ich verloren habe. Aber bei den mitternachtsblauen Augen ist es anders. Mein Herz schlägt einen Moment schneller, und ein Lächeln stiehlt sich auf meine Lippen. Mit diesem Werk verbinde ich schöne Erinnerungen. Dieses Bild verbinde ich mit Jake.

»Es ist herausragend, nicht wahr?« Emma folgt meinem Blick. »Hat Jake dir erzählt, weshalb Sam es für mich kaufen musste?«

Ich nicke lächelnd. »Weil die Augen Sie an die Ihres Sohnes erinnert haben.«

Jetzt ist Emma diejenige, die nickt. Gefolgt von einem

Schmunzeln. »Du musst mich übrigens nicht Siezen, Kayla. Das ist sehr höflich, aber nicht notwendig.«

Ich lächle und nicke, bevor ich Jakes Mom einen Augenblick lang nachdenklich ansehe.

»Es wundert mich nicht, dass du dieses Augenpaar mit seinen assoziierst«, beginne ich vorsichtig und bin im Inbegriff, ihr mein bestgehütetes Geheimnis zu verraten. Das Geheimnis hinter diesem Bild. »Es sind nämlich seine.«

Überrascht sieht Emma mich an. »Woher weißt du das?« In ihrer Stimme schwingt ehrliche Neugier mit.

»Weil ich dieses Bild gemalt habe.«

Es wird ruhig um uns. Emma sieht immer wieder zwischen dem Gemälde und mir hin und her. Zieht die Augenbrauen zusammen und entspannt sie wieder. Öffnet den Mund, um etwas zu sagen, schließt ihn, ohne gesprochen zu haben. Ihr fehlen die Worte. Zurecht, denn wenn sie eins und eins zusammenzählt, habe ich ihr gerade die Antwort auf die meistgestellte Frage innerhalb der Kunstszene von Los Angeles geliefert: Wer steckt hinter der Schattenkünstlerin?

»Aber das würde ja bedeuten ...« Sie führt den Satz nicht zu Ende, doch ich weiß, was sie sagen will.

»Ja, genau das bedeutet es.« Sie schüttelt den Kopf, fassungslos darüber, was sie gerade erfahren hat.

»Mein Sohn datet eine der gefragtesten Künstlerinnen der Stadt. Unglaublich.«

Ich lache auf und ziehe ein Bein mit aufs Sofa. Dabei vergesse ich richtigzustellen, dass Jake und ich uns nicht daten. Denn das tun wir nicht, oder?

»Das Talent hast du definitiv von deiner Mutter.«

Ohne es zu wollen, kommt mir direkt Miranda in den Sinn. Ich will schon anfangen, es zu leugnen, denn die ist ungefähr so kreativ wie ein Stein, bis mir klar wird, dass Emma Heather meint. Meine richtige Mom.

»Hat sie denn auch gemalt?«

Emma lächelt.

»Sie war sehr begabt. Einige Bilder hier im Haus sind sogar von ihr. Sam und ich haben sie übernommen, weil dein Vater sie nicht jeden Tag ansehen konnte.«

Ich beiße mir auf die Unterlippe, um mir eine Bemerkung darüber zu verkneifen, dass sie wohl eher Vivienne gestört haben. Aber Emmas Gesichtsausdruck zeigt, dass Dave der Verlust seiner zweiten Frau noch immer zu schaffen macht. Egal, wie glücklich er mit Vivienne auch sein mag. Das bestärkt mich in der Entscheidung, ihn nicht darum zu bitten, mir etwas über Heather zu erzählen, sondern diese Aufgabe Samuel und Emma zu überlassen.

»Wie war sie so?« Ich sehe Jakes Mom nicht an, als ich die Frage stelle, aber ich höre das Lächeln in ihrer Stimme, als sie antwortet.

»Fröhlich, offen und warmherzig. Jeder war gern in ihrer Nähe. Das war Balsam für die Seele. Erst dein Verschwinden hat das Leuchten aus ihren Augen vertrieben. Hat sie kalt und teilnahmslos werden lassen. Es war furchtbar, das mit anzusehen.«

Die altbekannte Wut breitet sich in meinem Bauch aus und brennt darin wie Feuer. Ich hasse Miranda für das, was sie meinen Eltern während ihres Rachefeldzuges angetan hat. Dafür, dass sie meiner Mom aus purem Egoismus den Lebenswillen genommen hat.

Das Läuten der Türklingel unterbricht die Erinnerungen an Heather und lässt meine Wut wieder abflauen. Jolinas Stimme hallt durchs Haus, um uns mitzuteilen, dass das Essen angekommen ist. Ich will schon aufstehen, doch Emma fasst mich am Arm und hält mich zurück.

»Ich würde dich gern um einen Gefallen bitten.« Sie winkt mich näher zu sich heran und flüstert mir ihre Bitte ins Ohr. Hin- und hergerissen sehe ich sie an. Kann ich einer sterbenden

Frau ihren Wunsch abschlagen? Oder wandere ich dann direkt in die Hölle?

»Ich weiß nicht, ob ich das kann«, gebe ich schließlich ehrlich zu. »Sowas mache ich nicht mehr.«

Emma lächelt mich an und umfasst mit ihren langen, dünnen Fingern sanft meine Hand.

»Ich bin mir sicher, dass du das schaffst. Alles weitere besprechen wir später.« Mir bleibt keine Zeit, um zu protestieren, denn da taucht Samuel schon auf, um uns zum Essen abzuholen. Während wir gemeinsam ins Wohnzimmer gehen, wirbeln meine Gedanken wild durcheinander. Ich weiß nicht, ob ich Emma ihren Wunsch erfüllen kann, aber als ich sie noch mal ansehe und das herzliche Lächeln auf ihrem Gesicht bemerke, nehme ich mir fest vor, es wenigstens zu versuchen.

Kapitel 12 – *Jake*

Als ich nach meinem kurzen Ausflug zu Wes endlich wieder nach Hause komme, erwartet mich ein Bild, das sich für immer in mein Gedächtnis brennt. Kayla sitzt gemeinsam mit meinen Eltern und Jolina im Wohnzimmer. Jeder von ihnen balanciert einen Pizzakarton auf dem Schoß. Außer Mom, sie hält lediglich einen dieser kalorienreichen Drinks in der Hand. Von normalem Essen muss sie neuerdings immer erbrechen.

Kayla und meine Familie lachen miteinander, als würde sie sich schon ewig kennen, und mein Herz zieht sich bei diesem Anblick auf gute Weise zusammen. Mom wirkt glücklich, und die Art wie sie Kayla ansieht, zeigt, dass sie sie mag. Es freut mich, dass ich ihr diesen einen Wunsch noch erfüllen kann: Ein Mädchen mit nach Hause zu bringen, mit dem ich mir eine Zukunft vorstellen kann. Und bei niemandem ist mir dieser Gedanke bisher leichter gefallen als bei Kayla. Zugegeben, bei Lynn vielleicht, aber sie ist Geschichte. Seit dem geplanten Treffen am Santa Monica Pier, zu dem sie nicht erschienen ist, habe ich nichts mehr von ihr gehört. Das lässt mich annehmen, dass sie keinen Kontakt mehr mit mir will. Was auch immer zwischen uns gewesen ist, es war nicht stark genug, um zu einem *Für immer* zu werden.

»Musstest du Wes aus dem Knast holen, oder warum hat das so lange gedauert?« Die Stimme meines Vaters reißt mich aus meinen Gedanken. Ich blinzle ein paar Mal, gebe Mom einen Kuss auf die Stirn und falle neben Kayla aufs Sofa. Sie hat ihre Pizza bereits zur Hälfte verputzt und natürlich sind Ananasstücke darauf. Bäh. Angewidert verziehe ich das Gesicht, während ich nach dem einzigen Karton greife, der noch auf dem Couchtisch steht.

»Nein, der Knast war es nicht. Allerdings ein sehr katastrophales Date. Du weißt doch, wie Wes ist. Wenn er sich einmal in eine prekäre Lage gebracht hat, kommt er nur schwer allein wieder raus.«

»Ist das so eine Art *Bro Code?* Er schickt dir einen Hilferuf und täuscht einen Notfall vor?« Kayla sieht mich interessiert an. Meine Mundwinkel zucken.

Jolina verdreht genervt die Augen und übernimmt das Antworten für mich.

»Genauso läuft es jedes Mal. Wes bringt nicht ein Date zu Ende, ohne dass Jake ihn retten muss.« Irritiert ziehe ich die Augenbrauen zusammen. Sie kennt sich mit Wes' verrücktem Verhalten bestens aus und stichelt öfter dagegen. Bisher hatte ich allerdings nie das Gefühl, dass ihr sein Frauenverschleiß etwas ausmacht. Heute ist das anders. Es wirkt, als würde sie sein Datingverhalten tatsächlich stören. Anstatt weiter darauf einzugehen, wechselt sie das Thema.

»Ich kann es immer noch nicht glauben, dass du mit Riven von der Party verschwunden bist. Jedes Mädchen der Schule würde dafür töten. Mich eingeschlossen.« Sofort setze ich mich ein bisschen aufrechter hin und spitze die Ohren. Mom kann sich nur mit Mühe ein Grinsen verkneifen, als sie das bemerkt. Kayla zuckt glücklicherweise nur mit den Schultern. Als wäre das keine große Sache gewesen. Trotzdem kann ich die Eifersucht nicht zurückdrängen, die langsam in jede meiner Poren kriecht.

»Er hat mir geholfen, als es von euch niemand getan hat. Viele Alternativen hatte ich nicht, falls du dich erinnerst. Er war nüchtern und hat gefragt, ob er mich fahren soll. Dieses Angebot habe ich nur zu gern angenommen.« Jolina schlägt die Augen nieder. Ein typisches Zeichen dafür, dass ihr schlechtes Gewissen sie plagt. Bis vor ein paar Sekunden habe ich mir keine Gedanken über den gestrigen Abend gemacht, aber jetzt macht es *klick*. Natürlich war Jolina auch da, und die Tatsache, dass sie Kayla nicht geholfen hat, macht mich unfassbar wütend.

»Es tut mir wirklich leid, Kayla. Das war eine Scheißaktion von Ash.« Kay sieht meine Schwester lange an und meine Eltern beobachten sie dabei ganz genau.

»Schon gut«, meint sie schließlich und lächelt. »Solange du Ashley das nächste Mal von so einer dummen Idee abbringst, sind wir cool.«

Meine Schwester atmet erleichtert aus und wechselt erneut das Thema. Meine Wut und die Eifersucht darüber, dass Riven vor mir für Kayla da sein konnte, ebben langsam ab, und das restliche Abendessen über ist die Stimmung angenehm, ausgelassen und vergnügt. Trotzdem bin ich froh, als Kayla und ich endlich in meinem Bungalow allein sind. Stille umhüllt uns, als die Tür ins Schloss fällt. Ich beobachte sie, während sie sich umsieht. Beim letzten Mal war das kaum möglich, da überall Plakate herumlagen.

»Ist gemütlich hier«, meint sie nach einigen Augenblicken und schaut mich an. »Könnte ein bisschen mehr Farbe vertragen, aber sonst …«

Jetzt betrachte ich mein Zuhause ebenfalls genauer. Die Möbel sind grau und die Wände weiß. Nur den Ficus, dessen Blätter traurig herabhängen, kann man als Farbklecks zählen.

»Wir könnten ja zusammen die Wände bemalen«, schlage ich vor, woraufhin sie traurig lächelt.

»Vielleicht irgendwann«, entgegnet sie leise und etwas an diesem *irgendwann* lässt mich stutzen. Ich habe das Gefühl, genau diesen Wortlaut schon einmal gehört zu haben.

Viel Zeit, um darüber nachzudenken, bleibt mir allerdings nicht, denn Kaylas traurige Miene veranlasst mich dazu, sie aufheitern zu wollen.

»Ich wünschte, ich würde endlich dieses hässliche Teil loswerden«, murmelt sie und zupft naserümpfend an ihrem Jumpsuit.

»Du kannst es gern einfach ausziehen«, erwidere ich, ohne nachzudenken.

»Und was genau, denkst du, trage ich dann?« Sie klingt fassungslos und etwas verunsichert. »Ganz bestimmt nicht nur Unterwäsche.«

Langsam komme ich ihr näher. »Auch wenn mir diese Vorstellung sehr gefällt, habe ich an nichts dergleichen gedacht.«

Ungläubig zieht sie eine Augenbraue in die Höhe und schnaubt. »Wer's glaubt.« Ich lache und umfasse sanft ihre Handgelenke.

»Was brauchst du, um dich wohlzufühlen? Die neuen Klamotten aus dem Auto? Etwas von mir?« Sie neigt den Kopf zur Seite und überlegt. Dabei beißt sie sich auf die Unterlippe und mir wird schlagartig heiß. Sofort muss ich an den Kuss von heute Nachmittag denken. Daran, wie weich ihre Lippen waren, und dass sie nach diesem süßen Fruchtsaft geschmeckt hat, den sie beim Mittagessen getrunken hat. Gott, wie gern würde ich jetzt an dieser Unterlippe knabbern! Sanft lege ich den Daumen darauf und entziehe sie ihren Zähnen. Kaylas Atem stockt. Sie sieht mich an und ich schlucke, während ich über ihre Unterlippe fahre.

»Was ist das hier, Jake?«, fragt sie leise. Ihre Stimme ist rau und ihre grünen Augen sind einige Nuancen dunkler geworden.

»Ich weiß es nicht«, murmle ich und kann nicht aufhören sie anzuschauen. Irgendwo habe ich diese Augen schon einmal gesehen.

»Aber eines weiß ich genau …« Unsere Lippen liegen so schnell aufeinander, dass ich nicht sagen kann, wer wen zuerst geküsst hat. Ein erleichtertes Seufzen entfährt mir und verliert sich in ihrer Mundhöhle, als unsere Zungen sich finden. Meine

Sinne sind benebelt von Kayla. Sie ist die Droge, die mir hilft, meine Sucht zu stillen. Ich gehe ein paar Schritte rückwärts, ziehe sie mit mir, und im nächsten Moment sitze ich auf dem Sofa und sie auf meinem Schoß. Eine Position, die meine Hose um einiges enger werden lässt. Kayla seufzt leise und bringt mich damit beinahe um den Verstand. Mit den Händen fahre ich über ihren Rücken, ihren Hintern und platziere sie an ihren Oberschenkeln. Bereit, sie jederzeit unter meinem Körper zu begraben, wenn sie das möchte.

Mit den Lippen wandere ich ihren Hals hinab und schiebe den Stoff ihres Jumpsuits beiseite, als sie plötzlich erstarrt, von mir ablässt und von meinem Schoß flüchtet. Unsere Blase zerplatzt, und wir schlagen hart auf dem Boden der Realität auf.

Aufgewühlt tigert sie vor mir auf und ab. Ihre Lippen sind geschwollen vom Küssen, die Wangen gerötet. Sie sieht absolut anbetungswürdig aus, aber in ihren grünen Augen steht die blanke Panik.

»Wir hätten das nicht tun sollen. Ich kann das nicht.«

»Also ich finde, du kannst es ganz hervorragend.« Es ist ein hilfloser Versuch, die Situation zu lockern. Für einige Sekunden zupft ein Lächeln an Kaylas Mundwinkeln, doch es ist genauso schnell verschwunden, wie es aufgetaucht ist. Seufzend fahre ich mir mit der Hand durchs Haar.

»Du weißt, dass ich dich nie zu etwas drängen würde. Wenn du nicht willst, dass sich unsere … Beziehung in diese Richtung entwickelt, ist das okay.«

Es wäre schwer für mich, nur als Freund in ihrer Nähe zu sein, aber wenn es das ist, was sie möchte, komme ich damit klar. Alles ist besser, als sie wieder zu verlieren.

Kayla bleibt stehen. Ein gequälter Ausdruck huscht über ihr Gesicht. Unsicher kaut sie auf der Unterlippe.

»Ich will schon, aber … ich kann nicht. Es geht nicht.« Sie beginnt erneut loszulaufen. Immer wieder von links nach rechts.

»Ich kann das nicht. Ich kann das nicht. Ich kann das nicht«, murmelt sie dabei pausenlos. Hilflos sehe ich ihr von meinem Platz aus zu. Ein Gefühl von Machtlosigkeit breitet sich in mir aus.

»Wir müssen nichts überstürzen, Kayla. Du bist wieder da. Jetzt haben wir alle Zeit der Welt, und manchmal ist es besser, etwas langsam anzugehen, damit es gut wird.«

Ich bin mir nicht sicher, ob sie mich gehört hat. Ihre Gedanken scheinen sie derart zu vereinnahmen, dass sie in diesem Moment in ihrer eigenen Welt feststeckt.

Plötzlich bleibt sie stehen. Ihr Blick findet meinen, und ich versuche, ihn festzuhalten, doch er entgleitet mir. Ich kann in ihren Augen erkennen, wie sie sich vor mir verschließt, weshalb mein Herz sich schmerzhaft zusammenzieht.

»Ich muss jetzt gehen.« Ihre Worte verdrängen das Ohnmachtsgefühl in mir. Ich springe hastig auf und nähere mich ihr behutsam, um sie nicht zu verschrecken. Vorsichtig nehme ich ihre rechte Hand in meine. Ich habe mich bewusst für die unverletzte Seite entschieden, damit sie sich nicht noch unwohler fühlt als ohnehin schon. Mir ist klar, dass dieser abrupte Abgang nichts mit mir zu tun hat, oder damit, dass sie mich nicht küssen will, sondern an ihrer Einstellung sich selbst gegenüber. Vielleicht hat sie sogar Angst davor, wie ich über sie denken könnte.

»Du musst nicht gehen, Kay.« Ich spreche leise, suche ihren Blick. Sie schüttelt energisch den Kopf. Lässt nicht zu, dass ich sie richtig ansehe.

»Hast du dich mal gefragt, was passiert, wenn wir uns hierauf einlassen?«, fragt sie leise. Auf einmal klingt sie ruhiger als noch vor wenigen Minuten. »Dass ich dir vielleicht nie mehr geben kann als ein paar Küsse?«

Ich runzle die Stirn und schüttle den Kopf.

»Ich plane selten langfristig voraus«, gebe ich ehrlich zu. »Aber ich verstehe nicht, weshalb du so denkst.«

Kayla stößt ein freudloses Lachen aus und löst ihre Hand aus meiner.

»Deshalb.« Sie hält mir ihren linken Handrücken direkt vors Gesicht.

»Mich stören deine Narben nicht. Ich finde dich genauso schön wie vorher auch. Sie sind jetzt ein Teil von dir. Wie könnte ich sie da nicht … mögen.« Beinahe hätte ich *lieben* gesagt, aber das würde sie vermutlich noch mehr verschrecken. Langsam greife ich wieder nach ihr, doch sie zieht sich zurück.

»Du kennst das Ausmaß der Verletzungen nicht.« Ihre Stimme ist nicht mehr als ein Flüstern.

»Dann zeig es mir.« Ihre Augen glänzen verräterisch. Wenn sie jetzt anfängt zu weinen, bricht mein Herz in tausend Stücke.

»Es geht nicht, Jake. Ich kann einfach nicht.« Wie ein Mantra murmelt sie das immer wieder vor sich hin. Seufzend fahre ich mir mit der Hand durchs Haar. Diese Unterhaltung habe ich verloren. Kayla ist zu sehr damit beschäftigt, sich gegen mich zu wehren, um meine Hilfe anzunehmen. Also bleibt mir nur eine Möglichkeit.

»Wenn du wirklich nach Hause willst, fahre ich dich. Oder wolltest du den Weg nach Santa Monica laufen?«

Sie wedelt mit ihrem Handy.

»Ich rufe mir ein Uber.« Ohne meine Antwort abzuwarten, dreht sie sich um und geht.

Das kann doch nicht wahr sein! Das letzte Mal, als sie meinen Bungalow verlassen hat, habe ich sie fünf Monate nicht gesehen. Das darf nicht noch einmal passieren. So schnell ich kann, laufe ich zur Tür, doch Kayla hat den Garten bereits halb durchquert.

»Das ist doch Quatsch, Kayla! Ich fahre dich!« Aber sie kann mich nicht mehr hören oder sie will es nicht.

»Du solltest dringend damit aufhören, vor mir davonzulaufen!«

Innerlich hoffe ich, dass sie dieser Satz zum Anhalten bringt. Aber das passiert nicht. Sie macht genau das, worum ich sie gebeten habe, es nicht zu tun: Weglaufen. Und ich Idiot bleibe im Türrahmen stehen und sehe schweigend dabei zu, wie die Dunkelheit sie verschluckt.

Zwei Wochen sind vergangen, seit Kayla fast schon fluchtartig mein Zuhause verlassen hat. Zwei Wochen, in denen sie meine Nachrichten nur sporadisch beantwortet. Aber immerhin schreibt sie überhaupt und ist nicht wieder wie vom Erdboden verschluckt.

In diesen zwei Wochen habe ich viel Zeit gehabt, um über unseren gemeinsamen Abend nachzudenken. Vielleicht war ich zu schnell. Zu forsch. Wollte mehr von ihr, als sie mir in diesem Moment geben konnte. Habe nicht deutlich genug gemacht, dass sie das Tempo vorgeben darf. Genau aus diesem Grund ist es paradox, dass ich mich überhaupt auf das Treffen eingelassen habe, das mir gleich bevorsteht. Denn während Kayla sich kaum gemeldet hat, ist jemand anders wieder auf der Bildfläche erschienen: Lynn.

Mir ist beinahe das Herz stehengeblieben, als ich ihren Namen auf meinem Handydisplay gelesen habe, und obwohl ich sie aus meinem Leben streichen wollte, konnte ich nichts dagegen tun, dass meine Finger die Benachrichtigung geöffnet haben. Sie wolle reden, sich erklären, und deshalb bin ich jetzt hier. Zum einen aus Neugier. Ich muss wissen, weshalb sie mich fallengelassen hat, um damit abzuschließen und ohne sie in die Zukunft blicken zu können. Zum anderen ist es auch eine Trotzreaktion darauf, dass Kayla mich ignoriert. Zumindest rede ich mir das ein. Vielleicht kann ich Lynn aber auch nicht so leicht loslassen, wie angenommen.

Ich sitze im *Sandstorm*, einem kleinen Café direkt an der Promenade von Venice Beach. Es ist unheimlich voll. Draußen sind bereits alle Tische belegt, weshalb ich mich drinnen für einen direkt an der Fensterfront entschieden habe. Eine große Tasse schwarzer Kaffee dampft vor sich hin, während ich immer wieder nervös die Hände in den Schoß lege, nur um sie dann neben dem Becher zu platzieren und mir anschließend durchs Haar zu fahren.

Jedes Mal, wenn das Glöckchen über der Tür klingelt, sehe ich auf. Doch es ist niemals eine blonde Frau mit grünen Augen. Wenn sie mich ein zweites Mal versetzt, blockiere ich sie definitiv bei *Versacio*. Das wäre ganz einfach. Mein angeknackstes Ego wieder aufzubauen jedoch nicht.

Ich nehme gerade einen großen Schluck Kaffee, als es erneut bimmelt. Eine junge Frau steht etwas verloren im Eingang und sieht sich suchend um. Ihr dunkelblondes Haar ist zu einem Pferdeschwanz zurückgebunden, und als ihre grünen Augen meine treffen, weiß ich, dass es Lynn ist. Geschmeidig bahnt sie sich einen Weg zwischen den anderen Gästen hindurch, bis sie schließlich vor mir steht.

»Hallo Jacob.« Sie lächelt mich an und setzt sich. »Danke, dass du dir Zeit genommen hast.«

Ihre Stimme klingt anders, als ich sie in Erinnerung habe. Allerdings ist unsere letzte Begegnung über ein halbes Jahr her, und man vergisst ja generell zuerst die Stimme einer Person, die man lange nicht gesehen hat. Von daher könnte mein Gedächtnis mir einen Streich spielen. Ihre Augen sind auch nicht ganz so stechend grün wie auf dem Maskenball, allerdings schiebe ich auch das auf mein schlechtes Erinnerungsvermögen. Vermutlich wirken sie bei Tageslicht anders als bei schummriger Beleuchtung in einem Pavillon und mit einer Maske auf dem Gesicht.

»Es hat mich überrascht, dass du dich gemeldet hast«, gebe ich ehrlich zu. Lynn zieht eine Grimasse und bestellt einen Tee, bevor sie sich mir wieder zuwendet.

»Es ist viel passiert. Ich habe nie aufgehört, an dich zu denken, aber den Zeitpunkt, dich um Entschuldigung für mein Fernbleiben am Pier zu bitten, habe ich verpasst.« Mit dem Finger fahre ich über den Rand meiner Kaffeetasse. Eine Angewohnheit, die ich mir von Kayla abgeschaut habe. Sofort meldet sich mein schlechtes Gewissen. Ich sollte gar nicht hier sein, sondern alles dafür tun, um Kayla zu zeigen, dass sie bei mir sie selbst sein kann. Dennoch schiebe ich die Gedanken mit aller Kraft beiseite und versuche, mich auf das Hier und Jetzt zu konzentrieren.

»Wieso bist du nicht gekommen?« Meine Stimme ist leise, aber fest. Ich will mir nicht anmerken lassen, wie sehr mich ihre Zurückweisung damals getroffen hat. Lynn kippt ein Tütchen Zucker in ihren Tee, rührt um und sieht mich dann direkt an.

»Ich hatte einen großen Streit mit meiner Mom. Einen von der heftigen Sorte mit Hausarrest, Handy- und Laptopentzug. Ich hatte keine Chance, dich zu kontaktieren. Du weißt, wie sie manchmal sein kann.«

Prüfend sehe ich sie an und komme zu dem Schluss, dass sie die Wahrheit sagt. Ihre Mutter kann eine richtige Hexe sein, dass hat sie schon des Öfteren erwähnt. Wieso sie sich nicht gemeldet hat, nachdem sie ihren Laptop wiederhatte, ist mir jedoch schleierhaft. Aber wenn ich es mir recht überlege, wäre ich wahrscheinlich nicht bereit gewesen, ihr überhaupt zuzuhören.

Ich zucke leicht zusammen, als sie über den Tisch hinweg nach meiner Hand greift. Ihre Finger sind angenehm warm und meine Haut kribbelt dort, wo sie mich berührt. Nicht so heftig wie bei Kayla, aber eine Reaktion ist definitiv vorhanden.

»Ich weiß, dass ich einen großen Fehler gemacht habe, Jacob. Aber ich lasse nicht zu, dass dadurch unsere Zukunft beeinflusst wird. Mir ist bewusst, dass wir nicht da weitermachen können, wo wir aufgehört haben, aber vielleicht fangen wir noch mal neu an. Zusammen. Im realen Leben ohne einen Handybildschirm zwischen uns.« Mit dem Daumen streiche ich leicht über ihren Handrücken.

»Ich weiß nicht, ob ich dir das geben kann, was du dir wünscht.« Sofort schiebt sich Kayla wieder in den Vordergrund meiner Gedanken. Es ist beinahe derselbe Wortlaut, den sie vor zwei Wochen verwendet hat. »Es gibt da jemanden in meinem Leben. Jemand besonderen. Trotzdem würde ich gern unsere Freundschaft weiter ausbauen.«

Sie lächelt und nickt, zieht ihre Hand jedoch nicht zurück.

»Ich nehme alles, was ich kriegen kann.«

Lachend lehne ich mich nach hinten, wodurch unser Körperkontakt unterbrochen wird. Lynn war zuerst meine beste Freundin oder vielmehr die Person, die dem am nächsten kam. Wenn wir auf diesem Fundament aufbauen könnten, wäre das großartig.

Mein Blick verweilt einige Sekunden auf ihrem Gesicht, dann wandert er weiter über die übrigen Gäste bis nach draußen, wo meine Augen an einer anderen Person hängenbleiben. Einer Person, die ich seit zwei Wochen nicht gesehen habe. Mein Grinsen gefriert, und die Welt bleibt für einen Moment stehen. Mein Herz schlägt sofort schneller, und mein Magen macht einen Salto rückwärts vor Freude, hier auf sie zu treffen. Dann dreht er sich aber um, weil mich das schlechte Gewissen plagt.

Kayla steht direkt vor dem *Sandstorm* und starrt Lynn und mich an. Ihre Lippen sind zu einer dünnen Linie zusammengepresst, und als sie meinen Blick bemerkt, öffnet sie kurz den Mund, schließt ihn dann wieder und schüttelt den Kopf. Sie macht auf dem Absatz kehrt und will gehen, doch diesmal lasse ich sie nicht so einfach ziehen. Hastig entschuldige ich mich bei Lynn und stürze nach draußen.

»Kayla!« Ich bekomme sie am Ellenbogen zu fassen und drehe sie zu mir herum. Einen Herzschlag lang sehen wir uns an. Zwei Menschen unter Tausend anderen. Zwei Herzen, die im gleichen Takt schlagen und dasselbe wollen. Ein Herzschlagmoment.

»Hey«, meine ich schließlich wenig einfallsreich und lächle. Ihre Mundwinkel sind leicht nach oben gezogen, doch sobald ihr Blick zurück zum Café zuckt, ist der Ausdruck von Freude verschwunden.

»Ich wollte dich nicht von deinem Date weglocken.« Ihre Stimme ist ruhig, kontrolliert. Als würde sie zwanghaft versuchen, mich nicht anzuschreien, sich loszureißen oder davonzulaufen.

»Das ist kein Date. Das ist nur Lynn. Erinnerst du dich? Sie ist das Mädchen vom Maskenball, nach dem ich gesucht habe. Vor einigen Tagen hat sie sich aus heiterem Himmel gemeldet.« Gespannt warte ich auf ihre Reaktion, aber es kommt nichts. Sie sieht mich an, als hätte ich ihr gerade offenbart, dass ich demnächst auf den Mars umsiedeln will. Dann verändert sich ihr Gesichtsausdruck plötzlich, und ich befürchte, dass sie mir jeden Moment vor die Füße kotzt.

Kapitel dreizehn – *Kayla*

Nach »Das ist nur Lynn« war ich raus. Meine Ohren klingeln, mein Mund ist trocken und mein Herz zieht sich so schmerzhaft zusammen, dass ich Angst habe, gleich tot umzufallen. Wie kann das sein? Erlaubt sich das Universum einen fragwürdigen Scherz mit mir? Oder ist es ein großer Zufall, dass Jake mit einer Frau Kaffee trinkt, die Lynn heißt und mir zum Verwechseln ähnlich sieht? Der einzige Unterschied zwischen uns ist, dass ihre Haare im Unterschied zu meinen blond sind.

Anfangs habe ich mich gefreut, als ich Jake im *Sandstorm* gesehen habe, doch als ich die Frau an seiner Seite bemerkt habe, bröckelte die Begeisterung. Es war nicht richtig von mir, ihn zwei Wochen lang mehr oder weniger zu ignorieren, nachdem unser gemeinsamer Tag wegen mir ein katastrophales Ende genommen hat. Aber ich habe Zeit gebraucht, um herauszufinden, was ich will. Ich habe gemerkt, dass es noch eine Weile dauern wird, bis ich mich auf die Weise auf Jake einlassen kann, die er sich wünscht. Ihn jetzt mit einer anderen Frau zu sehen, wirft allerdings die Frage auf, ob er bereit ist, mir diese Zeit zu geben.

Ich starre über seine Schulter hinweg in das Café, von wo aus sie uns genau beobachtet. Das kann nicht sein!

Ich bin Lynn.

Ich bin die Frau, die er sucht.

Doch ich bin auch diejenige, die den Mund nicht aufgemacht hat, um ihm die Wahrheit zu sagen. Die es so ermöglicht hat, dass sich tatsächlich jemand anderes als Lynn ausgeben kann. Bringt es jetzt noch etwas, mit offenen Karten zu spielen? Oder wäre die Behauptung, dass ich Lynn bin, so unglaubwürdig, dass ich mich damit nur selbst lächerlich mache? Weil ich eifersüchtig wirken würde. Eifersüchtig darauf, dass er sich mit anderen Frauen trifft. So ein verdammter Mist! Ich öffne den Mund, um etwas zu sagen. Irgendetwas. Doch es kommt nichts raus. Keine Frage, keine Erklärung, nicht mal ein einziger Ton. Also klappe ich ihn wieder zu und suche fieberhaft nach Worten, die dieses Gespräch nicht noch unangenehmer machen, als es ohnehin schon ist. Wobei man es nicht wirklich ein Gespräch nennen kann, immerhin redet bislang nur Jake. Allerdings habe ich keine Möglichkeit mehr, mich zu äußern, denn plötzlich legt sich ein Arm um meine Schulter und eine Stimme erklingt, die mir inzwischen sehr vertraut ist.

»Kay Kay! Du hast heute Mittag gar nicht erzählt, dass du nach Venice willst. Wir hätten zusammen fahren können!« Riven fährt sich mit der Hand durch das dunkelblonde Haar und grinst erst mich und dann Jake an.

»Hey, Mann!« Er hält ihm die Hand zum Einschlagen hin, die Jake jedoch geflissentlich ignoriert. Sein Blick ist um einiges finsterer geworden, vor allem, nachdem er registriert, dass Riven mich noch immer berührt.

»Hab ich wohl vergessen«, erwidere ich und lächle meinen Schulfreund entschuldigend an. »Ich habe hier gleich einen Termin.«

Wow. Jetzt entscheidet sich meine Stimme, wieder zu funktionieren? Ganz große Klasse. Dabei hätte ich Jake so viel zu sagen. Aber vor Riven geht das natürlich nicht. Außerdem tritt »Lynn« gerade aus dem Café und winkt zu uns herüber.

»Du wirst wohl erwartet.« Riven nickt in ihre Richtung, doch Jake dreht sich nicht um. Sein Blick ruht weiterhin auf mir. Ich erkenne in seinen Augen, dass ihm die Situation nicht gefällt, und noch bevor ich etwas sagen kann, schnappt er sich meine Hand und zieht mich von Riven weg. Ich stolpere nach vorn und pralle gegen seine Brust. Sofort macht mein Herz einen Satz. Der Duft seines würzig herben Parfums hüllt mich ein und ich sehe ihn an. Mein Mund wird trocken bei der Intensität seines Blickes. Ich beiße mir auf die Unterlippe und verfolge die Bewegungen in seinem Gesicht dabei ganz genau. Für den Bruchteil einer Sekunde stockt ihm der Atem. Dann streicht er mir eine Strähne aus der Stirn, und Gänsehaut breitet sich trotz der heißen Temperaturen auf meinem Körper aus. Ich vergesse die vielen Menschen um uns herum. Vergesse Lynn und Riven und das so viel Ungesagtes zwischen uns steht. Für wenige Augenblicke gibt es nur Jake und mich in einer kleinen, perfekten Welt, in der ich den Gedanken zulasse, genug zu sein. Nicht kaputt zu sein. Bereit dazu, eine Beziehung mit ihm zu führen.

»Ich rufe dich nachher an«, verspricht er schließlich und ich nicke. Er lässt meine Hand los, geht ein paar Schritte rückwärts und dreht sich um, um zu der Frau zu gehen, die vorgibt, ich zu sein. Gemeinsam verschwinden sie in der Menschenmasse, und ich würde lügen, wenn ich sagte, dass mir das nichts ausmacht.

»Was ist das eigentlich zwischen euch?« Riven tritt an meine Seite, woraufhin ich mit den Schultern zucke.

»Kompliziert«, erwidere ich.

»Und wer ist die Unbekannte, mit der er gerade abgedampft ist?«

»Das ist noch viel komplizierter.« Ich seufze.

»Erzählst du es mir?« Er sieht mich von der Seite an und ich schüttle den Kopf.

»Nicht heute, aber vielleicht irgendwann.«

Er nickt und wir schweigen einen Moment. Wenn ich in den letzten Wochen etwas gelernt habe, dann, dass Riven ein guter Zuhörer ist. Er drängt sich den Leuten nicht auf, sondern lässt ihnen die Zeit, die sie brauchen, um ihre Geschichte zu erzählen. Das mag ich sehr an ihm. Ebenso wie Tatsache, dass er zwar der gefeierte Quarterback der Schulmannschaft ist, aber trotzdem keinen Wert darauf legt, seine Zeit nur mit den Cheerleadern und seinen Teamkollegen zu verbringen. In der Mittagspause sitzt er lieber bei Macey, Trevor und mir, und wir haben jede Menge Spaß zusammen. Es ist ein gutes Gefühl, meinen Freundeskreis erweitert zu haben.

»Wann hast du deinen Termin?« Hektisch schaue ich auf mein Handy. Verdammt, durch das Zusammentreffen mit Jake habe ich komplett die Zeit vergessen.

»Für den bin ich schon viel zu spät dran!« Sofort drehe ich mich um und bahne mir einen Weg durch die Touristen. Dabei hält Riven mühelos mit mir Schritt.

»Verrätst du mir, wohin wir gehen?« Neugierig sieht er mich von der Seite an.

»Tattoostudio«, erwidere ich und atme erleichtert auf, als das grüne *Open* von Tammys Laden in mein Blickfeld kommt.

»Nice, was dagegen, wenn ich dich begleite?« Vor dem Eingang des Ladens halte ich inne und betrachte Riven mit hochgezogenen Augenbrauen.

»Da du mir ohnehin schon gefolgt bist, kann ich dich jetzt schlecht hier stehenlassen.« Er lacht und ich stimme mit ein. Ablenkung kommt mir ganz gelegen. Ansonsten würde ich mir den Kopf darüber zerbrechen, was Jake wohl gerade macht.

Gemeinsam betreten wir das Innere des Studios, und noch bevor ich reagieren kann, wirft Tammy mich mit einer Umarmung beinahe um.

»Kayla! Ich freue mich so, dass du wieder da bist!« Ich lächle die kleine Tätowiererin herzlich an, die ihre Haare inzwischen blau gefärbt hat. Ansonsten hat sich nicht viel an ihrem Erscheinungsbild verändert. Vielleicht sind ein paar neue Tattoos dazugekommen, aber das lässt sich bei ihrem ohnehin schon bunten Körper schlecht sagen.

»Jake war ein paar Mal hier und hat erzählt, dass du wie vom Erdboden verschluckt bist. Da habe ich mir echt Sorgen gemacht! Und der arme Junge erst.« Sie schüttelt den Kopf, kann sich ein Grinsen aber nicht verkneifen. Tammy shippt uns schon, seit wir zum ersten Mal gemeinsam durch diese Tür gekommen sind. Allerdings kann ich mich nicht daran erinnern, von einem neuen Tattoo gehört oder eines bei Jake gesehen zu haben.

»Wen hast du denn heute mitgebracht?« Neugierig scannt Tammy Riven ab.

»Das ist Riven«, erkläre ich, weshalb er seine Erkundungstour durch den Laden unterbricht und seine Aufmerksamkeit auf Tammy lenkt. Dieses faszinierte Glitzern in seinen Augen habe ich bisher noch nie gesehen.

»Wir besuchen dieselbe Schule«, ergänze ich schnell, bevor Tammy sich ihre eigene Geschichte in ihrem kleinen, fantasievollen Köpfchen spinnt. Ich sehe ihr an der Nasenspitze an, dass sie mir gern tausend Fragen stellen würde, aber sie beschränkt sich lediglich auf eine. Langsam kommt sie ein Stück näher und senkt die Stimme, sodass Riven uns nicht hört.

»Wo findest du nur immer diese gutaussehenden Typen? Das musst du mir unbedingt verraten.«

Ich lache, während Rivens Blick verwirrt zwischen uns hin und her zuckt. Tammy dagegen klatscht auffordernd in die Hände und funkelt mich vergnügt an.

»Okay, Themawechsel. Was machen wir heute?«

Ich krame mein Handy aus der Tasche und zeige ihr ein Bild. Es ist ähnlich wie beim letzten Mal. Keine große, aufwendige Zeichnung, sondern nur ein Wort. Ganz schlicht in einer Schrift, die an die einer Schreibmaschine erinnert. Ein Wort mit großer Bedeutung, die mir erst in den letzten Wochen richtig klar geworden ist.

Tammy nickt. »Survivor. Gefällt mir. Minimalistisch. Passt zu dir. Wohin?« Ich räuspere mich, um sicherzugehen, dass meine Stimme nicht gleich wieder versagt.

»Linker Arm, unterhalb der Ellenbeuge.«

Riven verschluckt sich heftig an dem Wasser, dass er sich aus dem Spender neben der Tür genommen hat. Mit großen Augen sieht er mich an.

»Aber … das ist doch …« Ich nicke und sehe ihn an. Genau wie Macey und Trevor weiß er, dass mein linker Arm am schlimmsten betroffen ist. Allerdings gilt das nur für den äußeren Bereich. Die Innenseite des Unterarms ist größtenteils verschont geblieben. Nur vereinzelte Narbengeschwulste laufen dorthin aus. Die Panikattacke vor zwei Wochen in Jakes Bungalow hat mir die Augen geöffnet. Vielleicht waren es auch seine Worte, die erst zu Hause richtig zu mir durchgedrungen sind. Ich muss lernen, zu akzeptieren, wer ich jetzt bin. Dazu gehört auch, dass ich lerne, diese Narben als normal anzusehen. Sie als Teil von mir zu akzeptieren. Darüber habe ich viel mit Costa und Dr. Miller gesprochen, und wir sind zu dem Schluss gekommen, dass ich üben muss, mich diesbezüglich anderen gegenüber zu öffnen. Also habe ich genau das getan. Erst waren es nur Giulia und Toni, denen ich die Narben gezeigt habe. Dann schließlich Macey und Mario und jetzt Riven.

Dieses Tattoo soll mich an das erinnern, was Costa mir vor einigen Wochen gesagt hat: Ich bin nicht schwach oder weniger wert wegen dem, was mir passiert ist. Ich bin eine Kämpferin, eine Überlebende. Ich bin dabei, zurückzukommen. Das ist alles, was zählt, und wenn ich selbstbewusst genug bin, um mich nicht mehr zu verstecken, bin ich auch bereit für eine Beziehung mit Jake. Wenn er es dann noch will.

Zu dritt verschwinden wir in einem der hinteren Zimmer, wo ich mich auf die schwarze Liege setze. Riven lehnt mit verschränkten Armen an der Wand neben der Tür, während Tammy sich dunkelblaue Handschuhe anzieht. Passend zu ihren Haaren. Ich atme tief durch, bevor ich mit dem Arm aus dem Kleid schlüpfe und ihn Tammy hinhalte, damit sie die Vorlage platzieren kann. Riven zieht hörbar die Luft ein und auch meine Tätowiererin hält einen Moment inne, bevor sie mit ihrer Arbeit beginnt.

»O Süße«, murmelt sie leise. »Ist das der Grund, weshalb du verschwunden bist?« Ich nicke, sage aber nichts. »Weiß Jake davon?«

Ich bejahe stumm, kann es diesmal aber nicht unkommentiert stehen lassen. »Er kennt die Geschichte dahinter, aber die Narben nicht.«

Tammy sieht mich noch einmal kurz an. Es scheint, als wolle sie etwas sagen, überlegt es sich dann jedoch anders. Stattdessen beginnt die Nadel zu surren, und für den Moment konzentriere ich mich nur darauf und auf den süßen Schmerz, der sich von der Ellenbeuge bis in meine Fingerspitzen ausbreitet.

Nach unserem Besuch bei Tammy bietet Riven an, mich nach Hause zu bringen, damit ich nicht mit dem Bus fahren muss. Dankend nehme ich sein Angebot an. Den Großteil der Fahrt über schweigen wir. Erst als Riven den Wagen in unserer Auffahrt zum Stehen bringt, durchbricht er die Stille.

»Danke, dass du mir das heute gezeigt hast«, sagt er leise und lächelt mich vorsichtig an. »Das war bestimmt nicht leicht.«

Ich seufze und lehne meinen Kopf gegen die dafür vorgesehene Stütze. »Ich arbeite gerade daran, dass es leichter wird. Normaler.« Mit den Händen fährt er über das abgenutzte Leder seines Lenkrads.

»Wieso hat Jake es noch nicht gesehen? Ich meine, ihr steht euch nah, liegt es da nicht auf der Hand, dass er es sieht?« Seine Frage trifft mich unvorbereitet, dabei hat er vollkommen recht.

»Es ist …«

»… kompliziert«, beendet Riven den Satz für mich und grinst. »Schon klar.«

»Aber lass dir eines gesagt sein, Kayla. Wenn er dich nicht so will, wie du bist, ist er deine Zeit nicht wert.« Meine Mundwinkel zucken leicht nach oben. Dieses Thema hat wohl den Beschützerinstinkt in Riven geweckt.

»Er ist es wert, glaub mir. Aber danke.« Ich verabschiede mich mit einem flüchtigen Kuss auf die Wange und steige aus. Noch lange nachdem sein Auto verschwunden ist, sehe ich ihm nach und wiederhole seine Worte in meinem Kopf. Manchmal wünschte ich, dass es so einfach wäre. Aber Jake ist nicht das Problem und ich bin es auch nicht. Die Ausgangslage macht unsere Situation so kompliziert. Wenn es den Brand nicht gegeben hätte, müssten wir uns auch nicht mit den derzeitigen Hindernissen befassen. Weil ich allerdings mit den Folgen des Unfalls leben muss, ist es wichtig, dass ich einen Weg finde, um damit umzugehen. Ich muss lernen, mich so zu lieben, wie ich bin. Eine Möglichkeit finden, Jake in diesen Heilungsprozess einzubinden, damit ich mich in seiner Gegenwart wieder wohlfühle. Denn so kompliziert es auch sein mag, ich bin nicht bereit, ihn aus meinem Leben zu streichen.

Mit langsamen Schritten gehe ich ins Haus, direkt hoch in mein Zimmer. Es war ein langer Tag. Meine Füße schmerzen, und ich sehne mich nach nichts mehr als einem heißen Bad und meinem kuscheligen Bett. Als ich mein Zimmer betrete, fällt mein Blick auf den Laptop und ein anderer Gedanke schiebt sich in den Vordergrund.

Ich sinke auf den Schreibtischstuhl und fahre das Notebook hoch. Da ich die *Versacio*-App nicht mehr auf meinem Handy habe, versuche ich mich über das Onlineportal einzuloggen, doch es funktioniert nicht. Immer wieder gebe ich das Passwort ein. Solange, bis ich fünf Minuten warten muss, weil es zu viele fehlgeschlagene Anmeldungsversuche gab.

»Das gibt es doch nicht«, murmle ich genervt. Ich tippe definitiv das richtige Passwort ein, und in meinem Benutzernamen ist auch kein Rechtschreibfehler. Vor einer Woche konnte ich mich damit noch einloggen. In einem Moment, in dem meine

Sehnsucht nach Jake so groß gewesen ist, dass ich unsere alten Chatverläufe gelesen habe. Was hat sich seitdem geändert, dass ich mich plötzlich nicht mehr anmelden kann?

Ratlos drehe ich mich auf meinem Stuhl im Kreis, bis ich eine Bewegung an der Tür wahrnehme. Sofort halte ich inne und sehe Ash, die mit verschränkten Armen und diesem kleinen, teuflischen Lächeln im Türrahmen gelehnt steht.

»Ist scheiße, hm? Wenn plötzlich jemand kommt und sich in fest verankerte Beziehungen drängt.« Ich sehe sie ratlos an, bis es *klick* macht.

»Das hast du nicht getan.« Meine Stimme ist erstaunlich ruhig, auch wenn ich mich am liebsten auf sie gestürzt hätte.

»Du solltest deinen Laptop besser mit einem Passwort schützen.« Sie lächelt zuckersüß, und ich beiße fest die Zähne aufeinander. In meinem alten Zuhause war das nicht nötig, aber hier in diesem Schlangennest hätte ich es besser wissen müssen.

»Weißt du, Kayla, mir war klar, dass ich irgendetwas finde, wenn ich lange genug suche. Aber du hast es mir wirklich sehr leicht gemacht. Die Chats, die Fotos vom Maskenball. Nachdem ich eins und eins zusammengezählt hatte, musste ich nur das Passwort ändern und jemanden finden, der aussieht wie die Frau auf den Fotos, und zack war mein Plan perfekt.« Im ersten Moment ist mir nicht klar, von welchen Fotos Ashley spricht. Aber dann fällt mir wieder ein, dass Jacob mir einige geschickt hat, auf denen wir beide tanzend im Pavillon zu sehen sind. Ich lehne mich auf dem Stuhl zurück und ringe um Fassung. Meine Stiefschwester ist ein teuflisches Genie. Jill hat zwar schon angedeutet, dass sie auf Rache aus ist, weil ich sie bei Dave angeschwärzt habe, aber dass sie zu solchen Mitteln greift …

»Was willst du?«, knurre ich und verschränke die Arme vor der Brust.

»Dass du dahin zurückgehst, wo du hergekommen bist«, zischt sie und erinnert mich dabei an eine Schlange. »Bei dir und Dave mag dasselbe Blut durch die Adern fließen, aber du bist kein Teil dieser Familie!«

»Du weißt schon, dass es keinen Ort gibt, an den ich zurückkann?« Fassungslos sehe ich sie an, woraufhin sie nur gleichgültig mit den Schultern zuckt.

»Dann wirst du zusehen müssen, wie Jake sich in die falsche Lynn verliebt.«

»Das wird niemals funktionieren. Ich könnte es ihm sagen.« Ashley stößt sich vom Türrahmen ab und kommt Schritt für Schritt weiter auf mich zu.

»Erstens ist Lana eine hervorragende Schauspielerin, die ausgezeichnet auswendig lernen kann und auf ihren Durchbruch wartet. Sie kennt jedes Gespräch zwischen Lynn und Jacob und weiß genau, wie sie in bestimmten Situationen reagieren muss. Zweitens …«, sie macht noch einen Schritt auf mich zu. »Wenn du auch nur daran denken solltest, es Jake oder Dad zu erzählen, mache ich dir das Leben zur Hölle. Du magst mit dem beliebten Quarterback befreundet sein, aber *ich* bin immer noch die Königin der *Pacific Palisades Hall* und kann dich zerquetschen wie eine kleine, lästige Fliege. Ein falsches Wort und du wünschst dir, du wärst in diesem Feuer gestorben. Meine Familie nimmt mir niemand weg, ist das klar?«

Mit jedem ihrer Worte sind meine Augen größer geworden. Unbewusst bin ich mit dem Stuhl von ihr weggerückt, doch jetzt stoße ich gegen den Schreibtisch.

»Ob das klar ist, habe ich gefragt?«

Hastig nicke ich, woraufhin Ash wieder ihr perfektes Lächeln aufsetzt und sich das Haar über die Schulter wirft.

»Supi. War nett mit dir zu plaudern.«

Und dann stöckelt sie davon. Ashley Kingston mag jünger und kleiner sein als ich, aber sie ist furchteinflößender als jeder Drache und jede böse Hexe aus den Märchen. Kein Wunder, dass die ganze Schule tut, was sie sagt. Die haben alle Angst vor ihr. Mich eingeschlossen, denn als Jake später anruft, um mir die Geschichte mit Lynn genauer zu erzählen, hadere ich immer noch damit, ob ich ihm die Wahrheit sagen soll. Außerdem weiß ich nicht, ob ich in der Position bin, sauer zu sein. Er hat in Venice deutlich gemacht, dass die beiden kein Date hatten, und immerhin war ich diejenige, die ihm in den letzten Wochen die kalte Schulter gezeigt hat.

»Ich bin echt froh, dass sie sich gemeldet hat und wir das klären konnten.« Er klingt so erleichtert und zufrieden, während es in meinem Bauch rumort.

»Glaube ich gern. Bist du sicher, dass sie wirklich die Person ist, die du suchst? Vielleicht gibt sie sich als jemand aus, der sie überhaupt nicht ist«, gebe ich zu bedenken. Jake lacht.

»Wie kommst du denn darauf? Das klingt ja wie aus einem schlechten Film. Nein, nein. Ich bin sicher, dass sie die Richtige ist.« Ich brumme etwas Unverständliches und beschließe, keinen weiteren Versuch in dieser Hinsicht mehr zu unternehmen. Ash hat mich mit diesem radikalen Schritt überrumpelt. Wenn ich ein Schlupfloch finden will, um die Situation aufzuklären, muss ich das mit Bedacht tun. Denn ich will nicht erneut ein Leben verlieren, das ich mir mühsam aufgebaut habe.

Kapitel 14 – *Jake*

Mein Leben läuft super. Kayla redet wieder in vollständigen Sätzen mit mir und wir sehen uns regelmäßig. Lynn und ich bauen unsere Freundschaft weiter aus, und ich habe es endlich geschafft, meine Abschlussarbeit abzugeben. Es könnte nicht besser laufen. Doch so schön das Leben mir an einem Tag auch begegnen mag, am nächsten reißt es mir den Boden unter den Füßen weg.

Es ist der 30. September, an dem sich meine Welt, wie ich sie kannte, aufhört zu drehen. Der Tag, an dem meine Mom ihren letzten Atemzug macht. Es war abzusehen, dass es passiert. Seit der Diagnose konnten wir uns darauf vorbereiten, aber als Dad an diesem Morgen mit aschfahlem Gesicht die Treppe herunterkommt, fühlt es sich an, als würde eine riesige Welle über mir zusammenbrechen und mich in die Tiefe ziehen.

Jolina fängt sofort an zu weinen und wirft sich in Dads Arme. Ich sitze einfach nur da, unfähig mich zu bewegen. Um mich herum verschwimmt alles. Mein Körper wird taub, und ich fühle nichts als tiefe Trauer und unendlichen Schmerz. Diese Gefühle fluten meinen Körper, und ich drohe, in ihnen zu ertrinken.

Irgendwann schaffe ich es, aufzustehen und Jolina von Dad wegzuziehen, damit sie an meiner Brust weiterweinen und er einige Anrufe erledigen kann. Der erste geht an Justin, um ihm die traurige Nachricht zu überbringen. Der zweite an Dr. Mitchell, der verspricht, innerhalb der nächsten Stunde vorbeizuschauen, um Moms Tod offiziell zu bestätigen. Mit dem dritten Anruf bitte Dad Onkel Dave, vorbeizukommen, der sofort alles stehen und liegen lässt und innerhalb einer Viertelstunde da ist. Leider ohne Kayla. Ich hatte gehofft, dass sie mitkommt. Mit ihr an meiner Seite hätte ich den Schmerz womöglich besser ertragen.

Als Justin ankommt, gehen wir drei Geschwister zusammen nach oben, um uns von Mom zu verabschieden. Sie liegt auf dem Rücken im Bett, die Augen geschlossen und sieht aus, als würde sie friedlich schlafen. Aber als ich ihre Hand berühre, spüre ich, dass sie nicht mehr aufwacht. Sie ist kalt. Wahrscheinlich ist sie im Laufe der vergangenen Nacht gestorben. Ihr Gesicht sieht friedlich aus, erleichtert, weshalb ich mir vorstelle, dass sie keine großen Schmerzen hatte, als sie im Schlaf entschwunden ist. Das tröstet mich immerhin ein bisschen.

Jolina ist vollkommen fertig. Sie sitzt am Bett und weint, ohne dass die Tränen für einen Augenblick versiegen. Es tut mir fast schon körperlich weh, sie so leiden zu sehen. Kein siebzehnjähriges Mädchen hat es verdient, seine Mutter so früh zu verlieren. Es ist ein regelrechter Kampf, sie von Mom loszueisen, als Dr. Mitchell schließlich auftaucht, um sie noch ein letztes Mal zu untersuchen.

Mit meiner Schwester auf dem Arm gehe ich hinter Justin die Treppe hinunter und zurück ins Wohnzimmer. Inzwischen sind weitere Leute eingetroffen. Wes sitzt neben meinem Dad auf dem Sofa und unterhält sich leise mit ihm. Als wir den Raum betreten, steht er sofort auf und nimmt mir Jolina ab, bevor er mir einen mitfühlenden Blick zuwirft. Auch seine Augen glänzen und sind rot gerändert. Für ihn ist Moms Tod mindestens genauso schlimm wie für uns. Er betrachtet uns mehr als Familie als seine eigene. Justins Ehefrau, Abigail, kommt auf ihn zu und nimmt ihn fest in den Arm. Erst jetzt lässt er seine Tränen zu. Zuvor hat er sie mühevoll zurückgehalten, um stark für Jolina zu sein.

Wieder einmal bin ich froh, dass die beiden sich vor drei Monaten spontan dazu entschlossen haben, zu heiraten. Ohne große Feier, sondern nur im engsten Kreis der Familie, damit Mom die Möglichkeit hatte, wenigstens eines ihrer Kinder am Traualtar stehen zu sehen.

Eine sanfte Berührung am Arm lässt mich zusammenzucken. Ich senke den Blick und sehe in traurige grüne Augen.

»Dave hat mich angerufen«, sagt Kayla leise und schlingt ihre Arme um mich. Sofort flacht der Sturm in meinem Inneren etwas ab,und ich werde ruhiger, als ich ihren Körper an meinem spüre. Ohne zu zögern, erwidere ich ihre Umarmung und klammere mich an ihr fest. Als wäre sie der Rettungsanker, der mich vor dem Ertrinken bewahrt.

Die nächsten Tage sind stressig, und es kehrt kaum Ruhe ein. Dad muss eine Menge für die Beerdigung organisieren. Ständig sind Freunde der Familie oder entfernte Verwandte da. Sie bringen uns Essen vorbei, als hätten sie Angst, dass wir verhungern, jetzt wo Mom gestorben ist. Dabei haben wir schon vor langer Zeit gelernt, selbst zu kochen. Seit Kurzem haben wir außerdem eine Haushälterin, die sich um alles kümmert. Gerade ist sie allerdings mehr damit beschäftigt, die Vielzahl an gefüllten Vorratsdosen fein säuberlich in den Kühl- und Gefrierschrank zu sortieren, ohne dass sie herausfallen, sobald man die Tür öffnet. Nach Essen ist niemandem von uns zumute, weshalb das meiste unberührt bleibt. Jolina kommt kaum aus ihrem Zimmer. Justin und Abigail trauern überwiegend zu zweit in ihrem Appartement. Obwohl das Leben um uns herum normal weitergeht, habe ich das Gefühl, dass meine Welt verlernt hat, sich zu drehen. Oder sie bewegt sich langsamer als noch vor wenigen Wochen. Moms Tod hat ein Loch hinterlassen, vom dem ich nicht weiß, wie ich es wieder füllen soll.

Kayla und Jill kommen ein paar Mal vorbei. Letztere, um Jolina aus ihrem Zimmer zu locken oder sie wenigstens zum Essen zu bewegen. Beides leider mit mäßigem Erfolg. Kayla hingegen hilft mir, das Blumenmeer zu bändigen, das sich mit jedem vergehenden Tag vergrößert. Ich verstehe, dass die Leute ihr Beileid bekunden wollen. Doch es gibt nichts, womit sie die

Situation verbessern könnten. Da helfen keine Blumen oder leckeren Gerichte.

Gemeinsam mit Kayla wähle ich eine Anzeige für den Nachruf aus, gestalte die Einladungen zur Beerdigung und durchforste Fotoalben, um ein schönes Foto von Mom zu finden. Dabei reden wir nicht viel, aber allein ihre Nähe und ihre flüchtigen Berührungen spenden mir den Trost, den ich brauche. Irgendwann rufe ich Lynn an, und sie kommt vorbei. Wir sitzen zusammen im Garten, und ich erzähle ihr von Mom. Dabei merke ich, wie gut es mir tut, mir den Kummer von der Seele zu reden. Mit Lynn ist es so leicht, darüber zu sprechen, denn sie weiß, wie viel mir Mom bedeutet hat und wie sehr mich ihr Verlust schmerzt. Trotzdem habe ich manchmal das Gefühl, dass ihre Antworten nicht ganz so einfühlsam und sanft sind wie damals, als wir uns online ausgetauscht haben. Aber womöglich bilde ich mir das auch nur ein.

Erst am Tag der Beerdigung bekomme ich meine kleine Schwester wieder zu Gesicht. Unter ihren Augen zeichnen sich tiefe, dunkle Ringe ab, und zeigen deutlich, wie viel sie geweint hat. Ich hingegen habe noch keine einzige Träne vergossen. Mir tut nur alles weh. Ein leichter, andauernder Schmerz, der mich daran erinnert, dass Mom nicht zurückkommt. Ich nehme Jolina in den Arm und spüre, wie ihr schmaler Körper wieder zu beben beginnt. Das ihre Tränen noch immer nicht aufgebraucht sind, ist unvorstellbar.

Zusammen mit Dad, Justin und Abigail fahren wir in einer schwarzen Limousine mit abgedunkelten Fenstern zum Friedhof. Schon von Weitem sehe ich die wartenden Trauergäste, die alle schwarz gekleidet sind.

Als ich aus dem Auto steige, kommt Wes auf mich zu und drückt mich fest an sich. Ich erwidere es kurz und lasse währenddessen den Blick schweifen. Seine Mom und Doug sind ebenfalls hier. Beide lächeln mich traurig an. In einiger Entfernung stehen unter einem Baum im Schatten langjährige Geschäftspartner meines Vaters, die auch Mom gut kannten.

Als nächstes treffen die Kingstons ein. Automatisch suchen meine Augen nach Kayla. Als ich sie finde, macht mein Herz einen Satz und eine gewisse Ruhe erfüllt mich. Sie trägt wieder einen dieser Einteiler, die Vivienne ihr gekauft hat, nur diesmal ist er schwarz, elegant und sieht sehr teuer aus. Ihre Haare sind offen und ihre Augen verstecken sich – genau wie meine – hinter einer großen Sonnenbrille. Als sie den Kopf in meine Richtung dreht, zupft ein kurzweiliges Lächeln an ihren Mundwinkeln. Eine kleine Geste, die mir die Welt bedeutet. Ich will gerade zu ihr gehen, als sich eine schmale, zarte Hand in meine schiebt. Überrascht sehe ich runter und bemerke Lynn, die mir ermutigend zulächelt.

»Du musst da nicht allein durch«, wispert sie und drückt meine Finger. »Ich weiche dir nicht von der Seite.«

Ich erwidere ihr Händedrücken, kann mich aber nicht davon abhalten, noch einmal nach Kayla zu sehen. Sie hat ihre Sonnenbrille ins Haar geschoben und beobachtet Lynn und mich. Auf die Entfernung kann ich es nicht genau erkennen, aber ich könnte schwören, dass ihre Stirn in Falten liegt. Ich verspüre den überwältigenden Drang, zu ihr zu gehen, aber will ich Lynn nicht vor den Kopf stoßen, die alles dafür tut, dass ich mich nicht ganz so elend fühle. Zum Glück nimmt Onkel Dave mir die Entscheidung ab, indem er Kayla sanft an der Schulter berührt und sie zum Mitkommen auffordert. Nach einem letzten Blick in meine Richtung dreht sie sich um und folgt ihrem Vater.

In einem langen Zug laufen wir vom Eingang des Friedhofs zu der abgelegenen Rasenfläche, auf der bereits der Pfarrer und ein weißer Sarg auf uns warten. Ungelenk lasse ich mich auf einen der weißen Holzklappstühle sinken, die für unsere Familie bereit stehen. Lynn platziert sich direkt hinter mir, eine Hand tröstend auf meine Schulter gelegt. Der Rest der Trauergemeinde verteilt sich um den Sarg herum.

Als jeder seinen Platz eingenommen hat, erklingen die ersten Töne von *Heaven's Not Too Far Away* von *We Three* aus dem Lautsprecher in unserer Nähe. Es war Jolinas Idee, diesen Song zu Beginn der Beerdigung zu spielen, und noch bevor die ersten Worte des Leadsängers ertönen, brechen bei ihr wieder alle Dämme. Unaufhaltsam strömen ihr die Tränen über die Wangen. Auch Dad und Justin tupfen sich vorsichtig mit dem Taschentuch über die Augen, aber ich weine nicht. Es ist, als würde mein Körper sich dagegen wehren, den Schmerz öffentlich zu zeigen. Er leidet lieber still vor sich hin.

Sobald der Song vorbei ist, beginnt der Pfarrer seine Ansprache. Von diesen Worten bekomme ich jedoch kaum etwas mit. Alles um mich herum ist ein monotones Rauschen. Gedankenverloren starre ich auf den Sarg vor mir und bewege mich erst, als auch der Rest meiner Familie sich erhebt. Langsam wird Mom unter den Worten des Geistlichen in die Erde gelassen.

»Asche zu Asche, Staub zu Staub.« Der Pfarrer segnet uns, bevor wir ans Grab treten und mit einer kleinen Schaufel Erde auf den Sarg schütten. Dunkler Dreck auf weißem Holz. Ich werfe einen Blick auf die letzte Ruhestätte meiner Mom, drehe mich um und verlasse mit langen Schritten den Friedhof.

Kapitel 15 – *Kayla*

Ich bin zuvor noch nie auf einer Beerdigung gewesen und fand es sehr ergreifend. Der Pfarrer hat so schöne Worte für Emma gefunden, dass sogar mir die Tränen gekommen sind. Jake hingegen saß nur teilnahmslos da. Ich habe ihn kaum aus den Augen gelassen und hatte das Gefühl, dass er zwar körperlich anwesend, geistig aber komplett woanders. Am liebsten hätte ich ihm beigestanden, seine Hand genommen und wäre für ihn da gewesen, aber die angebliche Lynn ist nicht eine Sekunde von seiner Seite gewichen. Ich verstehe, dass Ash mir eins auswischen will, aber den Streich so weit auf die Spitze zu treiben, dass diese Schauspielerin sogar auf der Beerdigung von Jakes Mutter auftaucht, ist geschmacklos. Ich habe die beiden während des Trauerkaffees kurz miteinander reden sehen und hoffe, dass Ashley ihr für diese Aktion ordentlich den Kopf gewaschen hat. Auch wenn meine Stiefschwester der Teufel in Person ist, muss sie doch einsehen, dass Lynn mit ihrem Auftritt heute zu weit gegangen ist.

»Hey.« Ich zucke leicht zusammen, als eine leise Stimme ertönt. Jillian steht im Türrahmen und lächelt mich vorsichtig an, während sie nervös mit ihren Fingern spielt. Sie scheint unschlüssig, ob sie reinkommen oder lieber auf eine Einladung meinerseits warten soll.

»Selber hey«, entgegne ich und erwidere ihr Lächeln. Seit Deans Party verstehen wir uns zwar deutlich besser, aber bisher ist sie nie ohne Grund in meinem Zimmer aufgetaucht. Ermutigt davon, dass ich sie nicht direkt wieder rauswerfe, kommt sie näher und lässt sich auf den grauen Sessel vor meinem Schminktisch fallen.

»Sag mal … wer war die junge Frau, die heute Nachmittag förmlich an Jake geklebt ist? Ich bin davon ausgegangen, dass du bei ihm sein würdest.« Ich schnaube bei dem Gedanken an die Stunden nach der Beerdigung. Die kleine Trauergemeinde hat sich zu Kaffee, Kuchen und Gesprächen über Emma bei den Van Wyngaardens eingefunden. Da mir bereits auf dem Friedhof die Gelegenheit genommen wurde, in Ruhe mit Jake zu sprechen, hatte ich gehofft, es wenigstens dort tun zu können. Aber Fehlanzeige.

»Frag das am besten deinen Zwilling«, entgegne ich harscher als gewollt. Wenn ich an Ashleys zufriedenes Grinsen zurückdenke, kocht erneut Wut in mir hoch. »Sie beantwortet dir das sicherlich liebend gern.«

Jill sieht mich stirnrunzelnd an, schlägt die Beine übereinander und lehnt sich etwas vor. »Ich will es aber von dir wissen. Immerhin bist du jetzt auch meine Schwester, oder nicht? Da können wir doch über sowas reden.«

Überrascht hebe ich den Kopf. Die Wut verpufft und ein warmes Gefühl breitet sich in meiner Brust aus. Es freut mich, dass zumindest eine Hälfte des Zwillingspaares mich inzwischen als Familienmitglied ansieht. Wie kann es sein, dass die beiden so verschieden sind wie Tag und Nacht?

»Wieso interessiert dich das?« Neugierig sehe ich Jill an, die lediglich mit den Schultern zuckt. Sie tut so, als wäre es keine große Sache, aber ich erkenne an ihrem Gesichtsausdruck, dass sie ihr Angebot, mit mir darüber zu sprechen, durchaus ernst meint.

»Kayla, jeder konnte sehen, dass es dir beinahe körperliche Schmerzen bereitet hat, nicht bei Jake zu sein. Und Ash hat geguckt, als wäre das ein Sechser im Lotto. Also, was ist da los?«

»Vielleicht hat Jake jemanden gefunden, mit dem er sich vorstellen kann, sein Leben zu verbringen«, mutmaße ich lahm. Es ist ein schwacher Versuch, nicht die Wahrheit zu sagen, aber meine Angst vor Ash ist tatsächlich größer als bisher angenommen. Meine Stiefschwester durchschaut mich jedoch sofort.

»Bullshit. Ich habe gesehen, wie Jake dich beim Essen und im *Joe's* angesehen hat. Außerdem hätte er Riven am liebsten erwürgt, als er dir zu nah gekommen ist. Also zweiter Versuch: Was ist los?« Ein kurzes, glückliches Grinsen huscht über meine Lippen, und mein Herz macht einen Satz bei dem Gedanken, dass noch jemand außer mir bemerkt hat, dass da eine gewisse Chemie zwischen Jake und mir herrscht.

Ich ziehe eines der Zierkissen auf den Schoß und spiele mit einem losen Faden, wobei ich abwäge, wie viel ich Jill erzählen kann, ohne dass Ash mir das Leben zur Hölle macht. Aber eigentlich hat sie nur gesagt, dass ich Jake und Dave gegenüber nichts erwähnen darf… Damit habe ich ein Schlupfloch gefunden, um all meinen Ärger bei jemanden loszuwerden, der Ash genauso gut kennt wie sich selbst.

Jills erwartungsvoller Blick liegt brennend auf mir, weshalb ich mich seufzend geschlagen gebe. Ich muss mit jemandem über diese verzwickte Situation sprechen.

»Ashley rächt sich an mir wegen des Hausarrestes, den Dave ihr meinetwegen verpasst hat«, erkläre ich. Jill lehnt sich stöhnend auf meinem Sessel zurück und verdreht die Augen. Ich meine sogar ein geknurrtes »Das darf doch nicht wahr sein« gehört zu haben.

»Deine Schwester kann ziemlich angsteinflößend sein«, bemerke ich und ziehe eine Grimasse, die sie zum Lachen bringt.

»Sogar ziemlich doll, ja. Dann erzähl mir mal von ihrem bösen Masterplan.«

Ich will gerade den Mund öffnen, um von Anfang an zu berichten, als es zaghaft klopft. Vivienne steht im Türrahmen und sieht zwischen ihrer Tochter und mir hin und her. Falls sie unser Beisammensein erstaunt, lässt sie es sich nicht anmerken.

»Telefon für dich, Kayla«, meint sie schließlich und verabschiedet sich mit einem Lächeln. In meinem Kopf schrillen sofort sämtliche Alarmglocken. Es gibt nur eine Person, die versucht, mich übers Festnetz zu erreichen, und ich kann mir kaum vorstellen, dass Vivienne das einfach so zulassen würde. Damit würde sie nur Daves Groll auf sich ziehen. Mit gemischten Gefühlen gehe ich die Treppe hinunter zum Telefon, das zentral in der Eingangshalle steht. Meine Hände zittern, als ich den Hörer nehme.

»Ja?«, krächze ich. Zu groß ist die Angst davor, wer mir gleich am anderen Ende der Leitung antworten wird.

»Kayla? Hier ist Samuel. Ist Jake vielleicht bei dir?«

Vor Erleichterung fällt mir eine Steinlawine vom Herzen. Es ist nicht Miranda, sondern nur Samuel. Wenige Sekunden, nachdem die Anspannung von mir abgefallen ist, kommen seine Worte erst vollständig bei mir an und ich runzle die Stirn.

»Nein, Jake ist nicht da.« Verzweifeltes Fluchen ertönt am anderen Ende der Leitung.

»Was ist denn passiert?« Mein Herz schlägt schneller und meine Handinnenflächen werden feucht. Muss ich mir Sorgen um ihn machen?

»Er ist verschwunden. Direkt nachdem alle weg waren. Er antwortet seitdem auf weder auf meine Nachrichten noch auf meine Anrufe. Ich hatte gehofft, dass er womöglich zu dir gegangen ist.« Ich sinke auf die unterste Treppenstufe und beiße mir auf die Unterlippe.

»Nein, tut mir leid. Er hat sich nicht gemeldet.« Sein Vater seufzt, und ich überlege fieberhaft, wo Jake sein könnte. »Vielleicht ist er bei Wes?« Das verneint Samuel direkt. Den hat er zuerst angerufen.

»Was ist mit …«, ich muss mich kurz räuspern, um weitersprechen zu können. »Was ist mit der jungen Frau von heute Nachmittag?«

»Das kann ich mir nicht vorstellen. Wes hat versucht, sie zu kontaktieren, aber bisher erfolglos. Meldest du dich, wenn du etwas von Jake hörst?« Ich nicke, bis mir auffällt, dass Samuel das nicht sehen kann. Also versichere ich ihm, anzurufen und beende das Telefonat. Wo könnte Jake sein? Seine Mom wurde heute beerdigt, und er musste sich den ganzen Tag Beileidsbekundungen anhören und Hände schütteln. Das war sicherlich nicht leicht. An welchen Ort würde er sich zurückziehen, um seinen Gedanken nachzuhängen und allein zu sein? Nachdenklich tippe ich mir mit dem Telefon gegen das Kinn. Es dauert einen Moment, bis es mir einfällt. Sofort bin ich auf den Beinen und kämpfe mich die Treppe hoch. Während ich in die weißen Sneakers schlüpfe, die neben der Tür stehen, versichere ich einer sehr verwirrt dreinblickenden Jill, dass wir unser Gespräch nachholen. Anschließend schnappe ich mir Handy, Jacke und Schlüssel und haste die Stufen, so schnell es in meinem Zustand geht, wieder nach unten. Noch während ich Richtung Haustür laufe, bestelle ich mir ein Uber und versuche, Jake telefonisch zu erreichen. Aber er nimmt nicht ab.

»Ich muss noch mal weg"«, rufe ich Dave und Vivienne zu, die im Wohnzimmer vor dem Fernseher sitzen. Ohne ihre Antwort abzuwarten, reiße ich die Tür auf und verschwinde nach draußen in die anbrechende Dunkelheit.

Jake beantwortet keine meiner Nachrichten und nimmt keinen Anruf an. Jede Minute, die vergeht, fühlt sich wie eine volle Stunde an, und der Uberfahrer versucht so krampfhaft, ein Gespräch mit mir zu führen, dass es fast schon unangenehm ist. Mir ist absolut nicht nach Reden zumute. Meine Gedanken drehen sich ausschließlich um Jake, und ich hoffe so sehr, dass ich mich, was seinen momentanen Aufenthaltsort angeht, nicht täusche.

Als wir endlich am Zielort halten, würde ich vor Erleichterung am liebsten laut aufseufzen. Ich bezahle mit der App, murmle eine Verabschiedung und stürze regelrecht aus dem Wagen.

Auf dem Bürgersteig stemme ich dann die Hände in die Hüften und kneife die Augen zusammen. Als ich das letzte Mal hier war, hat Jake mich geführt, weshalb ich nicht sonderlich auf meine Umgebung geachtet habe. Das entpuppt sich jetzt als Fehler. Mindestens eine Minute lang scanne ich die von Pflanzen umwucherte Mauer vor mir, bis ich endlich das finde, wonach ich suche: Ein schmiedeeisernes Tor, das aufgrund des ganzen Grünzeugs kaum auszumachen ist. Mit langen Schritten gehe ich darauf zu, passiere es und stehe in dem wohl schönsten Park in Los Angeles. Jener Park, in den Jake mich bei unserem ersten Date mitgenommen hat.

Seit meinem letzten Besuch hat sich nichts verändert, nur dass heute ein älterer Herr auf der Parkbank sitzt und einigen Tauben, die sich vor seinen Füßen versammelt haben, Brotkrumen aus einer braunen Papiertüte zuwirft. Das muss Hank sein. Hin und wieder wandert sein Blick zu den Schaukeln. Erleichtert stoße ich die Luft aus.

Da sitzt Jake. Gott sei Dank! Langsam gehe ich rüber und setze mich auf die freie Schaukel neben ihm.

»Hey du«, meine ich leise und drehe den Kopf leicht in seine Richtung, um ihn anzusehen. Er trägt immer noch das schwarze Outfit, das er bereits heute Nachmittag anhatte. Keine Jacke, keinen Pullover. Wir leben zwar in Los Angeles, aber inzwischen ist es Oktober und die Nächte werden kälter. Sein Haar ist zerzaust, als wäre er viele Male mit den Händen hindurch gefahren, und er sieht erschöpft aus, aber nicht so, als hätte er geweint.

»Woher wusstest du, dass ich hier bin?« Seine Stimme klingt abgeschlagen. Es tut mir weh, ihn so zu sehen.

»War so ein Gefühl.« Darauf erwidert er nichts. Er sieht einfach weiterhin starr auf den Boden. »Dein Dad macht sich Sorgen, weil du verschwunden bist, ohne etwas zu sagen. Er hat mich angerufen.«

»Ich wollte allein sein«, brummt Jake. Plötzlich frage ich mich, ob es eine dumme Idee gewesen ist, herzukommen.

»Ich kann auch wieder gehen«, murmle ich und stehe auf. Vielleicht bitte ich Hank, ein Auge auf Jake zu haben, damit er nicht ganz allein ist. »Ich wollte nur nach dir sehen, weil ich mir ebenfalls Sorgen gemacht habe. Tut mir leid. Ich verstehe gut, dass du die Situation mit dir allein ausmachen willst.« Gerade als ich mich zum Gehen wende, schnellt seine Hand nach vorne und umfasst sanft mein Handgelenk.

»Nicht. Geh nicht, bitte.« Er klingt gebrochen, und das zerreißt mir mein Herz. Ihn so zu sehen, ist unerträglich, und ich blinzle die Tränen fort, die sich in meinen Augen gesammelt haben. Jetzt ist nicht der Zeitpunkt, um zu weinen. Ich muss stark sein. Für ihn. Langsam gehe ich vor ihm in die Hocke, damit wir auf Augenhöhe sind.

»Meine Mom wurde heute beerdigt«, flüstert er und ich seufze.

»Ich weiß, Jake. Ich weiß.« Für einen Augenblick hocke ich schweigend vor ihm, und als ich wieder aufstehe, weil meine Knie in der Position höllisch wehtun, schlingt er die Arme um mich, sodass ich zwischen seine Beine stolpere. Sein Gesicht vergräbt er an meinem Bauch, während ich ihm mit den Fingern immer wieder beruhigend durch sein Haar streiche. Ich weiß nicht, wie lange wir so dastehen, aber irgendwann wird seine Atmung ruhiger, die Dunkelheit um uns herum nimmt zu und es wird kälter.

»Jake?« Meine Stimme ist leise, doch da es vollkommen still ist, kommt sie mir viel zu laut vor. Langsam hebt er den Kopf und sieht mich aus seinen dunkelblauen Augen an.

»Wir sollten langsam nach Hause, findest du nicht?«

Er schüttelt den Kopf, was mich erneut seufzen lässt.

»Du kannst hier nicht übernachten«, erinnere ich ihn sanft, um an seine Vernunft zu appellieren. »Es ist kalt und du hast nicht mal eine Jacke dabei.«

»Ich kann aber nicht nach Hause. Nicht heute.« Seine Stimme klingt brüchig, und jetzt weiß ich, was mir an seinem Blick vorhin so merkwürdig vorkam. Darin zeichnen sich Rastlosigkeit, Unruhe und Schmerz ab. All die Dinge, mit denen ich ebenfalls bestens vertraut bin.

»Dann komm mit zu mir«, schlage ich vorsichtig vor. Dave wird zwar nicht begeistert sein, wenn Jake bei mir übernachtet, aber in Anbetracht der Situation versteht er es sicherlich. Jake überlegt einen Moment und nickt dann schließlich. Mir fällt ein weiterer Stein vom Herzen. Wenn er abgelehnt hätte, wäre mir so schnell keine andere Lösung eingefallen.

Gemeinsam gehen wir zu seinem Wagen, der auf einem kleinen Parkplatz in der Nähe steht. Die ganze Fahrt über spricht Jake kein Wort. Wenn ihm nicht nach Reden zumute ist, bin ich vollkommen d'accord damit. Er soll einfach wissen, dass ich für ihn da bin und nicht vorhabe, ihn mit seinen Gedanken und Gefühlen allein zu lassen.

Er parkt seinen Wagen am Straßenrand statt bei uns in der Auffahrt. Das Haus liegt im Dunkeln, als wir darauf zugehen, was bedeutet, dass sich alle bereits in ihre Zimmer zurückgezogen haben, die auf der anderen Seite des Hauses liegen, sodass man sie von der Einfahrt aus nicht sehen kann. Leise öffne ich die Haustür und empfinde es als unglaublich laut, als sie kurz darauf wieder ins Schloss fällt.

»Hast du was gegessen?«, frage ich Jake, der daraufhin den Kopf schüttelt. »Möchtest du noch was?«

Die Antwort darauf ist ein schlichtes Schulterzucken. Ich fahre mir mit der Hand durchs Haar. »Geh schon nach oben, okay? Ich schaue mal, was noch im Kühlschrank ist, und komme dann nach.«

Er nickt, bevor er sich umdreht und mit hängenden Schultern die Treppe zum ersten Stock hochgeht. Am liebsten wäre ich jetzt in Tränen ausgebrochen, aber ich verbiete es mir. Heute muss ich für ihn da sein und nicht umgekehrt. Es tut zwar weh, kein verschmitztes Funkeln in seinen Augen zu sehen und keinen lockeren Spruch von ihm zu hören, aber ich kann verstehen, dass ihm danach im Moment nicht der Sinn steht. Er ist vom Tod seiner Mutter schwer getroffen, und ich hoffe inständig, dass er sich wieder davon erholt. Ich werde mein Bestes geben, um ihn dabei zu unterstützen.

Mit einem Sandwich und einer Wasserflasche in der Hand, komme ich wenig später in mein Zimmer. Jake sitzt auf meinem Bett. Die schwarze Kleidung ist einer dunklen Sporthose gewichen und sein Oberkörper ist nackt. Mir stockt kurz der Atem und ich starre ihn an, bevor ich mich wieder daran erinnere, wie man spricht.

»Wo hast du die her?« Meine Stimme klingt kratziger, als sie sollte. Himmel, Kayla, reiß dich zusammen! Jetzt ist nicht der richtige Moment, um ihn anzuschmachten oder andere unanständige Gedanken zu haben. Der Mann hat gerade seine Mutter verloren! Für den Bruchteil einer Sekunde huscht ein Grinsen über Jakes Gesicht. Aber es ist so schnell wieder verschwunden, dass ich es mir eventuell nur eingebildet habe.

»Ich kenne dieses Haus vermutlich besser als du. Von daher weiß ich, wo dein Vater seine sauberen Sportsachen lagert.« Ja, klingt logisch. Ich reiche ihm das Sandwich und das Wasser, bevor ich im Bad verschwinde, um mich selbst umzuziehen. Wie sonst auch trage ich eine lange Hose, ein Longsleeve und Socken zum Schlafen.

Als ich zurückkomme, stelle ich erleichtert fest, dass das Sandwich weg und die Wasserflasche geleert ist. Ein erster Schritt in die richtige Richtung. Ich krabble zu Jake ins Bett, der sofort die Arme um mich schlingt und mich näher an sich zieht.

»Ich habe Dad geschrieben, dass ich heute Nacht hierbleibe«, murmelt er in mein Haar, nachdem ich meinen Kopf auf seiner Brust abgelegt habe.

»Das ist gut«, erwidere ich ebenso leise. Dann muss Samuel sich keine Sorgen mehr machen. Er weiß, dass Jake bei mir gut aufgehoben ist.

»Es … tut mir sehr leid, dass ich heute nicht an deiner Seite war.« Die Erinnerung an ihn und Lynn schmerzt zwar, aber ich muss ihn wissen lassen, dass ich gern für ihn da gewesen wäre.

»Ich bin froh, dass du jetzt da bist.« Mein Herz macht einen Satz, und mir wird ganz warm. Meine Haut kribbelt dort, wo er mich berührt, und an dieses Gefühl könnte ich mich gewöhnen. Geborgen und sicher in seinen Armen. Mit den Fingerspitzen fahre ich ihm sanft von der Taille seitlich an den Rippen entlang nach oben, was ihn erschaudern lässt. Eine Gänsehaut zieht sich über seine Haut, und ich kuschle mich noch näher an ihn heran.

»Willst du ein bisschen über deine Mom sprechen?«, frage ich, woraufhin er sich kurz versteift. Aber er entspannt sich relativ schnell wieder und erzählt von ihren kleinen Macken, die jeden in der Familie wahnsinnig gemacht haben. Von den schönen Erinnerungen aus seiner Kindheit und den absurden Gründen, aus denen die beiden sich manchmal gestritten haben. Er redet so lange, bis die ersten Schluchzer seine Worte undeutlich machen und seine Tränen meinen Haaransatz anfeuchten. Es kommt mir vor, als hätte er eine unsichtbare Grenze überschritten, um seinen so lange zurückgehaltenen Tränen endlich freien Lauf zu lassen.

Ich sage derweil kein Wort, sondern halte ihn fest, damit er nicht vollkommen auseinanderbricht. Ich halte ihn, bis seine Tränen versiegen und seine Atemzüge immer ruhiger und gleichmäßiger werden. Ich halte ihn noch immer, als ich selbst ins Land der Träume abdrifte, doch als ich am nächsten Morgen die Augen aufmache, ist er verschwunden.

Keine Nachricht auf dem Handy, keine Notiz auf seiner leeren Seite der Matratze. Einzig und allein der herbe, hölzerne

Duft seines markanten Parfums auf meinem Kopfkissen beweist, dass er tatsächlich hier gewesen ist und ich mir die vergangene Nacht nicht nur eingebildet habe.

Kapitel 16 – *Kayla*

Es sind genau 33 Tage, in denen ich nichts von Jake gehört habe. Er beantwortet keine meiner Nachrichten und geht auch nicht ans Telefon, wenn ich ihn anrufe. Von seinem Dad erfahre ich, dass er am Tag nach der Beerdigung die Stadt verlassen hat. Direkt nachdem er mich schlafend in meinem Bett zurückgelassen hat. Er bräuchte eine Auszeit, müsse seine Gedanken ordnen und versuchen, einen Weg zu finden, um mit der Gesamtsituation klarzukommen. Mit dem Verlust seiner Mom. Samuel versichert mir zwar glaubhaft, dass es Jake gut geht, und ich verstehe, dass er Abstand zu Los Angeles braucht, aber mit jedem Tag, der vergeht, ohne dass er sich meldet, wird mir klarer, wie er sich damals gefühlt haben muss, als ich plötzlich von der Bildfläche verschwunden bin. Nämlich ziemlich beschissen.

Um nicht die ganze Zeit über Jake und seinen Aufenthaltsort zu grübeln, habe ich irgendwann angefangen, mich mit dem Versprechen zu beschäftigen, das ich seiner Mom gegeben habe. Etwa eine Woche nach ihrer Beerdigung kam ein Päckchen bei uns an. An mich adressiert und mit Emma Van Wyngaarden als Absender. Es enthielt ein Bild und eine Karte, die mich an mein Versprechen erinnern und mir mit den Worten »Ich bin sicher, dass du es schaffst«, Mut zusprechen sollte. Allerdings bin ich längst nicht so optimistisch, wie sie es gewesen ist. Tagelang habe ich vor einer leeren, weißen Leinwand gesessen, habe gedankenverloren das Bild angestarrt, das sie mir überlassen hat, und dann wieder meine Staffelei, unfähig, den Pinsel auch nur in die Hand zu nehmen. Aber eines Nachts, als ich nicht schlafen konnte, weil mein Gedankenkarussell nicht zur Ruhe gekommen ist, hat es plötzlich *klick* gemacht. Ich bin aufgestanden, habe mich an die Leinwand gesetzt und gemalt, als hätte es diese siebenmonatige Pause überhaupt nicht gegeben. Auf einen Schlag sind Inspiration, Motivation und Leidenschaft in mich zurückgeflossen und haben mir das wiedergegeben, was mir so lange gefehlt hat: Meine Liebe zur Malerei.

Heute ist Tag 34. Meine Nachrichten und Anrufe an Jake sind noch immer unbeantwortet. Keine Ahnung, ob er seine Voicemail abgehört hat, die irgendwann so voll war, dass ich keine Nachrichten mehr darauf hinterlassen konnte.

Bereits für die Schule zurechtgemacht, aber immer noch sehr müde, setze ich mich auf meinen Platz am Frühstückstisch und bemerke einen Umschlag, der auf meinem Teller liegt. Auch Jill und Ashley haben einen solchen Brief bekommen. Er ist weiß und mein Name steht in geschwungenen, goldenen Buchstaben direkt in der Mitte. Vorsichtig öffne ich ihn und ziehe eine Karte hervor, ebenfalls schneeweiß und mit goldenen Ornamenten in den Ecken. Es ist eine Einladung zu Jakes 22. Geburtstag am kommenden Freitag. Dresscode egal, aber eine Maske müsse getragen werden, und ich könne gern Freunde mitbringen. Frei nach dem Motto: Je mehr, desto lustiger.

Aus den Augenwinkeln sehe ich, wie Jill mir einen Blick zuwirft, aber ich bin zu verwirrt, um dem Beachtung zu schenken. Seit mehr als einem Monat höre ich nichts von Jake, und dann ist das die erste Kontaktaufnahme? Kein Anruf? Keine Nachricht? Kein plötzliches Auftauchen vor meiner Tür, sondern eine simple Einladung, die meine Stiefschwestern ebenfalls bekommen. In mir herrscht ein komplettes Gefühlschaos. Ich weiß nicht, ob ich wütend darüber sein soll, dass er sich nicht die Mühe macht, sich persönlich bei mir zu melden, oder erleichtert, weil er wieder da ist und es ihm anscheinend so gut geht, dass er sogar eine Geburtstagsparty schmeißt. Verwirrung, Wut und vielleicht sogar Trauer liefern sich einen erbitterten Kampf in meinem Inneren.

Auch dann noch, als Riven sich in der Mittagspause neben mich auf die Bank fallen lässt. Es ist immer noch angenehm warm, obwohl es bereits November ist. Deshalb habe ich beschlossen, meine Mittagspause im Freien zu verbringen. Außer mir sind jedoch noch einige andere auf die Idee gekommen, weshalb alle Tische um uns herum besetzt sind.

»Wenn du so guckst, bekommst du ganz schnell Falten«, merkt Riven an und packt sein Sandwich aus. Mir ist bereits aufgefallen, dass er sich nie etwas aus der Cafeteria holt, sondern sein Mittagessen immer von zu Hause mitbringt. »Also, was ist los?«

Ich seufze, woraufhin er die Augenbrauen hochzieht. Das unausgesprochene »So schlimm?« kann ich ihm vom Gesicht ablesen.

»Jake ist zurück.«

»Du sagst das so, als wäre das, was Schlechtes.«

Ich schüttle vage den Kopf. »Ist es nicht. Er hat mich zu seinem Geburtstag eingeladen.«

»Und?«

Ich seufze erneut. Wie kann ich das formulieren, ohne wie eine komplette Idiotin dazustehen?

»Via Einladungskarte per Post.« Riven stutzt und beginnt dann so laut zu lachen, dass ihm die Limo, die er eben getrunken hat, aus der Nase wieder rauskommt. Schnell reiche ich ihm eine meiner Papierservietten.

»Jetzt mal ehrlich, Kay. Ich verstehe euch nicht. Wieso könnt ihr nicht wie normale Menschen miteinander kommunizieren? Erzähl mir endlich, was zwischen euch vorgefallen ist, damit ich das besser verstehe.« Ich werfe einen Blick auf mein Handy. In 15 Minuten müssen wir wieder zum Unterricht. Sollte für die Kurzfassung reichen.

»Ich habe Jake dieses Jahr im Frühling in einem Club kennengelernt. Wir haben angefangen uns zu daten, wenn man das so nennen kann. Aber es war kompliziert, denn sowohl in seinem als auch in meinem Leben gab es noch jemand anderen, den wir interessant fanden. Naja, erinnerst du dich an diese Traumprinz-sucht-seine-Cinderella-Aktion?« Riven nickt, hat das Kinn in die Handinnenfläche gestützt und hängt gebannt an meinen Lippen. »Das war Jake. Er war der *Prinz.*« Mit den Fingern setze ich das letzte Wort in Anführungszeichen. »Tja, und ich war die Frau, die diesen blöden Schuh auf dem Maskenball verloren hat.«

Jetzt starrt er mich mit offenem Mund an. Unglaube spiegelt sich in seinen Augen wider. »Was hat er gesagt, als er erfahren hat, dass du es bist?«

Meine Lippen verziehen sich zu einem gequälten Grinsen und ich senke den Blick. Unruhig schiebe ich die restlichen Nudeln auf meinem Teller hin und her.

»Das ist es ja. Er weiß es nicht. Ich bin nie dazu gekommen, es ihm zu sagen. An dem Tag, als ich es herausgefunden habe, ist das Feuer ausgebrochen. Dann kam die Sache mit Miranda. Danach war ich weg und habe nach meiner Rückkehr den richtigen Zeitpunkt verpasst, um ihn darauf anzusprechen.«

Hilflos zucke ich mit den Schultern. »Wir haben uns zwar wieder angenähert, aber jetzt ist es ohnehin zu spät.«

»Für sowas ist es nie zu spät, Kayla!« Riven schüttelt energisch den Kopf, und ich bedeute ihm, etwas leiser zu sein. Unsere Mitschüler werfen uns bereits neugierige Blicke zu, und wenn ich bisher eines an dieser Schule gelernt habe, dann, dass der Flurfunk blendend funktioniert.

»Leider schon. Erinnerst du dich an die Frau, mit der er im Venice war? Er hält sie für die Richtige. Für die, mit der er monatelang online geschrieben hat.«

»Aber wieso?«

Ein freudloses Lachen entflieht mir. »Weil Ash das alles herausgefunden und eine Schauspielerin engagiert hat, die sich für mich ausgibt. Total unglaubwürdig, ich weiß. Aber sie wird am Freitag bestimmt auch da sein, und ich weiß nicht, ob ich es den ganzen Abend mit ansehen kann, wie sie an ihm klebt.« Allein der Gedanke daran lässt mich schaudern. Riven überlegt einen Moment und setzt schließlich einen entschlossenen Gesichtsausdruck auf.

»Dann begleite ich dich und wir schauen, wem seine Aufmerksamkeit gilt.« Ich schmunzle, doch von Sekunde zu Sekunde verwandelt es sich mehr in ein Grinsen.

»Du willst versuchen, ihn eifersüchtig zu machen?« Es klingelt zur nächsten Stunde, weshalb wir aufstehen und Riven ganz gentlemanlike mein Tablett nimmt, um es wegzubringen.

»Ich will es nicht nur versuchen, Kay. Ich werde es einfach machen«

Bis Freitag höre ich nichts von Jake. Einerseits nervt mich das enorm, weil ich nicht erst auf seiner Party mit ihm sprechen will, andererseits will ich nicht aufdringlicher sein, als ich es ohnehin schon war. Auf weitere unbeantwortete Nachrichten habe ich keine Lust. Also zähle ich ungeduldig die Tage und bin froh, als endlich Freitag ist.

Um acht Uhr abends fallen meine Freunde in unser Haus ein und füllen es mit Leben und Gelächter. Giulia, Mario, Macey und Riven verhalten sich, als hätten sie mich schon hundertmal besucht und als wäre es das Normalste auf der Welt, dass sie sich hier aufhalten. Plappernd und lachend steigen sie die Treppen zu meinem Zimmer hoch, sodass sogar Ash kurz den Kopf aus der Tür steckt, die Augen verdreht und sich wieder zurückzieht. Jill hingegen kommt ein paar Minuten später zu uns und fragt zögerlich, ob sie uns Gesellschaft leisten darf. Dagegen hat niemand etwas einzuwenden, weshalb sie eintritt und beim Anblick der vielen Taschen und Kleidersäcke die Augen aufreißt.

»Euch ist schon klar, dass es eine Geburtstagsparty ist und nicht die Pariser Fashion Week, oder?« Skeptisch sieht sie zwischen meinen Freunden hin und her.

»Süße, du musst der Kunst meiner magischen Hände vertrauen.« Mario grinst und wackelt mit den Fingern. Ich presse die Lippen aufeinander, um nicht laut loszulachen. »Und dafür ist das Zeug hier notwendig.«

Jillian ist nicht so rücksichtsvoll wie ich, sondern prustet los. »Wo hat Kayla dich denn versteckt?«

Sie sieht mich an, woraufhin ich die Augen verdrehe. Wenn sie Mario weiter zeigt, wie lustig sie ihn findet, wächst sein Ego ins Unermessliche und passt nicht mehr in dieses Zimmer. Außerdem ist er nie abgeneigt, jemandem sein Talent zu zeigen, und Jill schafft gerade die besten Voraussetzungen dafür, um ihn von sich zu überzeugen.

Einer Person im Raum gefällt das jedoch ganz und gar nicht. Ich bemerke, dass Macey die beiden beobachtet und dabei ihre Unterlippe mit den Zähnen regelrecht malträtiert. Wir haben noch nicht darüber gesprochen, aber sie hatte einen Termin bei Mario, und soweit ich weiß, haben die beiden sich danach häufiger gesehen. Ich hoffe inständig, dass sie nicht dabei ist, ihr Herz an unseren Playboy zu verlieren, denn wenn jemand nicht für Beziehungen gemacht ist, dann Mario Marino. Glücklicherweise wendet meine Stiefschwester sich in diesem Moment Riven zu und begrüßt ihn mit einem schüchternen Lächeln. Macey entspannt sich sofort und wirft einen letzten Blick zu Mario, der damit beschäftigt ist, sein ganzes Equipment auf meinem Schminktisch auszubreiten. Ich hingegen beobachte interessiert, wie Jills Wangen sich rot verfärben, als Riven ihr Lächeln erwidert. Die beiden beginnen ein Gespräch, doch leider habe ich keine Möglichkeit ihnen zuzuhören, denn Mario zieht mich zu sich und drückt mich sanft an den Schultern nach unten auf den bequemen grauen Sessel.

»Giulia hat sich wieder ein fantastisches Outfit für dich überlegt, und ich verpasse dir den passenden atemberaubenden Look!« Ich schmunzle und suche im Spiegel seinen Blick.

»Ziehst du wieder dieses Gute-Fee-Ding durch?« Sein Grinsen wird um einiges breiter, als er nickt.

»Worauf du dich verlassen kannst, Cinderella!« Wir verzichten auf eine Perücke, denn diesmal gibt es niemanden, vor dem ich mich auf der Party verstecken muss. Trotzdem versucht Mario, mir die Idee Extensions zu verwenden, schmackhaft zu machen. Zwischen uns entflammt eine hitzige Diskussion darüber, dass ich mir die Haare nicht umsonst abgeschnitten habe. Lange Haare waren immer Mirandas Wunsch, niemals meiner. Unser Streit wird unterbrochen, als Toni im Türrahmen erscheint und mich entschuldigend anlächelt.

»Sorry, Kay. Hat etwas länger gedauert, aber jetzt bin ich …« Er stockt, als sein Blick auf Riven landet, der inzwischen auf meinem Bett lümmelt. Seine Haare sitzen, er muss sich nicht schminken, sondern nachher lediglich sein Outfit anziehen. Deshalb scheint er beschlossen zu haben, die verbleibende Zeit in meinen gemütlichen Kissen zu verbringen.

»Riven?« Toni klingt überrascht und auch dem Angesprochenen bleibt kurz der Mund offenstehen.

»Toni? Was machst du denn hier?«

»Ich bin mit Kayla befreundet. Wir haben uns kennengelernt, als ich bei ihrer … also bei Miranda gearbeitet habe. Und du?«

»Wir gehen zusammen zur Schule.« Mein Kopf zuckt jedes Mal nach links und rechts, wenn sie sich den Gesprächsball zuwerfen. Schließlich räuspere ich mich und ziehe die Aufmerksamkeit damit auf mich.

»Ihr kennt euch also?«, frage ich ehrlich interessiert und gehe die Möglichkeiten durch, wie Riven und Toni sich über den Weg gelaufen sein könnten. Meines Erachtens verbindet die beiden nichts miteinander.

»Ich arbeite an den Wochenenden für Tonis Vater, um meine Familie finanziell zu unterstützen«, erklärt Riven und zuckt mit den Schultern, als wäre das keine große Sache. Für mich entstehen dadurch allerdings nur weitere Fragen. Wieso muss er seine Familie unterstützen, wenn er auf eine der teuersten Privatschulen in Los Angeles geht? All unsere Mitschüler sind doch steinreich. Oder gibt es vielleicht Schüler, die nicht so privilegiert sind und durch ein Stipendium die Möglichkeit bekommen, dort ihren Abschluss zu machen?

Ich öffne gerade den Mund, um ihm Antworten zu entlocken, als Mario mir die Extensions vor die Nase hält. Sofort bin ich wieder in unserer Diskussion gefangen und habe meine Gedanken bezüglich Riven hinten angestellt.

Unter den amüsierten Blicken unserer Freunde gebe ich nach. Allerdings nur, weil Mario mit dem Haarteil lediglich den Pferdeschwanz verlängern will, den er für mich geplant hat. So Ariana-Grande-mäßig. Er klippt die Extensions an den Zopf, nachdem er mein normales Haar nach hinten zusammengebunden hat und frisiert ihn anschließend so, dass niemand auf die Idee kommen würde, dass meine Haare sonst nur bis zum Schlüsselbein reichen. Die Spitzen sind leicht gelockt und kitzeln mich an den Schultern. Jedes Härchen sitzt dank einer ganzen Ladung Haarspray da, wo es soll. So akkurat bekomme ich das allein nie hin. Als Mario mit dem Ergebnis zufrieden ist, widmet er sich meinem Gesicht. Wie schon beim letzten Mal bin ich fasziniert davon, was er mit ein paar Pinseln anstellen kann. Diesmal verzichtet er auf Lidschatten, sondern zieht lediglich einen perfekten Eyeliner, der jede Frau in den 50er Jahren neidisch gemacht hätte. Meinen Lippen verpasst er einen dunkelroten Lippenstift, wodurch sie richtig verführerisch und sexy aussehen. Keine Ahnung, was Giulia für ein Outfit geplant hat, aber mit diesem Make-up kann es nur bombastisch aussehen.

Wie aufs Stichwort tritt meine beste Freundin hinter mich und lächelt geheimnisvoll, bevor sie mit mir und einem Kleidersack im angrenzenden Badezimmer verschwindet.

»Es ist zwar nur eine Geburtstagsparty, aber wer eine Maske als Accessoire fordert, muss damit rechnen, dass die Gäste sich rausputzen.« Langsam zieht sie den Reißverschluss des Kleidersackes auf und zum Vorschein kommt ein dunkelroter Jumpsuit. Passend zur Farbe meiner Lippen.

»Wow.« Mit den Fingern streiche ich vorsichtig über den kühlen, glatten Stoff. Wie auch das Kleid vom Maskenball besteht der Einteiler aus Satin und sieht umwerfend aus.

»Wo findest du diese Sachen bloß immer?« In meiner Stimme schwingt ehrliche Bewunderung mit, doch Giulia zuckt nur mit den Schultern.

»Als Modestudentin hat man gewisse Möglichkeiten.« Sie grinst und ich erwidere es, bevor ich mit ihrer Hilfe in den Jumpsuit schlüpfe. Der schmiegt sich an mich wie eine zweite Haut. Mein linker, vernarbter Arm steckt in einem Ärmel, der andere liegt frei. Durch den raffinierten One-Shoulder-Schnitt sind alle unschönen Stellen bedeckt. Lediglich an den Knöcheln blitzen einige Narben hervor, da der Saum der Hosenbeine nicht ganz bis zum Rand meiner weißen Sneaker reicht. Aber das stört mich nicht. Inzwischen ist es okay, wenn andere Leute zumindest Teile meiner vernarbten Haut sehen.

»Kommen wir jetzt zum wichtigsten Teil.« Giulia wackelt mit den Augenbrauen und holt eine goldene Maske hervor. Sie ist ähnlich verarbeitet wie die letzte. Aus vielen verschnörkelten Ornamenten ergibt sich ein hübsch anzusehendes Muster, das mein Gesicht von den Augenbrauen bis hin zur Nasenspitze verdeckt. Das Material fühlt sich angenehm kühl auf der Haut an und nachdem Giulia mir noch ein paar goldene Kreolen an die Ohren geklippt hat, darf ich mich endlich im Spiegel ansehen.

»Atemberaubend«, wispere ich und betrachte mich von allen Seiten. Der Look ist ganz anders als beim Maskenball, aber nicht weniger schön. Wieder einmal bin ich vollends begeistert vom Talent der Marino-Geschwister.

Nachdem Giulia sich ebenfalls umgezogen hat, gehen wir gemeinsam zurück in mein Zimmer. Unsere restlichen Freunde sind bereits aufbruchbereit und sehen großartig aus! Toni und Riven tragen schwarze Hosen und Hemden. Ihre Gesichter werden von dunklen Masken verdeckt, die der des Phantoms der Oper stark ähneln. Mario ist komplett in weiß gekleidet mit farblich passender Gesichtsverhüllung. Neben ihm steht Macey in schwarzen Lederleggings und einer Korsage, die ihre Figur wahnsinnig toll umschmeichelt. Ihre Maske ist schwarz und zusammen sind Mario und sie ein richtiger Hingucker. Jill und Giulia tragen Kleider, wobei das meiner Stiefschwester knöchelumspielend und fließend und das meiner besten Freundin knielang und sehr figurbetont ist. Ihre Masken schimmern silbern und erinnern mich an meine eigene.

Mario sieht mich einen Moment lang prüfend an. Für meinen Geschmack dauert das etwas zu lange, denn gerade als ich schon nervös an mir herunterschauen will, verziehen sich seine Lippen zu einem Grinsen und er klatscht Toni begeistert ab.

»Ich muss es einfach sagen: Bibbidi Bobbidi Boo!« Giulia, Toni und ich brechen in Gelächter aus, während die anderen uns verwirrt anschauen.

»Kleiner Insider«, pruste ich, was meine Freunde mit einem Schulterzucken hinnehmen.

»Na los, Leute! Dann wollen wir die Party mal aufmischen!« Macey grinst in die Runde und ich hake mich bei Mario unter, als wir nach draußen gehen.

»Du und deine Schwester, ihr habt euch mal wieder selbst übertroffen«, lobe ich und lächle ihn dankbar an.

»Wir helfen immer gern, Cinderella«, erwidert Mario grinsend und wechselt einen Blick mit Toni, der mit Giulia an seiner Seite neben uns geht. »Aber weißt du, was das Beste am heutigen Abend ist?«

Ich schüttle den Kopf, und Mario tippt mir lachend auf die Nasenspitze, während Toni sich zu uns herüberbeugt und mir die Antwort auf seine Frage liefert. »Diesmal verfliegt der Zauber nicht um Mitternacht.«

Kapitel 17 – *Jake*

Die Party ist ein voller Erfolg und besser besucht als ursprünglich geplant. Vielleicht wäre es schlauer gewesen, nicht auf jede Einladungskarte den Zusatz zu schreiben, dass man Leute mitbringen darf. Viele meiner Kommilitonen sind gekommen, Freunde aus der High School und Mitschüler von Jolina, die es sich nicht hat nehmen lassen, die Hälfte ihres Abschlussjahrgangs einzuladen.

Alle tanzen ausgelassen, trinken und haben jede Menge Spaß. Ein vollkommen surreales Bild, wenn man bedenkt, dass die letzten Wochen voller Trauer und Tränen gewesen sind. Aber genau aus diesem Grund habe ich auf die Geburtstagsparty bestanden, auch wenn Dad anfangs skeptisch war. Ich wollte einen Neuanfang. Mit der Trauer, die mich beinahe aufgefressen hat, abschließen und wieder nach vorne schauen. In ein Leben, in dem Moms Verlust mich zwar immer noch schmerzt, aber in dem ich nicht mehr unter ihm zusammenbreche. Wie in der Nacht nach ihrer Beerdigung, als Kayla für mich da gewesen ist und mich gehalten hat, bis auch die letzten Tränen versiegt sind. Und was eignet sich besser dazu, um in ein neues Lebensjahr zu starten, als eine Party? Je später es wird, desto voller wird unser Haus. Wir feiern im großen Salon, der eine direkte Verbindung zum Garten hat, sodass jeder selbst entscheiden kann, wo er sich aufhalten will. Den kleinen Salon haben wir verschlossen, damit niemand auf die Idee kommt, sich an Moms Kunstsammlung zu vergreifen. Schließlich hängen in diesem Raum mehrere Millionen Dollar. Neben dem materiellen Aspekt, spielt natürlich auf der emotionale Wert eine Rolle. Ich könnte es nicht ertragen, wenn unsere Gäste womöglich etwas zerstören. Außerdem reicht es vollkommen, wenn die feierwütige Gemeinschaft das restliche Erdgeschoss nutzt.

Gemeinsam mit Wes stehe ich in der Nähe des DJ-Pultes und beobachte die eintreffenden Leute. Zwischendurch nippe ich an dem großen roten Becher in meiner Hand und wippe im Takt der Musik.

Ich will mich heute nicht komplett zur Besinnungslosigkeit betrinken, aber schon einen gewissen Pegel erreichen, um Spaß zu haben. Natürlich ginge das auch ohne Alkohol, aber immerhin ist heute mein Geburtstag!

»Hey, guck mal, wer da ist!« Wes stößt mir den Ellenbogen in die Seite, weshalb mein Blick sofort zur Tür zuckt. Den ganzen Abend warte ich bereits darauf, dass Kayla auftaucht. Von Jolina weiß ich, dass sie auf jeden Fall kommt. Wir haben uns zuletzt in der Nacht nach Moms Beerdigung gesehen. Als ich in ihren Armen geweint habe wie ein kleiner Junge. Inzwischen weiß ich, dass das nichts Schlechtes ist, aber in dem Moment kam ich mir wie die schwächste Person dieser Welt vor. Danach bin ich verschwunden und habe jede ihrer Nachrichten ignoriert. Das war vielleicht nicht richtig, aber notwendig. Auch zu meinen anderen Freunden hatte ich in dieser Zeit keinen Kontakt. Nur Dad wusste, wo ich bin. Deshalb schulde ich Kayla eine Erklärung, die ich ihr nicht via Telefon liefern wollte, sondern lieber heute Abend persönlich. Als ich jedoch sehe, dass nicht Kayla, sondern Lynn den Raum betritt, bin ich enttäuscht. Dabei sieht sie fantastisch aus. Die blonden Haare trägt sie ähnlich wie beim Maskenball frisiert. Ein enges schwarzes Kleid schmiegt sich an ihren Körper und sie hat dieselbe Maske auf wie an dem Abend, als wir uns kennenlernten. Unerklärlicherweise will sich aber nicht das gleiche Gefühl wie damals einstellen, als sie auf mich zukommt.

»Hey, Geburtstagskind!« Sie drückt mir links und rechts einen Kuss auf die Wange und schaut mich prüfend an.

»Gut siehst du aus! Ich hoffe, du fühlst dich auch so?« Ich nicke und lächle sie kurz an. Wir wechseln einige Worte, die aber nicht über Smalltalk hinausgehen, und dann verabschiedet sie sich, um die Bar zu inspizieren.

»Ich hoffe, wir haben später noch etwas Zeit füreinander!« Sie lächelt mich an, doch ich nicke nur, was Wes mit hochgezogenen Augenbrauen beobachtet.

»Alter, du siehst aus, als hätte sie gerade dein Lieblingsspielzeug kaputt gemacht. Was ist los?« Mein Seufzen wird von den Bässen des Liedes verschluckt, und ich leere den Drink in einem Zug.

»Es klingt merkwürdig, aber ich habe das Gefühl, sie ist nicht die Richtige.« Verständnislos sieht mein bester Freund mich an. »Sie ist nicht die Frau, die ich auf dem Maskenball kennengelernt habe.«

»Wie kommst du darauf?« Hilflos zucke ich mit den Schultern. Es ist nur ein Gefühl, das mich nicht loslässt. Ich habe keinerlei Beweise dafür. Sie sieht aus wie Lynn und findet auch dieselben Worte wie sie. Aber irgendwas ist trotzdem anders. Ich kann es nicht mal richtig erklären und versuche dennoch, es in Worte zu fassen.

»Erinnerst du dich an den Moment, in dem Lynn damals den Raum betreten hat?« Wes nickt. »Das war … irgendwie magisch. Alle haben ihre Gespräche unterbrochen und sie regelrecht angestarrt. Selbst das dämliche Streichquartett ist kurz ins Stocken geraten. Es war anders, besonders und heute war es so … normal.«

Wes nickt, wirkt jedoch abgelenkt. »Ein magischer Moment … etwa so wie jetzt?«

Mit gerunzelter Stirn sehe ich erst ihn und dann die anderen Leute um mich herum an. Die meisten von ihnen haben aufgehört zu sprechen und blicken in Richtung Treppe. Der DJ hat seine Musik leiser gedreht und spielt ein paar sanftere Rhythmen, welche die Boxen nicht so stark zum Beben bringen. Jetzt lenke auch ich meinen Blick zum Eingang und erstarre. Am unteren Absatz der Treppe steht Kayla. Mal wieder in einem ihrer inzwischen so heißgeliebten Einteiler, aber verdammt! Sie sieht unglaublich aus. Der Stoff schmeichelt ihrer Figur und mein Mund wird staubtrocken, als sich unsere Blicke treffen.

Alle im Raum schauen sie an, doch sie hat nur Augen für mich. Sekunden verstreichen, bis sie die Aufmerksamkeit der anderen bemerkt. Sie schluckt und klammert sich regelrecht an den Arm ihres Begleiters. Zu meinem großen Entsetzen ist es der Quarterback ihrer Schule, für den auch Jolina schwärmt. Meine Brust wird eng. Ich spüre, wie ein kleines grünes Monster namens Eifersucht sich in jede meiner Zellen einnistet. Es bringt mich beinahe um den Verstand, Kayla an Rivens Seite zu sehen, doch als ihre Lippen sich zu einem Lächeln verziehen, bin ich schlagartig entspannt. Ihr Blick ist immer noch fest mit meinem verankert und ich weiß, dass dieses Lächeln trotz der vielen Menschen im Raum nur mir gilt. Sie hebt die Hand und winkt.

»Ja«, beantworte ich schließlich Wes' Frage, die noch zwischen uns in der Luft hängt. Dabei lasse ich Kayla nicht aus den Augen. »Genau so ein Moment.«

Ich versuche, mich durch die Menge zu drängeln, um zu ihr zu kommen, doch ständig hält mich jemand auf, um mich in ein Gespräch zu verwickeln. Entweder sind es Geburtstagsglückwünsche, nachträgliche Beileidsbekundungen zu Moms Tod oder Anmerkungen dazu, wie krass die Party ist. Als ich endlich bei der Treppe ankomme, ist Kayla bereits weg. Fluchend drehe ich mich einmal um mich selbst, kann sie in der Menge aber nicht ausfindig machen. So ein verdammter Mist!

Stunden später, nachdem mir das Gedränge im Inneren des Hauses zu viel wird, trete ich auf die Terrasse, um ein paar Minuten für mich zu sein. Da sich aber auch hier zu viele Menschen tummeln, beschließe ich, einen kurzen Spaziergang durch den Garten zu unternehmen. Mit den Händen in den Taschen meiner dunklen Anzughose entferne ich mich vom Haus. Die Musik und das Stimmengewirr werden leiser, bis sie sich auf eine angenehme Hintergrundkulisse reduziert haben. Ich wollte diese Party feiern, um aus dem tiefen Loch zu kommen, in dem ich in den letzten Wochen gesteckt habe. Aber je später es wird, desto anstrengender finde ich die Gesellschaft der Leute. Wäre es unhöflich, wenn ich mich in meinen Bungalow zurückziehe? Würde es jemandem auffallen? Der Großteil der Gäste weiß wahrscheinlich nicht einmal, dass heute mein Geburtstag ist.

Gerade, als ich beschließe, tatsächlich von meiner eigenen Party zu verschwinden, fällt mein Blick auf den nur mit Lichterketten beleuchteten Pavillon und auf die Person, die mein Verschwinden sicherlich bemerken würde. Kayla steht ans Geländer gelehnt da und betrachtet gedankenverloren den angrenzenden Teich.

»Ist die Party so schlecht, dass du deine Zeit lieber allein hier draußen verbringst?«

Sie zuckt zusammen und dreht sich um. Bei meinem Anblick werden ihre Augen kurz größer, dann umspielt jedoch ein Lächeln ihre rot geschminkten Lippen.

»Die Frage gebe ich gern an den Gastgeber zurück.«

»Touché.« Ich stelle mich neben sie, sodass unsere Arme sich leicht berühren. Augenblicklich schlägt mein Herz schneller, und eine angenehme Wärme breitet sich in meinem Inneren aus. Es fühlt sich richtig an, hier mit ihr zu stehen und nicht bei den anderen Leuten zu sein, die drinnen weiterhin wild feiern.

»Geht es dir gut?« Kayla wendet sich mir zu und legt ihre Hand auf meinen Arm. Ihre Sorge um mich schnürt mir beinahe die Luft ab. Ohne ihr zu antworten, ziehe ich sie in meine Arme, lege meinen Kopf auf ihrem Haar ab und halte sie fest.

So stehen wir eine ganze Weile da, bis ich mich bereit fühle, mit ihr über die letzten Wochen zu sprechen.

»Inzwischen geht es mir wieder gut, ja.« Ich hebe den Kopf an, um ihr in die Augen zu sehen. Sie erwidert meinen Blick jedoch nicht. Ihre Wange lehnt noch immer an meiner Brust.

»Wo bist du gewesen?« Kaylas Stimme ist leise und zögerlich. Trotzdem verstehe ich sie sehr gut. »Ich habe mir Sorgen gemacht.«

Dieser Satz bricht mir beinahe mein Herz. Ich wusste, dass sie sich Gedanken machen würde. Sich fragen würde, wo ich bin und weshalb ich nicht antworte. Genauso wie ich es damals bei ihr getan habe und deshalb verdient sie absolute Ehrlichkeit.

»Ich war in einem Trauercamp.« Jetzt hebt sie den Kopf und sieht mich überrascht an. »Als ich dich an jenem Morgen verlassen habe, wusste ich, dass ich nicht allein mit der Trauer fertig werde, die sich in dieser Nacht entladen hat. So wie ich in den Tagen nach Moms Tod damit umgegangen bin … das war nicht gesund. Dad hat mir geholfen, schnell einen Platz zu bekommen, und obwohl es sehr ungewohnt für mich war, mit fremden Leuten über meine Gefühle zu reden, hat es mir unheimlich gutgetan.«

Während ich ihr davon erzähle, ziehe ich ihr vorsichtig die Maske vom Gesicht. Damit sieht sie zwar verflucht gut aus und wirkt sehr verführerisch, aber nach fast vier Wochen ohne Kayla will ich sie richtig ansehen.

»Du warst also bei einer Trauertherapie?«, vergewissert sie sich, und ich nicke.

»Es tut mir leid, dass ich mich nicht bei dir gemeldet habe.« Sofort schüttelt sie den Kopf, was mich am Weitersprechen hindert.

»Das muss es nicht. Wenn dir diese Auszeit geholfen hat, war das die Funkstille wert. Aber ich weiß jetzt, wie du dich damals gefühlt haben musst, als ich verschwunden bin. Allerdings war ich monatelang untergetaucht und nicht nur ein paar Wochen. Dafür will ich mich noch einmal entschuldigen.« Ich ziehe sie näher an mich heran und gebe ihr einen Kuss aufs Haar.

»Lassen wir die Vergangenheit ruhen und konzentrieren uns auf die Zukunft. Ich bin froh, dass du jetzt bei mir bist. Das ist alles, was im Augenblick zählt.«

Kayla lächelt mich so strahlend an, dass mein Herz zu rasen beginnt. Am liebsten würde ich sie sofort küssen und ihr sagen, dass sich jede Minute mit ihr so viel richtiger anfühlt als mit Lynn. Doch bevor ich den Mund aufmachen kann, kommt sie mir zuvor.

»Willst du dein Geburtstagsgeschenk sehen?« Völlig verdattert über diesen plötzlichen Themenwechsel vergesse ich, was ich eben noch hatte sagen wollen, und sehe sie mit großen Augen an.

»Du hast mir ein Geburtstagsgeschenk gekauft?«

»Gekauft würde ich nicht sagen, und ich muss gestehen, dass es auch nicht meine Idee war.« Okay, jetzt bin ich noch verwirrter als ohnehin schon, aber gleichzeitig ziemlich gespannt.

»Es ist im Bungalow.«

»Na dann los!« Ich nehme ihre Hand und wir gehen gemeinsam zu dem kleinen Häuschen. Die Party im Haupthaus habe ich bereits komplett aus meinen Gedanken gestrichen. Kein anderer Gast hat mir etwas mitgebracht. Alle waren nur auf eine exklusive Party im Hause Van Wyngaarden aus. Dass Kayla mir tatsächlich ein Geschenk besorgt hat, freut mich deshalb umso mehr. Als wir beim Bungalow ankommen, bleibt sie stehen und lächelt mich geheimnisvoll an.

»Mach die Augen zu und öffne sie erst, wenn ich es sage.« Ich nicke und komme ihrer Bitte nach, bevor ich mich von ihr führen lasse. Unsicher mache ich einen Schritt vor den anderen. Dabei wird mir der süßliche Duft ihres Parfums überdeutlich bewusst. Plötzlich weiß ich, wie sie sich damals gefühlt hat, als ich sie mit verbundenen Augen in die Kunstgalerie gelotst habe. Man erlebt die Situation vollkommen anders, ist dem anderen ausgeliefert und muss ihm vertrauen. Der einzige Unterschied zwischen heute und unserem Besuch in der Galerie ist, dass ich die Wege in meinem Bungalow kenne und weiß, dass ich erst vor Kurzem alles, was auf dem Boden lag, aufgeräumt habe.

Kayla lässt meine Hand los und weist mich an, genau hier stehen zu bleiben und die Augen weiterhin geschlossen zu halten. Etwas raschelt. Durch meine geschärften Sinne bemerke ich, wie ihre Atmung sich verändert. Ich höre, wie ihre Fingernägel auf Holz treffen und sie leicht ächzt. Anscheinend hebt sie etwas hoch.

»Okay, jetzt darfst du gucken.«

Sofort öffne ich die Augen und sehe Kayla, die mühsam eine Leinwand hochhält, deren Breite ihre Armspanne beinahe überragt. Im ersten Moment verstehe ich nicht, was darauf zu sehen ist, bis ich die Augen erkenne, die dort abgebildet sind.

Es sind Moms. Mein Herz zieht sich schmerzhaft zusammen und für einen Augenblick wird meine Brust ganz eng. Wenn ich es nicht besser wüsste, würde ich sagen, dass ich Mom gerade gegenüberstehe und in die lebendigen Augen der Frau blicke, die 21 Jahre lang für mich da gewesen ist. Sie hatten dasselbe Blau wie meine eigenen, und selbst die kleinen, helleren Flecke, die uns unterschieden haben, hat Kayla perfekt getroffen. Der Hintergrund ist weiß. Viele kleine hellblaue Wolken bauschen sich um das Grundmotiv herum. Es wirkt, als würde Mom direkt aus dem Himmel auf mich herabblicken. Mir fehlen die Worte. Minuten verstreichen, ohne dass ich etwas gesagt habe. Unsicher tritt Kayla von einem Bein aufs andere.

»Es gefällt dir nicht, oder?«, fragt sie beklommen. Als ich nicht reagiere, stellt sie die Leinwand ab und seufzt.

»Es war zu früh. Ich hätte noch ein paar Wochen warten und es nicht heute schon mitbringen sollen. Aber deine Mom hat mich darum gebeten und gemeint, dass es perfekt wäre, wenn es zu deinem Geburtstag fertig wäre. Ich wusste gar nicht, ob ich das überhaupt schaffe, weil … also, weil ich ja nicht mehr gemalt habe. Und du sagst immer noch nichts …« Ihr nervöses Plappern verstummt, als ich auf sie zugehe und das Gemälde vorsichtig beiseitestelle.

»Ich liebe es«, erwidere ich schließlich und lasse dadurch die Sorge aus ihren grünen Augen verschwinden. »Und ich liebe es, dass du meiner Mom ihren letzten Wunsch erfüllt hast. Und dass du wieder malst. Und … dass du gerade bei mir bist.«

Ich weiß nicht, was genau der ausschlaggebende Punkt gewesen ist. Ob es die Gefühle waren, die gerade in mir hochkochen, weil Kayla meiner Mom einen Gefallen getan hat oder die Tatsache, dass ich mich nicht länger von ihr fernhalten kann. Die letzten Wochen ohne sie waren kräftezehrend genug. Sanft nehme ich ihr Gesicht zwischen meine Hände und senke den Kopf. Langsam, damit sie die Möglichkeit hat, sich zurückzuziehen, falls sie diesen Kuss nicht will. Es ist eine Einladung, die sie annehmen oder ablehnen kann.

Ihr Atem stockt und kurz bevor unsere Lippen aufeinandertreffen, kommt sie mir entgegen und küsst mich. Ganz sacht, als könnte sie gar nicht fassen, dass das hier tatsächlich passiert. Ein leises Seufzen entfährt ihr, und das reicht mir, um zu wissen, dass sie diesen Moment genauso ersehnt hat wie ich. Meine Zunge drängt sich in ihren Mund, während meine Hände von ihren Wangen über ihre Schultern bis hinunter zu ihrer Taille wandern, wo ich sie fest packe, um sie näher an mich zu ziehen. Kayla schmiegt ihren Körper gegen meinen, und ihr Kuss ist wie ein Tropfen Wasser, der einem Verdurstendem gegeben wird. Er ist meine Erlösung, die Antwort auf all die Fragen in meinem Kopf.

Mein Herz rast. Kayla schmeckt süß, was von der Bowle auf meiner Party kommen muss. Auf einmal ist mein Kopf so benebelt, dass ich nicht weiß, ob es vom Alkohol kommt oder von Kayla, die mein Blut mit ihren leisen Geräuschen ordentlich in Wallung bringt. Ein kleines Seufzen hier, ein leises Stöhnen da, und schon bin ich hart wie Stein. Das hat noch keine Frau so schnell geschafft. Ich lege meine Hände auf ihren Po und hebe sie hoch. Sofort schlingt sie ihre Beine um meine Hüften, während ich langsam zum Bett gehe und mich mit ihr darauf niederlasse.

»Was ist das mit uns?«, wispert sie leise. Sanft knabbere ich an ihrer Unterlippe.

»Ich weiß es nicht genau, aber ich bin bereit, es herauszufinden. Wenn du es auch willst.« Ihre Augen funkeln und geben mir ihr stummes Einverständnis. Mühelos verlagere ich ihr Gewicht auf meinem Schoß. Sie macht einen überraschten Laut, als sie spürt, wie ich auf sie reagiere. Nur mit Mühe unterdrücke ich ein Stöhnen. Wie kann die Stimme einer Frau nur so verflucht sexy sein? Vorsichtig ziehe ich den Reißverschluss ihres Einteilers auf und mache mir gedanklich eine Notiz, sie darüber aufzuklären, wie wahnsinnig unpraktisch diese Dinger in einer solchen Situation sind.

»Jake«, sagt sie leise, weshalb ich sofort innehalte. Ein seltsamer Ausdruck liegt in ihren Augen, und die Röte auf ihren Wangen lässt mich vermuten, was der Grund für ihr Zögern sein könnte. Sie öffnet den Mund und schließt ihn wieder. Ich sehe, dass sie nach den richtigen Worten sucht, ohne dabei vor Scham im Boden zu versinken. Also nehme ich ihr das Sprechen ab, indem ich sie küsse. Zwar nur kurz, aber es reicht, um ihre Nerven zu beruhigen, denn sie entspannt sich sichtlich auf meinem Schoß.

»Ähm … also … ich wollte nur sagen, dass ich noch nie … also ich habe noch nie …«

»Ich weiß, Kayla«, entgegne ich und lächle sie beruhigend an. »Ich weiß, was du mir sagen willst.«

»Und das ist … naja, also … okay für dich?« Meine Mundwinkel zucken nach oben und formen sich zu einem kleinen Grinsen.

»Du hast ja keine Ahnung, wie okay das für mich ist. Ich will noch tausend weitere Dinge mit dir zum ersten Mal erleben.« Ihr Lächeln ist entwaffnend und der nächste Kuss raubt mir den Atem. Diese Frau ist perfekt. Perfekt für mich.

Mit dem Mund wandere ich über die zarte Haut an ihrem Hals und platziere viele kleine Küsse darauf. Sie seufzt verzückt und neigt den Kopf etwas zur Seite, während ich ihr den Jumpsuit über die Schulter streiche. Anschließend beginne ich damit, jeden freien Zentimeter ihrer leicht gebräunten Haut mit Küssen zu benetzen, auch die Stellen, die von Narben überhäuft sind. Es könnte nicht perfekter sein. Wir sind hier. Zusammen. Sie macht keine Anstalten, sich von mir zurückzuziehen, und selbst wenn sie es täte, wäre das in Ordnung. Ich könnte Stunden damit verbringen, neben ihr zu liegen und sie zu küssen. Aber es scheint, als wäre sie in der Zeit, in der ich wieder zu mir selbst gefunden habe, ebenfalls über sich hinausgewachsen. Eine Tatsache, die mich besonders für sie freut.

»Guck, hier brennt Licht. Er hatte wahrscheinlich keinen Bock mehr auf die … oh.« Ein kalter Luftzug weht durch den Bungalow. Kayla versteift sich auf meinem Schoß, doch ich weiß, dass es nicht an der plötzlichen Kälte liegt. Jolina steht zusammen mit Lynn in meinem Schlafzimmer und sieht uns mit großen Augen an. So schnell es ihr möglich ist, zieht Kayla den glatten Stoff ihres Jumpsuits hoch und klettert etwas umständlich von meinem Schoß. Dabei fällt ihr Blick auf Lynn und ihre Gesichtszüge werden augenblicklich hart.

»Raus!«, blaffe ich, und die beiden ungebetenen Gäste stolpern beinahe übereinander, als sie zur Tür hinauseilen. Kayla ist inzwischen wieder vollständig angezogen und wendet sich ebenfalls zum Gehen.

»Nicht.« Ich greife nach ihrer Hand und halte sie zurück. »Lauf nicht wieder vor mir weg.«

»Ich habe gar nicht vor wegzulaufen«, entgegnet sie seufzend.

»Sicher?« Ich ziehe skeptisch eine Augenbraue in die Höhe.

Kayla nickt. Schüttelt dann mit dem Kopf. Nickt wieder und seufzt schließlich erneut.

»Ich will wirklich wissen, was das zwischen uns ist, Jake. Ob wir eine Zukunft haben.« Hm, das klingt gewaltig nach einem *aber.* »Aber ich denke, dass du erstmal ein paar Dinge klären solltest.«

Sie blickt auf die Tür, durch die Jolina und Lynn eben verschwunden sind, und obwohl sie es nicht ausgesprochen hat, weiß ich, dass sie Letztere meint. Für mich ist Lynn nicht mehr als eine Freundin, allerdings bin ich mir inzwischen nicht mehr so sicher, ob sie das auch weiß.

»Ich kläre alles, was nötig ist. Versprochen.« Kayla lächelt mich an, und ich ziehe sie wieder in meine Arme. »Versprichst du mir auch etwas?«

Sie beißt sich auf die Unterlippe, überlegt und nickt schließlich. »Versteck dich nicht wieder vor mir oder verschwinde oder mach anderen unüberlegten Kram, okay?«

»Geht klar«, erwidert Kayla lachend. Zufrieden verschränke ich meine Arme an ihrem unteren Rücken und küsse sie erneut. Heiß, hungrig und voller Versprechen, bevor wir schließlich doch gemeinsam zurück zur Party gehen.

Kapitel 18 – *Kayla*

Bereits fünf Tage nach Jakes Party muss ich das Versprechen brechen, das ich ihm gegeben habe. Nervös kaue ich am Nagel meines Daumens, während die unbekannte Landschaft an mir vorbeizieht.

Es ist Mittwochnachmittag. Seit zwei Stunden sitze ich in diesem Zug, der mich zum staatlichen Frauengefängnis nach Chino bringt, und mit jeder Minute, die vergeht, frage ich mich, ob ich die richtige Entscheidung getroffen habe. Heute Morgen fand ich die Idee noch gut. Jetzt kommen mir allerdings Jakes Worte wieder in den Sinn. *Versprich mir, keinen unüberlegten Kram zu machen, okay?* Ein Lachen entflieht meiner Kehle, wodurch ich die Aufmerksamkeit meiner Mitreisenden auf mich ziehe. Diese Aktion ist unüberlegt. Sie ist die Definition von kopflos und überstürzt.

Meine Gedanken schweifen zwei Tage zurück. Zu der Therapiesitzung mit Dr. Miller. Normalerweise finden die immer donnerstags statt, aber aus terminlichen Gründen mussten wir sie diese Woche auf Montag verschieben. Zu Beginn haben wir die üblichen Dinge besprochen. Wie läuft es in der Schule? Ob ich inzwischen weiteren Anschluss gefunden habe. Wie die Situation zu Hause aussieht. Ob ich über ihren Vorschlag nachgedacht hätte, mir ein zweites Hobby neben dem Malen zu suchen und so weiter. Erst gegen Ende der Stunde hat sie Miranda angesprochen. Ein Thema, das ich bisher immer abgeblockt habe.

»Also, Kayla … vor einigen Wochen hatte ich dich gebeten, eine Liste mit Argumenten zu erstellen, die für oder gegen ein Gespräch mit Miranda sprechen. Damals warst du noch nicht bereit, dich mit dem Gedanken zu beschäftigen. Hat sich das inzwischen geändert?« Ich beuge mich zur Seite und greife nach einem Zettel, der schon die ganze Zeit neben meinem Laptop gelegen hat.

»Ich habe angefangen. Bin aber zu keinem zufriedenstellenden Ergebnis gekommen«, gebe ich zu und halte das Papier in die Kamera, damit sie es sieht. Dr. Miller nickt, während sie sich einige Notizen macht.

»Wenn du an ein Zusammentreffen mit Miranda denkst, welche Gefühle empfindest du dann am stärksten?«

Unruhig rutsche ich auf meinem Platz hin und her. »Angst. Hilflosigkeit. Wut.«

Im Gesicht meiner Therapeutin spiegelt sich Zufriedenheit wider. Es war ein langer Weg bis dahin, dass ich meine Gefühle so differenziert benennen kann.

»Angst wovor?«

»Ihren Antworten auf meine Fragen«, entgegne ich leise. Inzwischen habe ich verstanden, dass mir ein klärendes Gespräch hilft, mit der Vergangenheit abzuschließen. Ich weiß nur nicht, ob ich hören will, was Miranda mir zu sagen hat.

»Hilflosigkeit, weswegen?«

»Weil ich mich dieser Sache allein stellen muss. Es bringt nichts, wenn Dave, Giulia oder sonst jemand mich dahin begleiten. Das ist etwas zwischen mir und Miranda.« Nachdenklich sah Dr. Miller mich an, und so ging es die ganze Zeit weiter. Wir haben jedes Gefühl auseinandergenommen. Über alle Bedenken gesprochen, bis ich schließlich eingesehen habe, dass ich stark genug bin, um Miranda entgegenzutreten. Bevor ich mich umentscheiden konnte, habe ich kurzerhand Nägel mit Köpfen gemacht und noch am Montagabend das Ticket nach Chino gebucht.

Jetzt sitze ich hier. Allein in einem Zug voller Menschen, die meine schreienden Gedanken zum Glück nicht hören. Meine Hände sind schweißnass. Mein Magen rumort, und am liebsten würde ich an der nächsten Haltestelle aussteigen, um den Zug zurück nach Hause zu nehmen. Aber ich zwinge mich, sitzen zu bleiben. Dieses Gespräch soll einen Abschluss bilden. Einen Schlussstrich unter mein altes Leben ziehen. Deshalb ist es so wichtig, dass ich Miranda tatsächlich gegenübertrete. Doch wäre es sicher klüger gewesen, das nicht zu überstürzen, sondern es besser zu planen und nicht allein, sondern in Begleitung herzukommen. Womöglich hätte es mich bestärkt zu wissen, dass jemand vor dem Gefängnis auf mich wartet. Aber dann hätte mich der Mut verlassen. Das weiß ich genau.

Jake hat bei meiner Entscheidung ebenfalls eine große Rolle gespielt. Ich musste immer wieder daran denken, dass er seine Mom verloren hat, und deshalb für ihn keine Möglichkeit mehr besteht, Gespräche mit ihr zu führen oder kleine Streitigkeiten aus der Vergangenheit zu klären. Sollte ich mir nicht genau aus diesem Grund die Zeit nehmen, um mir anzuhören, was die Frau zu sagen hat, die ich neunzehn Jahre lang für meine Mutter gehalten habe?

Als der Zug die Endstation erreicht hat, steige ich mit einigen anderen Fahrgästen in einen kleinen Bus um, der laut Route direkt vor dem Gefängnis hält. Meine Nervosität wächst mit jedem Meter, den wir zurücklegen. Mir wird schlecht, und ich versuche krampfhaft, mich nicht zu übergeben. Wie gut, dass mir mein Vorhaben zuvor schon so auf den Magen geschlagen hat, dass ich ohnehin nicht viel gegessen habe.

Um mich abzulenken, konzentriere ich mich auf die anderen Leute, die mit mir im Bus sitzen. Es sind nicht viele. Lediglich eine Mutter mit einem kleinen Kind, eine junge Frau, die ständig ihr Make-up in einem Handspiegel überprüft und ein alter Mann, bei dem ich mir nicht sicher bin, ob er schläft oder eventuell gestorben ist. Es sieht nämlich verdächtig danach aus. Sein Kopf liegt im Nacken, die Augen sind geschlossen und sein Mund ist leicht geöffnet. Er bewegt sich nicht, aber nach längerem Hinsehen stelle ich erleichtert fest, dass seine Brust sich gleichmäßig hebt und senkt. Er schläft also nur. Ein Glück! Noch mehr Aufregung hätte ich echt nicht verkraftet.

Damit meine Nerven sich etwas beruhigen, ziehe ich mein Handy aus der Tasche und beantworte einige Nachrichten. Dave wünscht mir viel Spaß mit Macey, was sofort das schlechte Gewissen in mir weckt. Ich habe ihm nicht erzählt, wo ich hinfahre, sondern behauptet, dass ich mit Macey an einem Schulprojekt arbeite. Außerdem übernachte ich angeblich bei ihr und gehe morgen von dort aus zur Schule. Diese Notlüge war notwendig, denn Dave würde toben, wenn er wüsste, wo ich tatsächlich bin.

Giulia hingegen drückt mir die Daumen und verlangt, sofort angerufen zu werden, wenn das Treffen vorbei ist. Neben Macey ist sie die Einzige, die die Wahrheit kennt.

Jake schreibt, dass er mich am liebsten sehen würde und ich das Schulprojekt einfach sausen lassen soll. Ich tippe eine kurze Antwort, in der ich ihn auf morgen vertröste und stecke das Handy wieder weg. Seit dem Kuss am Freitag hat sich etwas zwischen uns verändert. Auf eine positive Art. Ich sehe wirklich eine Zukunft für uns, aber dafür muss ich den Ballast mit Miranda loswerden, und endlich den Mut zusammennehmen und ihm erzählen, dass Lynn nicht die Frau ist, für die er sie hält. Auch wenn Ash mir dann das Leben zur Hölle macht. Denn selbst die Hölle ist aushaltbar mit Jake an meiner Seite.

Der Bus hält, und die junge Frau steigt mit mir zusammen aus. Meine Beine zittern und mein Herz bleibt einen Moment stehen, als ich das große Gefängnisgebäude vor mir aufragen sehe. Das letzte Mal, dass ich so nervös gewesen bin, war in der Nacht, in der ich mich mit Giulia rausgeschlichen habe, um im *Midnight* zu feiern.

Nachdem ich noch einmal tief durchgeatmet, meine Gedanken geordnet und mich gesammelt habe, folge ich der jungen Frau zu dem kleinen Häuschen neben der Pforte und melde mich an. Ich bekomme einen Besucherausweis und werde ins Hauptgebäude geschickt, wo ich meine Habseligkeiten abgebe. Handy, Schlüssel, meine Handtasche und sogar mein Gürtel kommen in eine schwarze Plastikwanne, die in einem Regal hinter dem Tresen verstaut wird. Anschließend werde ich abgetastet und muss durch einen Metalldetektor laufen, damit das Personal sicher sein kann, dass ich keine versteckten Waffen bei mir trage. Sowas käme mir gar nicht erst in den Sinn, aber wer weiß, was die hier schon alles erlebt haben. Eine große, breitgebaute Frau bittet mich, ihr zu folgen und erklärt mir einige Regeln, an die ich mich während meines Besuches halten muss. Erstens: Körperkontakt ist strengstens untersagt. Zweitens: Ich soll lieber nicht auf die Idee kommen, hier allein herumzuspazieren. Mit hochgezogenen Augenbrauen sehe ich sie an. Als würde ich das jemals tun. Ich bin doch nicht lebensmüde! In diesem Knast sitzen sicherlich Frauen, die für weitaus Schlimmeres als Entführung verknackt wurden. Wegen wem diese Regel wohl aufgestellt wurde?

Die Wärterin bemerkt meinen Blick und seufzt. »Sie glauben gar nicht, wie viele Familienmitglieder oder Ehepartner das schon versucht haben.«

Ungläubig schüttle ich den Kopf. Wie sinnlos ist das denn? Hinter jedem Gang, den wir passieren, ist eine vergitterte und verschlossene Tür, die nur mit einer Schlüsselkarte geöffnet werden kann und direkt nach dem Durchgehen wieder verschlossen wird. Besonders weit kommt man mit so einer Aktion also nicht. Außer man überwältigt einen der Angestellten, aber so wie die aussehen, stelle ich mir das ebenfalls schwierig vor.

»Regel Nummer drei: Lassen Sie sich von keinem Insassen provozieren. Wenn Sie jemand von der Seite anmacht, einfach ignorieren und weitergehen. Verstanden?« Ich nicke. Wir passieren die letzte Tür, sodass ich den Besuchsraum bereits sehen kann. Vereinzelte Gefangene sitzen in orangen Overalls an den

Tischen, lachen mit ihren Besuchern oder führen ernste Gespräche in leisem Ton. An den Wänden sind Wärter positioniert, die jeden dabei mit Argusaugen beobachten. Zu meiner Überraschung lassen wir diesen Raum links liegen und laufen auf ein Büro zu, an dessen Tür in großen schwarzen Buchstaben Dr. Cornwall steht.

»Ähm, entschuldigen Sie, Ma'am?« Fragend sehe ich die Wärterin an. »Ich wollte zu keinem Dr. Cornwall, sondern zu Miranda Hudson.«

Ein kurzes Lächeln umspielt ihre Lippen. »Ich weiß. Aber Dr. Cornwall möchte vorher mit Ihnen sprechen. Er erwartet Sie bereits.«

Mit einem letzten Nicken in Richtung Tür platziert sie sich daneben und ich trete nach kurzem Klopfen ein. Hinter einem kleinen Schreibtisch sitzt ein etwa 60 Jahre alter Mann. Sein graues Haar steht wirr zu allen Seiten ab, und durch seinen Schnauzer und den weißen Kittel erinnert er mich ein bisschen an einen verrückten Professor. Ich räuspere mich kurz, was ihn erschrocken zusammenzucken lässt. Die Akte in seinen Händen scheint interessant sein, denn er hat mein Klopfen und Eintreten nicht gehört. Als er mich ansieht, legt sich ein wissendes Lächeln auf seine Lippen.

»Ah, Sie müssen Kayla Kingston sein. Ich habe mich schon gefragt, wann Sie hier auftauchen werden. Bitte setzen Sie sich.« Mit gefurchter Stirn nehme ich auf einem der grauen Plastikstühle Platz.

»Woher wissen Sie, wer ich bin?«

Der alte Doktor lacht. »Nun, zum einen habe ich Ihren Namen auf der heutigen Besucherliste gesehen und zum anderen hat Miranda mir Fotos gezeigt.« Hier drin darf man Fotos besitzen? Nervös rutsche ich auf dem Stuhl hin und her. Sofort ist das ungute Grummeln in meinem Bauch zurück. Sie redet über mich. Das hätte mir klar sein müssen, trotzdem kommen unangenehme Gefühle in mir hoch. Wieso kann ich sie nicht einfach kurz besuchen, mir anhören, was sie zu sagen hat und wieder gehen? Warum muss ich vorher mit einem Arzt sprechen? Als hätte Dr. Cornwall meine Gedanken gelesen, lehnt er sich auf seinem deutlich bequemer aussehenden Ledersessel zurück und legt die Fingerspitzen aneinander.

»Ich behandle Miranda, seit sie in diese Einrichtung gekommen ist. Ihnen wird sicherlich aufgefallen sein, dass sie psychisch labil war.«

Ich nicke und Erinnerungsfetzen schieben sich in meine Gedanken. Von ihren Stimmungsschwankungen, dem übermäßigen Konsum von Alkohol, ihrem Kontrollzwang in Bezug auf mich und die tiefen Löcher, in die sie immer gefallen ist, wenn Lizzies Todestag anstand.

»Das alles, Kayla, sind die Auswirkungen einer posttraumatischen Belastungsstörung. Ausgelöst durch den Tod Ihrer Halbschwester Lizzie.«

»Eine posttraumatische Belastungsstörung?« Bisher habe ich diesen Begriff nur im Zusammenhang mit Soldaten, die aus dem Krieg zurückgekehrt sind, gehört. Dr. Cornwall nickt.

»Dabei handelt es sich um eine seelische Erkrankung. Sie kann als Folge eines belastenden Ereignisses, einer Katastrophe oder Unfalls entstehen. In Mirandas Fall ist das jedoch nicht alles. Wussten Sie, dass Sie etwas zum Schlafen einnimmt?«

Ich schüttle den Kopf. Mir sind nie Tablettenpackungen oder ähnliches aufgefallen.

»Wie es scheint, hat sie diese Medikamente überdosiert. Zusätzlich zu der PTBS hat das Psychosen ausgelöst, die wir behandeln. Unglücklicherweise habe ich bisher nicht die richtige Dosierung gefunden. Ich wollte, dass Sie das wissen, bevor sie Miranda treffen.« Langsam lehne ich mich ein Stück auf meinem Stuhl vor. Diese vielen Fachbegriffe und die neuen Erkenntnisse machen mich schwindelig.

»Also … ist sie … verrückt?«

Sofort schüttelt der Arzt den Kopf. »Nicht verrückt, sondern krank. Deshalb werde ich in der Gerichtsverhandlung auch empfehlen, sie nicht länger in ein Gefängnis zu stecken, sondern ihre Unterbringung in einer psychiatrischen Klinik anzuordnen, damit sie die Hilfe bekommt, die sie braucht.« Ich denke einen Moment darüber nach. Das klingt vernünftig. Immerhin war ich immer der Meinung, dass Miranda Lizzies Tod nie richtig verarbeitet hat. Trotzdem bin ich jetzt noch nervöser, was das bevorstehende Treffen angeht.

»Okay, dann können wir jetzt zu ihr. Sind Sie bereit?«

Mit festem Blick sehe ich dem Doktor in die Augen, während in mir helle Aufruhr herrscht.

»Bereit werde ich niemals sein. Aber ich muss es tun, um unser beider Willen.«

Er nickt verständnisvoll und begleitet mich zur Tür, wo die Wärterin mich wieder in Empfang nimmt. Auch jetzt gehen wir nicht in den Besuchsraum, sondern in ein separates Zimmer mit nur einem Tisch. Dahinter sitzt Miranda. Ihre Handgelenke sind mit Handschellen an der Tischplatte fixiert. Sie trägt einen orangen Einteiler, und ihr Haar sieht aus, als hätte sie es schon länger nicht mehr gewaschen. Fettige Strähnen hängen ihr ins ungeschminkte Gesicht. Ihre Wangen sind leicht eingefallen. Sie hat einiges an Gewicht verloren. Nichts an dieser Frau erinnert mich an die immer akkurat gekleidete und perfekt frisierte Miranda Hudson von vor einem Jahr. Der Blick ihrer blauen Augen geht ins Leere, und erst als ich etwas nähertrete, scheint sie mich zu registrieren.

»Kayla!« Sie springt auf, doch die Handschellen verhindern, dass sie sich vollständig aufrichtet.

»Setzen Sie sich, Miranda.« Der Ton der Schließerin ist streng, sodass auch ich mich beeile, auf dem Stuhl gegenüber Platz zu nehmen.

Sofort greift Miranda nach meiner Hand und klammert sich daran fest. »Ich bin so froh, dass du endlich hier bist.«

»Kein Körperkontakt«, dröhnt es von hinten, weshalb ich meine Hände vorsichtig zurückziehe.

»Du hast meine Anrufe nicht angenommen.« Der anklagende Unterton in ihrer Stimme entgeht mir nicht.

»Wundert dich das, Miranda?«, entgegne ich und versuche, dabei möglichst ruhig zu bleiben. »Du hast mich entführt und es neunzehn Jahre lang geschafft, mich gefangen zu halten, ohne dass ich es verstanden habe. Da ist es doch verständlich, dass ich Zeit brauche, um mit dir zu sprechen. Ich habe über ein halbes Jahr Therapie hinter mir, und es wühlt mich immer noch auf, vor dir zu sitzen.«

Sie blickt mich an und etwas in ihren Augen verändert sich. »Du nennst mich nicht mehr Mom.«

Das ist alles, was sie sagt. Sie geht nicht auf meine Worte ein. Ich atme einmal tief durch, bevor ich zu einer Antwort ansetze.

»Weil du nicht meine Mom bist«, entgegne ich leise. Wir verfallen in Schweigen. Miranda sieht mich an, aber irgendwie auch nicht. Es wirkt vielmehr so, als würde sie an mir vorbeischauen.

»Ich möchte dich etwas fragen.« Meine Stimme durchbricht die Stille, doch sie beachtet mich nicht. Stattdessen fixiert sie nach wie vor einen Punkt hinter mir. »Warum hast du es getan? Mich entführt, meine ich. Aus Rache an Dave? Und wieso bist du zurück nach L.A. gekommen? Dein Plan wäre doch aufgegangen, wenn wir in Europa geblieben wären.«

Sie antwortet nicht, sondern schaut immer noch an mir vorbei, weshalb ich mich umdrehe und einen Blick hinter mich werfe. Aber da ist nichts außer der kahlen, dunklen Wand. Ich warte einige Minuten ab, doch als sie weiterhin schweigt, seufze ich und stehe auf. Dieses Gespräch macht keinen Sinn.

»Lizzie.« Ich halte inne. Langsam sinke ich zurück auf den Stuhl.

»Wie bitte?«

»Lizzie hat es mir gesagt.«

Fassungslos starre ich sie an und wiederhole mein »Wie bitte?« erneut.

»Sie hat dich im Krankenhaus gesehen und war der Meinung, dass du ein guter Ersatz für sie sein würdest. Dabei kann meine kleine Lizzie doch niemand ersetzen.« Mir läuft ein kalter Schauer über den Rücken. Das meint sie unmöglich ernst. Oder sind das Symptome dieser Psychose, von der Dr. Cornwall gesprochen hat?

»Sie war es auch, die uns zurück nach Los Angeles geschickt hat. Ich wollte ihr Lachen wieder hören. Ihren Geruch um mich haben, verstehst du? Das ging nur in unserem alten Haus.« Sie greift nach meinem Handgelenk und klammert sich daran fest. Ähnlich wie an dem verhängnisvollen Tag im vergangenen April.

»Kein Körperkontakt.« Ich nehme die Stimme der Wärterin kaum wahr, denn mein Körper ist wie gelähmt vor Schock.

»Und es hat funktioniert! Ich konnte ihr Lachen wieder hören. Sie konnte durch dich endlich wieder richtig leben.« In Mirandas Augen liegt ein wilder Ausdruck. »Niemand durfte dich mir wegnehmen. Und auch jetzt wird das niemand tun. Du und Lizzie, ihr gehört zu mir. Wir sind eine Familie!«

Die Schließerin schlägt so laut auf den Tisch, dass ich zusammenzucke und Miranda mich endlich loslässt.

»Ich will sofort gehen«, beschließe ich und reibe mir das schmerzende Handgelenk.

»Nein!« Miranda versucht wieder nach mir zu greifen, doch diesmal weiche ich rechtzeitig aus und stehe auf. »Du darfst nicht gehen!«

Mit klopfendem Herzen stolpere ich von ihr zurück. »Lizzie! Du darfst nicht gehen!«

Ich erstarre, doch die Wärterin schiebt mich erbarmungslos

weiter. Mirandas Schreie werden immer verzweifelter und ich kann erst wieder richtig atmen, als ich sie nicht mehr höre. Am Rande bekomme ich mit, wie jemand nach Dr. Cornwall ruft, doch ich habe keine Kraft, mich weiter damit zu befassen. Kalter Schweiß klebt mir im Nacken. Dass dieses Gespräch nicht einfach wird, war mir klar. Aber dass es sich so entwickelt, macht mich richtig fertig. Der Schock sitzt tief. Wie in Trance nehme ich meine Sachen entgegen und gebe den Besucherausweis ab. Dabei spielen sich die letzten Minuten immer wieder vor meinem inneren Auge ab. Miranda mag krank sein, aber erst jetzt verstehe ich, wie sehr.

Erschöpft sinke ich einige Meter vom Gefängnis entfernt auf die Bordsteinkante. Inzwischen geht die Sonne bereits unter, doch die Frage, wie spät es eigentlich ist, kümmert mich gerade nicht. Tränen laufen mir über die Wangen, und ich beginne unkontrolliert zu zittern. Dieser Besuch war einer der größten Fehler, die ich jemals begangen habe. Ich hätte niemals kommen sollen.

Mit bebenden Fingern ziehe ich mein Handy aus der Tasche und wähle die Nummer von der Person, die ich jetzt am meisten brauche. Er hebt direkt nach dem zweiten Klingeln ab.

»Willst du deinem Schulprojekt doch den Rücken kehren und die Zeit lieber mit mir verbringen?«

Ich finde meine Stimme nicht. Stattdessen antworte ich mit Schluchzern.

»Kayla?«, fragt er alarmiert.

»Du … du musst mich abholen«, bringe ich schließlich krächzend hervor.

»Kein Problem. Schick mir einfach Maceys Adresse.«

»Nicht bei Macey«, gestehe ich leise und ziehe geräuschvoll meine Nase hoch. Sehr sexy. »Sondern in Chino.«

Für einen Moment ist es still am anderen Ende der Leitung. »Was machst du in Chino?«

Statt einer Antwort kommt ein neuer Schwall Tränen. Ich will ihm keine Angst machen, aber ich schaffe es nicht, sie zurückzuhalten.

»Okay, es ist alles gut, Kayla. Schick mir deinen Standort und ich fahre sofort los.«

Ich nicke, auch wenn er das nicht sehen kann. Dann lege ich auf und bin mit meinen Gedanken und Gefühlen wieder ganz allein.

Kapitel 19 – *Kayla*

Ich weiß nicht, wie lange es dauert, bis ich eine Autotür zuschlagen höre. Auf jeden Fall so lange, dass meine Tränen inzwischen versiegt sind.

So lange, dass ich nicht mehr zittere.

So lange, dass ich nur noch teilnahmslos nach vorne starre.

So lange, dass die Leute aufgehört haben, mich komisch anzuschauen, weil ich wie ein Häufchen Elend am Straßenrand sitze.

Ich fühle mich ausgelaugt, leer. Als hätte der Besuch im Gefängnis mich meine ganze Energie gekostet.

Inzwischen ist es dunkel. Die Sonne ist komplett hinterm Horizont verschwunden, weshalb es dauert, bis ich Jake vor mir ausmache. Durch seine schönen Augen mustert er mich besorgt.

»Kayla.« Seine Stimme ist Balsam für meine geschundene Seele. Ich atme tief ein und sein vertrauter, herb-hölzerner Duft steigt mir in die Nase. Sofort fühle ich mich etwas besser.

»Danke, dass du gekommen bist«, murmle ich leise. Meine Stimme ist rau vom vielen Weinen, und weil ich seit mindestens einer Stunde nicht mehr gesprochen habe. Vielleicht waren es auch zwei Stunden oder eine ganze Ewigkeit. Ich weiß es nicht, denn mein Zeitgefühl ist verschwunden.

»Ich würde immer kommen, wenn du mich brauchst. Ganz egal, wo du bist.« Er greift nach meinen Händen und zieht mich auf die Beine. Schwerfällig richte ich mich auf. Mir tut alles weh. Der Kopf, die Beine, der Körper und mein Herz.

»Lass uns nach Hause fahren, okay?«

Ich schüttle den Kopf und bleibe stehen.

»Ich kann nicht nach Hause. Dann würde Dave sofort merken, dass ich nicht bei Macey war.«

Jake schürzt die Lippen, und mir entgeht der Blick nicht, den er auf das Gebäude hinter mir wirft.

»Dann fahren wir zu mir. Diesmal verspreche ich auch, dass uns niemand stört.« Ich würde so gern über seine kleine Anspielung lachen oder zumindest milde lächeln, aber ich kann nicht. Mir fehlt die Kraft, um meine Gesichtsmuskeln zu bewegen. Sanft, aber bestimmt, dirigiert Jake mich zu seinem Wagen, ohne meine Antwort abzuwarten. Ich sinke auf den Beifahrersitz und schließe die Augen. Momentan ist mir nicht nach Reden zumute. Ich will keine Fragen beantworten, und Jake akzeptiert das. Er dreht das Radio in angenehmer Lautstärke auf und fährt los.

Irgendwann während der Fahrt schlafe ich ein und wache erst in einem großen, weichen Bett wieder auf. Mein Körper hat sich die Auszeit genommen, die er gebraucht hat, um wieder Kraft zu tanken. Etwas verwirrt setze ich mich auf. Der Wecker auf dem Nachttisch neben mir zeigt ein Uhr nachts an. Aber es ist nicht der, den ich in meinem Zimmer stehen habe. Der Raum ist nur spärlich beleuchtet, weshalb meine Augen einen Moment brauchen, um sich an das gedimmte Licht zu gewöhnen. Ich bin definitiv nicht zu Hause, aber die Umgebung kommt mir bekannt vor. Seufzend streiche ich mir mit der Hand durchs Haar, als ich realisiere, wo ich bin: in Jakes Bungalow.

»Du bist wach.« Ich zucke zusammen und schaue nach links. Jake sitzt auf einem Sessel nahe dem Bett und hat die Unterarme auf den Oberschenkeln abgestützt. »Hast du Hunger?«

Mein Magen antwortet mit einem lauten Knurren für mich, was Jake ein Grinsen auf die Lippen zaubert. Er greift nach der weißen Box vom Lieferdienst und einer Gabel, die neben ihm auf dem Tisch liegt und kommt zu mir ins Bett. Der Inhalt riecht verdächtig nach gebratenen Nudeln, was sich beim Öffnen bestätigt. Sofort schiebe ich mir etwas davon in den Mund

und seufze. Das schmeckt himmlisch! Jake beobachtet mich die ganze Zeit über, was bei jedem anderen merkwürdig gewesen wäre, mich bei ihm aber nicht stört. Nach den paar Stunden Schlaf und mit gefülltem Magen fühle ich mich direkt etwas besser. Nicht gut, aber besser.

»Also …«, Jake nimmt mir die leere Nudelbox ab und stellt sie beiseite, bevor er mich mit einem prüfenden Blick betrachtet. »Reden wir jetzt über deinen Ausflug nach Chino?«

Ich senke den Blick und spiele nervös mit der Gabel in meinen Händen. Fieberhaft überlege ich, wo ich anfange, denn ich bin Jake definitiv eine Erklärung schuldig. Nur wenige Menschen würden kommentarlos und ohne weitere Informationen von Los Angeles nach Chino fahren, um mich abzuholen. Plötzlich legt sich sanft eine große Hand über meine eigene, während die andere mein Kinn ein wenig anhebt, damit ich ihn ansehe.

»Ich möchte es nur gern verstehen. Wenn ich gewusst hätte, dass du das machen willst, hätte ich dich begleitet. Du musst so etwas nicht allein durchstehen.«

»Doch, diesmal schon.« Meine Stimme ist leise, aber fest, als ich Jake in die Augen schaue. »Bei diesem Gespräch konnte mir keiner helfen, und es hat sich als großer Fehler entpuppt, überhaupt hinzufahren.«

Mein Blick fällt auf das Handgelenk, an dem Miranda sich festgeklammert hat. Inzwischen zeichnen sich ihre Fingerabdrücke in blau-violett auf meiner Haut ab. Erstaunlich, wie viel Kraft sich in diesem kleinen Frauenkörper verbirgt. Vorsichtig fahre ich mit den Fingerspitzen darüber.

»Sprich mit mir. Es bringt nichts, das alles in dich hineinzufressen.«

Seufzend lehne ich mich gegen ihn. »Während meiner Therapie hat Dr. Miller oft gesagt, dass es mir helfen könnte, mit Miranda zu sprechen, um mit der Vergangenheit abzuschließen. Am Montag haben wir wieder darüber geredet, und bevor ich einen Rückzieher machen konnte, habe ich kurzerhand meinen Besuch angemeldet.«

Jake legt seinen Arm um mich und zieht mich näher an sich heran. Er sagt kein Wort, sondern hört nur zu, aber seine Nähe hat etwas Tröstliches. Sie gibt mir die Kraft, weiterzusprechen.

»Es war furchtbar. Sie hat davon geredet, dass Lizzie in mir weiterlebt und dass sie ihr Lachen und ihre Stimme hört.« Jake versteift sich neben mir.

»Klingt so, als wäre sie nicht ganz bei Sinnen«, meint er, woraufhin ich überraschenderweise den Kopf schüttle.

»Nein, sie ist krank.« Ich beiße mir auf die Unterlippe. Es ist beinahe derselbe Wortlaut, den Dr. Cornwall mir gegenüber verwendet hat. Vorhin war ich zu schockiert, um die wirkliche Tragweite seiner Worte zu begreifen, aber jetzt, nachdem ein paar Stunden vergangen sind, und ich Abstand zwischen mich und Miranda bringen konnte, wird es mir klar. Dr. Cornwall hat Recht. Miranda ist traumatisiert. Ihre Reaktion heute und ihre Worte sind Auswirkungen eines Traumas, das jahrelang unbehandelt blieb.

»Das Ganze nennt sich posttraumatische Belastungsstörung. Es ist eine Folge von Lizzies Tod. Zusätzlich soll sie ihre Schlafmedikation überdosiert haben, die daraufhin Psychosen ausgelöst hat. Dadurch ist das alles erst in Gang gesetzt worden. Meine Entführung. Unser Leben in Europa. Die Rückkehr nach Los Angeles. Stell dir das mal vor. Seit mehr als zwanzig Jahren lebt sie damit.«

»Hast du etwa Mitleid mit ihr?«, brummt Jake, woraufhin ich mit den Schultern zucke.

»Mitleid würde ich es nicht nennen, aber ich mache mir schon meine Gedanken darüber. Vielleicht hätte ich ihr helfen können, wenn ich hartnäckiger gewesen wäre, was eine Therapie betrifft.« Jake schweigt und sieht mich nachdenklich an.

»Du warst ein Kind, Kayla. Egal, wie oft du auf eine Therapie bestanden hättest, sie hätte niemals auf dich gehört. Dafür war sie zu sehr mit ihrem eigenen Leben beschäftigt. Also gib dir nicht die Schuld für etwas, für das du nichts kannst.« Vorsichtig streicht er mir eine Strähne aus dem Gesicht, während ich über seine Worte nachdenke. Er hat Recht. Ich bin bei Miranda immer auf taube Ohren gestoßen, wenn ich das Wort Therapie auch nur in den Mund genommen habe. Wahrscheinlich hätte ich sonst was machen können, und sie hätte trotzdem nicht auf mich gehört.

»Versprichst du mir was?« Jakes Blick wird eindringlicher. Meine Mundwinkel zucken leicht.

»Weil das beim letzten Mal so gut funktioniert hat?«

Er verzieht keine Miene, sondern sieht mich weiterhin ernst an.

»Wenn du noch mal vorhast, dorthin zu fahren, nimm mich mit, okay?« Sein Beschützerinstinkt ist süß. Sanft streiche ich ihm mit der Hand über die Wange, beiße mir auf die Unterlippe und nicke.

»Ich werde dich mitnehmen, versprochen. Aber dazu wird es nicht wieder kommen. Mir hat der Besuch heute gereicht.«

Er drückt mir einen Kuss auf die Schläfe, und mir wird direkt ein bisschen wärmer. Ich bin froh, ihn angerufen zu haben. Jake schafft es immer, schreckliche Situationen zu entschärfen und mir ein positives Gefühl zu geben.

»Ich kann doch heute Nacht hierbleiben, oder?«

Er nickt und ich atme erleichtert aus. Der Gedanke, jetzt nach Hause zu fahren, verursacht mir Bauchschmerzen. Ich werde Dave noch früh genug Rede und Antwort über den gestrigen Tag stehen müssen.

»Meinetwegen kannst du für immer hierbleiben.«

»Für immer ist eine sehr lange Zeit. Bekomme ich dann wenigstens etwas Bequemeres zum Anziehen? Ich muss dringend aus diesen Jeans raus.« Jake lacht und lässt mich los, um aufzustehen.

»Was hättest du denn gern?« Nachdenklich tippe ich mir mit dem Zeigefinger gegen das Kinn.

»Ein T-Shirt von dir wäre gut und eine Hose.« Er nickt und geht zu einer Kommode, bevor er mir ein dunkles Shirt und eine Jogginghose zuwirft. Etwas ungeschickt fange ich beides auf.

»Dreh dich um«, bitte ich, als er sich mit verschränkten Armen gegen die Kommode lehnt. Seine Augen blitzen verschmitzt auf, zu meiner Erleichterung tut er dann aber, was ich sage. Auch ich drehe ihm den Rücken zu und schlüpfe aus der Hose, nur um dann seine Jogginghose anzuziehen. Anschließend folgt sein T-Shirt, und ich atme mit geschlossenen Augen seinen vertrauten Geruch ein.

»Fertig«, raune ich in dem Moment, als ich den Saum des Stoffes loslasse. Sofort schlingen sich zwei starke Arme um meine Mitte und ziehen mich an eine harte, muskulöse Brust.

»Das steht dir sehr gut«, murmelt er leise, wobei seine Lippen meine Ohrmuschel streifen und mir eine Gänsehaut verpassen. Ich neige den Kopf zur Seite, als sein Mund federleicht über die Haut an meinem Hals fährt. Mein Herz schlägt schneller, und ein aufgeregtes Kribbeln breitet sich von meiner Kopfhaut bis zu den Zehenspitzen aus. Es fühlt sich genauso an wie die Küsse während seiner Geburtstagsparty.

»Bist du ein Sockenschläfer?«, fragt er plötzlich und ich versteife mich kurz.

»Ähm, erst seit Kurzem«, erwidere ich verlegen. Etwas unruhig trete ich von einem Fuß auf den anderen, was Jake dazu veranlasst, mich loszulassen und vor mich zu treten. Prüfend sieht er mich an.

»Kayla.« Seine Stimme ist sanft und mein Herz macht einen Hüpfer. »Was ist los?«

Ich fahre mit der Zungenspitze über die Innenseite meiner Zähne. »Meine Füße sehen am schlimmsten aus. Deshalb trage ich die Socken noch.«

Jake versteht sofort wovon ich rede, und nimmt vorsichtig mein Gesicht in seine Hände. »Du weißt, dass du nichts vor mir verstecken musst, Kay. Aber wenn du dich so wohler fühlst, ist das vollkommen in Ordnung. Das ist alles, was ich will. Dass du dich wohl und sicher in meiner Nähe fühlst.«

Ich schlucke und lächle ihn vorsichtig an. Er weiß gar nicht, wie viel mir seine Worte bedeuten. Mit den Händen wandere ich seine Arme nach oben und platziere sie auf seinen Schultern, damit ich mich darauf abstützen kann, als ich mich auf Zehenspitzen stelle.

»Danke«, hauche ich gegen seine Lippen und verliere mich beinahe in dem tiefen Blau seiner Augen. Er schenkt mir ein strahlendes Lächeln, und im nächsten Moment lehnt er sich nach vorn und küsst mich. In mir explodiert ein Feuerwerk, als ich meine Arme um seinen Hals schlinge und den Kuss erwidere. Ganz sachte dringt seine Zunge in meinen Mund ein und mein verzücktes Seufzen verebbt daraufhin in seiner Mundhöhle. Ich verliere den Boden unter den Füßen, als er mich hochhebt, zum Bett trägt und sich mit mir gemeinsam darauf niederlässt. Er ist über mir und küsst jeden Zentimeter Haut, den seine Lippen erreichen. Seine Hände wandern dabei unter den Stoff meines T-Shirts und streichen sanft über meinen Bauch, finden ihren Weg zu meinen Brüsten, die er nacheinander fest umfasst und mir damit ein Stöhnen entlockt. Mein Körper fühlt sich an, als stünde er in Flammen, und Jake ist das Wasser, das ich brauche, um sie wieder zu löschen. Ich zupfe an seinem Shirt, bis er es sich über den Kopf zieht und ich freie Sicht auf seinen Oberkörper habe. Er ist muskulöser als früher, und das steht ihm ziemlich gut.

»Du sabberst«, neckt er mich grinsend, woraufhin ich ihm

gegen den Arm boxe. Dabei fällt mir ein Tattoo auf, das ich bisher noch nicht an ihm gesehen habe. Es muss das neue sein, von dem Tammy letztens gesprochen hat.

»Gar nicht«, entgegne ich etwas abwesend und streiche mit den Fingerspitzen über die dunkle Tinte. »Mir gefällt nur, was ich sehe.«

Er lacht leise, und ich kann das Vibrieren seines ganzen Körpers auf mir spüren.

»Du gefällst mir auch«, entgegnet er und küsst mich wieder. Ich erwidere es kurz, bin in Gedanken aber immer noch bei seinem neusten Tattoo. Dünne Linien zeigen die Umrisse eines weiblichen Gesichts. Ihre Nase, ihren Mund, aber die Augen fehlen. Das Kinn ist auf einer grazilen Hand abgestützt und darunter steht *she is art*. Tammy hat sich damit selbst übertroffen, aber mir kommen die Gesichtszüge so bekannt vor.

»Sag mal, hast du mich etwa als Vorlage für dein neues Tattoo benutzt?« Mir klappt die Kinnlade herunter, und ich nehme es noch ein bisschen genauer in Augenschein.

»Ich nicht. Aber Tammy«, murmelt Jake und versucht, mich mit Küssen von diesem Thema abzulenken. Allerdings erfolglos.

»Bist du von allen guten Geistern verlassen?« Meine Stimme ist ein paar Tonlagen höher als sie sein sollte. Das ist für immer auf seiner Haut. Für. Immer.

»Entspann dich, Kayla. Es ist eine skizzenhafte Zeichnung eines Frauengesichts, das deinem vielleicht ein bisschen ähnlich sieht. Niemand würde darauf kommen, dass es dich darstellt.« Jake klingt belustigt, aber ich bin immer noch fassungslos. Wie konnte er das zulassen?

»Sei nicht sauer. Tammy hat sich einen kleinen Spaß erlaubt. Sie hätte es nicht getan, wenn ich damit nicht einverstanden gewesen wäre. Außerdem gefällt mir der Gedanke, dich jetzt immer bei mir zu haben.« Seine Lippen fahren die Linien meines Kiefers nach und ich werde schwach. Wenn er mich weiter so berührt, kann ich mich nicht mehr lange dagegen wehren. Das Tattoo ist gestochen, und ich kann es nicht mehr ändern. Jetzt können wir nur hoffen, dass sich unsere Wege nicht doch irgendwann einmal trennen. Dann hätte er nämlich gleich zwei Erinnerungen an mich auf seiner Haut verewigt. Die Uhr, die ich bei unserem ersten Besuch bei Tammy als Vorlage für ihn gezeichnet habe, und meine Gesichtszüge.

Ich schmiege mich der Länge nach an ihn und verbiete meinem Kopf, sich mit weiteren Grübeleien zu beschäftigen. Es gibt viel schönere Dinge, die wir in diesem Moment miteinander teilen können, und auf einmal empfinde ich den Stoff zwischen uns als lästig. Was eben noch wie ein Schutzschild war, ist jetzt so hinderlich, dass ich mein Shirt kurzerhand ausziehe. Jake soll mir so nah sein wie nur möglich. Haut an Haut, Herz an Herz. Ich vertraue ihm und habe gelernt, mich selbst so zu akzeptieren, wie ich jetzt bin. Vielleicht sind das die Gründe, weshalb mir unser Zusammensein auf einmal so leicht fällt.

Jake stockt kurz der Atem, als er mich ansieht. Es war eine gute Entscheidung, den BH wegzulassen. Er senkt den Kopf und umspielt mit der Zunge meine linke Brustwarze, die prompt hart wird. Es fühlt sich an, als hätte sie eine direkte Verbindung zwischen meine Beine, denn dort werde ich augenblicklich feucht. Ich biege den Rücken durch und kralle mich mit den Fingern in sein dunkles Haar. Diese Zunge und das leichte Zwicken seiner Zähne bringen mich um den Verstand!

Langsam wandert seine Hand über meinen Bauch und schiebt sich in den Bund meiner Jogginghose. Er streicht über den dünnen Stoff meines Slips und entlockt mir damit ein kehliges Stöhnen. Mein Körper erzittert und ich bäume mich kurz auf, als seine Finger zwischen meinen Beinen auf warme, nackte Haut treffen.

»Bist du dir sicher?« Ich nicke, denn zu mehr bin ich nicht

fähig. Meine Stimme hat sich verabschiedet und mein Körper ist damit beschäftigt, die vielen Empfindungen zu verarbeiten.

»Du weißt gar nicht, wie gern ich dich komplett ausziehen und mit dir schlafen würde.« Mein Herz schlägt schneller. Seine Stimme ist rau, dunkel und macht mich ziemlich an. Dennoch breitet sich ein nervöses Flattern in meinem Bauch aus, und ich ziehe die Unterlippe zwischen die Zähne. Ich würde das auch liebend gern tun, aber bin ich wirklich bereit dafür? Mein Leben liegt immer noch in Scherben, die ich mühsam versuche, zusammenzusetzen. Der Besuch bei Miranda heute hat neue Risse in die bereits zusammengesetzten Stücke geschlagen. Durch das Zusammensein mit Jake fühle ich mich besser und weiß, dass ich bei ihm genau da bin, wo ich sein will. Aber sollten wir es deshalb überstürzen? Für so einen wichtigen Moment sollten wir uns ausgiebig Zeit nehmen. Auch wenn das erste Mal für viele Leute in der heutigen Zeit nicht mehr so besonders ist, für mich ist es das nach wie vor. Jakes Lippen wandern meinen Hals hinauf, küssen mein Kinn, meine Wangenknochen und enden letztlich an meinem Ohr.

»Ich kann dich denken hören, Kayla.« Ich lächle und seine Worte bringen die Leichtigkeit zurück, die ich eben kurzzeitig vermisst habe.

»Es war ein harter Tag«, fährt er leise fort. »Ich will, dass du dich entspannst. Dich fallen lässt und dir keine Gedanken über eine Situation machen musst, die dir Unbehagen bereitet. Du sollst für einen Augenblick vergessen, und dabei helfe ich dir. Deshalb schlafen wir heute auch nicht miteinander. Das hier wird fürs Erste genügen.«

Er dringt mit einem Finger in mich ein und ich vergesse alles, was mich eben noch zurückgehalten hat. Die Bedenken in meinem Kopf verstummen, mir wird heiß und ich schließe die Augen. Langsam bewegt er den Finger vor und zurück. Stöhnend lasse ich mich in seine Kissen sinken. Warum fühlt sich das, wenn ich es selbst mache, nie so gut an? Ich spüre seinen Blick auf mir, als er schneller wird und schließlich einen zweiten Finger dazu nimmt. Mein Atem geht unregelmäßig. Ich stöhne und keuche so viel, dass es irgendwann in eine Mischung aus beidem übergeht und zu einem undefinierbaren Laut wird. Unsere Blicke treffen sich, als ich meine Augen wieder öffne. Seine Wangen sind rosig, obwohl er sich körperlich nicht viel anstrengt. Allerdings sind sie vermutlich bei weitem nicht so rot wie meine. Ich habe nämlich das Gefühl, in Flammen zu stehen und mit jeder Bewegung seinerseits ein Stück mehr zu verbrennen.

Seine Augen sind dunkler als sonst, und die Lider hat er halb geschlossen. Allein dieser Anblick lässt eine neue Hitzewelle durch meinen Körper rollen. Hoffentlich bleibt mir das noch lange in Erinnerung. Plötzlich krümmt Jake seine Finger und berührt damit einen Punkt in mir, der mich zum Explodieren bringt. Ich öffne den Mund und stöhne, während sich Muskeln in mir zusammenziehen, von denen ich nicht einmal wusste, dass sie überhaupt existieren. Jake hört nicht damit auf, immer wieder mit seinen Fingern in mich einzudringen, während er mich küsst und meine Laute in seiner Mundhöhle verschwinden. Ein letztes Mal spannt mein Körper sich an, bevor ich schweratmend in die Kissen zurücksinke. Er zieht seine Finger aus mir heraus, küsst mich und entschuldigt sich kurz, um ins Bad zu verschwinden. Wenige Minuten später legt er sich wieder neben mich und zieht mich in seine Arme. Die Erektion, die ich eben noch an meinem Oberschenkel gespürt habe, ist verschwunden.

»Das war … sehr gut«, murmle ich atemlos an seinem Hals und schmiege mich der Länge nach an ihn. Nicht, dass ich viele Vergleichsmöglichkeiten hätte, aber es hat sich fantastisch angefühlt.

»Sehr gut, hm?« Jakes Lippen bewegen sich an meiner Schläfe.

»Ich hatte mit einem atemberaubend oder großartig gerechnet, aber gut. Dann ist noch Luft nach oben.«

Lachend boxe ich ihm gegen den Oberarm. Wenn er schon so geschickt mit seinen Fingern ist, kann ich es kaum erwarten zu erfahren, wie es sich anfühlt, wenn wir richtigen Sex haben. Allein bei dem Gedanken wird mir wieder heiß. Ich hätte nie gedacht, dass dieser Tag ein so befriedigendes Ende nimmt. Trotzdem gibt es eine Sache, die stetig an mir nagt und meiner Befriedigung und der Freude darüber, dass wir jetzt anscheinend wirklich ein Paar sind, einen Dämpfer verpasst.

»Jake, es gibt da etwas, das ich dir sagen muss.« Und ich muss es bald tun, bevor es mich von Innen auffrisst.

»Nicht heute, Kay. Wir haben noch viel Zeit, um über alles Mögliche zu sprechen. Jetzt will ich nur mit dir hier liegen, den Moment genießen und dich wieder küssen.«

Mein Herz macht einen Satz bei seinen Worten. Es freut mich, dass er ebenfalls eine gemeinsame Zukunft für uns sieht. Aber ich habe auch Angst. Angst davor, wie viel Zeit uns wirklich zusammen bleibt, wenn ich ihm das Geheimnis offenbare, das ich so lange für mich behalten habe.

Kapitel 20 – *Kayla*

Die kleine Blase, die ich mir mit Jake in der vergangenen Nacht aufgebaut habe, zerplatzt mit dem Sonnenaufgang und dem zurückkehrenden Alltag. Es ist nicht so, dass wir uns gestritten hätten und nun Funkstille herrscht. Zwischen uns ist alles gut. Aber ich wäre gern noch eine Weile mit ihm in seinem schützenden Bungalow geblieben, wo es nur uns beide und keines der Probleme gab, die in der Welt da draußen auf uns warten.

Jetzt sind knapp anderthalb Wochen vergangen seit ich Miranda besucht habe. Vor Dave konnte ich meine getrübte Stimmung nicht verbergen, denn obwohl Jake mich erfolgreich aufgeheitert hat, kann ich die Erinnerung an das Gespräch mit ihr und die damit einhergehenden Gefühle nicht vergessen. Aber ich habe ihm eine plausible Erklärung dafür aufgetischt. Um nichts in der Welt würde ich ihm freiwillig verraten, wo ich letzten Mittwoch gewesen bin.

Nur mit Dr. Miller spreche ich ausführlich darüber. Sie zeigt sich sichtlich geschockt über den Verlauf des Gesprächs, ist sich aber sicher, dass es mir dabei hilft, einen Schlussstrich unter das Kapitel zu setzen. Wie lange das jedoch dauert, ist ungewiss ,und so wie ich mich momentan fühle, wird es nicht von heute auf morgen passieren.

Miranda verfolgt mich bis in meine Träume. Ich habe kaum die Augen geschlossen, da taucht sie schon auf. Dieser Ausdruck in ihrem Gesicht, als sie von Lizzie erzählt hat, lässt mich nicht mehr los. Ebenso wenig wie ihre verzweifelten Schreie, als ich sie wieder verlassen habe. Sie hallen noch immer in meinen Ohren wider und machen es mir unmöglich zu schlafen. Darunter leiden auch meine schulischen Leistungen. Ich kann mich nicht mehr richtig konzentrieren, und obwohl meine Freunde alles geben, um mich mitzuziehen, gelingt es ihnen nicht. Bis auf Macey kennt niemand den Grund für meinen plötzlichen Leistungsabfall, und ich bin auch nicht bereit, ihnen davon zu erzählen. Alles, was gerade zählt, ist, dass ich nicht noch schlechter werde. Meine Lehrer sollen nicht auf die Idee kommen, Dave anzurufen, denn dann müsste ich definitiv mit der Wahrheit rausrücken. Deshalb habe ich all meine Pläne für diesen Freitagnachmittag gecancelt, um mich vollkommen aufs Lernen zu konzentrieren. Mit ausgebreiteten Büchern sitze ich im Wohnzimmer in einem Chaos aus Mitschriften, Notizen und Aufgaben, die ich noch erledigen muss. Hier einen Überblick zu bekommen, erscheint mir unmöglich.

Dave ist heute länger im Büro und Vivienne bei einer Freundin zum Kaffee eingeladen – ein Synonym für Bellinis am frühen Nachmittag. Die Zwillinge sind oben, brechen aber gleich zu der Poolparty bei einem unserer Mitschüler auf. Jillian hat versucht, mich zum Mitkommen zu überreden, aber ich habe dankend abgelehnt. Die letzte Party hat mir für den Rest des Schuljahres gereicht. Außerdem habe ich so die Möglichkeit, mich in Ruhe mit dem Stoff der vergangenen Woche zu beschäftigen. Nachdenklich kaue ich auf meinem Kugelschreiber herum, als es an der Tür klingelt. Verwirrt sehe ich in Richtung Flur. Ich erwarte heute keinen Besuch mehr, und Dave und Vivienne haben immer ihre Schlüssel dabei. Vielleicht haben die Zwillinge jemanden eingeladen?

Es klingelt ein zweites Mal. Seufzend stehe ich auf. Die Musik schallt so laut aus dem ersten Stock, dass die beiden es sicherlich nicht gehört haben. Der Geräuschpegel nervt mich beim Lernen, und wenn sie Freunde einladen, sollen sie die gefälligst selbst reinlassen. Ich bin nicht ihr Butler.

Es schellt gerade ein drittes Mal, als ich die Haustür aufreiße. Das genervte »Was?« bleibt mir allerdings im Hals stecken, als ich sehe, dass vor mir keiner meiner Mitschüler steht, sondern zwei Polizisten in dunkelblauer Uniform. Was ist denn hier los?

»Kayla Hudson?«

Mit verschränkten Armen lehne ich mich in den Türrahmen. So hat mich lange niemand mehr genannt.

»Inzwischen Kingston«, entgegne ich und bin überrascht, wie gelassen ich klinge. Wenn die Polizei vor der Tür steht, bedeutet das nie etwas Gutes.

»Was kann ich für Sie tun?« Die Beamten wechseln einen Blick, und der größere von beiden sieht mich ernst an.

»Das würden wir gern drinnen besprechen.« Nervös trete ich beiseite und führe sie ins Wohnzimmer. Mit zittrigen Händen sammle ich meine Notizen auf und bitte sie, auf dem Sofa Platz zu nehmen, während ich mich auf den gegenüberliegenden Sessel setze. Was in aller Welt könnten die von mir wollen? Habe ich mir irgendwas zu Schulden kommen lassen? Aber was? Ich besitze keinen Führerschein, also kann ich keinen Fehler im Straßenverkehr begangen haben. Außerdem habe ich in der letzten Woche kaum das Haus verlassen, außer um zur Schule zu gehen. Wenn das wieder einer von Ashleys merkwürdigen Scherzen ist, bringe ich sie eigenhändig um. Dann hätten die Polizisten wenigstens einen Grund, hier zu sein. Dafür könnten sie mich verknacken, aber noch ist meine Stiefschwester quicklebendig im ersten Stock.

»Wir kommen leider mit schlechten Nachrichten.« Der Kleinere beugt sich ein Stück vor und faltet seine Hände ineinander. Dass sie keine guten Nachrichten haben, war mir schon klar. Aber was ist passiert? Geht es um Dave? Hatte er womöglich einen Unfall? Oder Vivienne? Aber dann hätten sie auch nach Jill und Ash gefragt. Ich atme tief durch und wische mir die schwitzigen Handinnenflächen am Stoff meiner Hose ab.

»Wir müssen Ihnen leider mitteilen, dass Miranda Hudson heute tot in ihrer Zelle gefunden wurde.« Ich starre die beiden an; und für einen Moment hört meine Welt auf sich zu drehen.

Das kann nicht sein. Ich habe sie doch letzte Woche erst gesehen. Sie ist krank, ja. Aber doch nur psychisch. Von körperlichen Beschwerden hat Dr. Cornwall nichts gesagt.

»Wie?«, krächze ich. Es ist nur ein Wort, aber die Beamten verstehen, was ich sagen will.

»Sie hat sich mit dem Laken ihrer Liege erhängt.« Ich zucke zusammen. Sie hat sich umgebracht. Alles war gut, bis ich letzte Woche aufgetaucht bin. Dr. Cornwall hat keine Suizidgedanken erwähnt. Wenn er es gewusst und geahnt hätte, welchen Stress mein Besuch bei ihr auslöst, wäre ich dann überhaupt zu ihr gelassen worden? Haben die Suizidgedanken womöglich erst danach begonnen? Weil ich gegangen bin, ohne mich noch einmal umzudrehen? Bin ich schuld am Tod der Frau, die ich neunzehn Jahre lang für meine Mutter hielt?

Mein Körper fühlt sich taub an. Ich sehe, dass sich die Lippen der Polizisten bewegen, aber ich höre nichts. Es wirbelt nur dieser eine Gedanke durch meinen Kopf: Ich könnte schuld am Tod eines Menschen sein. Erst als der Ältere von beiden mich direkt anspricht, versuche ich, meine Konzentration wieder auf ihn zu lenken.

»Sie hat das hier hinterlassen.« Er reicht mir ein in Klarsichtfolie steckendes Papier. Die Kopie eines Briefes und ich erkenne Mirandas Handschrift sofort.

Sagt ihnen es tut mir leid.
Ich kann meinen Dämonen nicht länger standhalten.
Ihr Verschwinden hat mir meine Einsamkeit bewusst gemacht.
Sagt meiner Tochter, dass es mir leidtut.

Ihr Verschwinden. Meint sie damit, wie fluchtartig ich das Gefängnis vergangene Woche verlassen habe? Oder Lizzies Tod? Der Abschiedsbrief klingt, als hätte sie einen klaren Moment gehabt und sich bewusst für diesen endgültigen Schritt entschieden. Aber wer weiß das schon? Vielleicht ist sie auch einfach eine verdammt gute Schauspielerin.

»Im Wagen sitzt eine Polizeipsychologin, falls Sie mit jemandem über das Geschehene sprechen wollen.« Die Stimme des Polizisten ist sanft, doch ich höre sie wie durch Watte. Trotzdem schaffe ich es, sein Angebot mit einem Kopfschütteln abzulehnen.

»Ich besuche bereits regelmäßig eine Psychotherapeutin, die ich jederzeit kontaktieren kann.«

Er nickt. »Sind Sie allein zu Hause? Wir würden Sie ungern ohne die Anwesenheit einer weiteren Person hierlassen.« Wieder schüttle ich den Kopf.

»Meine Stiefschwestern sind oben. Ich sage ihnen gleich Bescheid.« Das ich das nicht tun und sie auch nicht daran hindern werde zu dieser Party aufzubrechen, verschweige ich. Ich will jetzt niemanden um mich haben, sondern einfach allein sein.

»Wir haben Mr. Kingston telefonisch nicht erreicht. Richten Sie ihm bitte aus, dass er sich bei uns melden soll?« Ich nicke, sehe wie er eine Visitenkarte auf den Tisch legt, und bekomme nur am Rande mit, wie die beiden sich verabschieden und das Haus verlassen. Teilnahmslos bleibe ich im Wohnzimmer sitzen und starre auf die weiße Wand mir gegenüber. Die Klarsichtfolie knistert jedes Mal, wenn ich den Brief in den Händen drehe und ihn erneut lese.

Sagt ihnen es tut mir leid. Wer ist ihnen? Dave und ich? Lizzie? Heather? Bei wem wollte sie sich entschuldigen? Lachen ertönt im Flur, doch ich wende den Blick nicht von der Wand ab.

»Wir sind dann weg!« Jill klingt aufgekratzt, Ash sagt nichts. Ich tue es ihr gleich, nicke einfach. Nur nicken, nicht sprechen. Das erscheint mir gerade sehr sinnvoll. Aus den Augenwinkeln sehe ich, wie eine der beiden stehen bleibt.

»Alles in Ordnung, Kay?« Es ist Jills Stimme. Wieder nicke ich nur. Die Haustür fällt ins Schloss und ich bin allein. Allein mit meinen Gedanken und Gefühlen, die einen bitteren Kampf in mir führen. Wie reagiert man angemessen auf so eine Situation? Mit Trauer? Immerhin ist gerade die Frau gestorben, die neunzehn Jahre lang meine einzige Familie war. Gleichzeitig aber auch die Frau, die mich entführt hat. Oder sollte ich erleichtert sein, weil sie es mir damit leicht macht, einen Schlussstrich unter mein altes Leben zu ziehen? Das wäre makaber. Niemand sollte über den Tod eines Menschen erleichtert sein. Vielleicht bin ich lieber wütend. Wütend darüber, dass sie sich nicht hat helfen lassen. Dass sie den einfachen Weg gewählt hat, sich allem zu entziehen. Und ich bin enttäuscht, weil unser letztes Gespräch nicht so verlaufen ist, wie ich es mir gewünscht habe.

Ich fahre mir mit der Hand übers Gesicht. Im Augenblick fühle ich mich leer, und diese Leere will ich mit etwas füllen. Mein Handy liegt neben mir. Ich könnte es nehmen und Dr. Miller anrufen, um mit ihr darüber zu sprechen. Oder ich texte Jake und bitte ihn, herzukommen, damit ich doch nicht allein bin. Aber das wären vernünftige Entscheidungen und danach ist mir nicht. Also beschließe ich, die Leere mit Wut zu füllen. Statt meines Handys greife ich nach dem grünen Stressball, der daneben liegt. Normalerweise knete ich ihn, um mich besser zu konzentrieren, aber jetzt pfeffere ich ihn mit voller Wucht gegen die gegenüberliegende Wand. Er trifft das große, gerahmte Poster eines Leoparden, welches klirrend zu Boden fällt und zerbricht. Aber das kümmert mich nicht. Ich werfe die Kopie des Briefes beiseite, gefolgt von meinen Lernzetteln, Mitschriften und Notizen. Einige Bücher klatschen gegen die Wand und erschüttern die daran hängenden Fotos so sehr, dass sie ebenfalls herunterfallen und kaputtgehen. Ein Scherbenmeer breitet sich auf dem Fußboden des Wohnzimmers aus und das Klirren des

Glases geht mir durch Mark und Bein. So fühle ich mich. Zerbrochen und nicht mehr zusammensetzbar.

Daran ist Miranda schuld. Sie hat mich belogen, betrogen und mir damit meine komplette Lebensgrundlage genommen. Von einer Sekunde auf die andere war alles, das ich bisher kannte, nicht mehr da. Plötzlich war ich nicht mehr Kayla Hudson, sondern Micaela Kingston, eine Person, mit der ich mich nicht identifiziere. Aber anstatt sich den Konsequenzen zu stellen, ist Miranda einfach gegangen! Das macht mich rasend! Mit einem Schrei, der schon fast nach einem gequälten Brüllen klingt, stoße ich den kleinen Couchtisch um, dessen gläserne Platte ebenfalls bricht. Jede Erinnerung an gemeinsame Momente mit Miranda fachen meine Wut über ihren Tod weiter an. Egal, ob sie gut oder schlecht waren. Und je mehr um mich herum kaputtgeht, desto besser fühle ich mich. Dadurch kann ich dem Chaos in meinem Inneren ein Ventil geben.

Voller Wucht schleudere ich eine Vase gegen die Wand neben der Tür. Meine Brust hebt und senkt sich heftig und schnell. Mir ist warm, doch ich weiß, dass es am glühenden Feuer der Wut liegt, das sich nicht löschen lässt. Ich brenne vor Zorn. Mit den Händen raufe ich mir das Haar. Ziehe daran, bis der Schmerz Wirklichkeit wird. Die Scherben auf dem Boden schneiden sich durch die Socken in meine Haut, aber ich spüre es durch das dicke Narbengewebe nicht. Ich sehe nur die dunkelrote Verfärbung des weißen Stoffes.

Meine Hand ballt sich zur Faust, und ich schlage gegen den Türrahmen. Einmal, zweimal, dreimal. Bis ein stechender Schmerz von meinen Fingerknöcheln aus den Arm hinaufwandert und sich in mir ausbreitet. Er gewinnt die Oberhand. Wut ist gut, um alles andere zu überspielen, aber es ist der Schmerz, den ich versucht habe, zu unterdrücken. Schmerz über Mirandas Tod, diesen plötzlichen Verlust, der so überraschend kommt, dass es mich beinahe umhaut. Ich wollte nichts mehr mit dieser Frau zu tun haben, die mein Leben zu einer Lüge hat werden lassen. Warum belastet mich ihr Tod dann so sehr?

»Weil du sie tief in deinem Inneren immer noch liebst«, flüstert eine leise Stimme in meinem Kopf. »Weil sie deine Mom war, egal ob leiblich oder nicht.«

»Kayla!« Das ist eine andere Stimme, die jetzt mit mir spricht. Lauter, fassungsloser, vielleicht sogar ein bisschen wütend. Ich sehe auf und bemerke Ashley, die im Türrahmen steht und mich mit großen Augen ansieht. »Was ist hier passiert?«

Ich erwidere ihren Blick, unfähig etwas zu sagen. Mein Kiefer ist wie gelähmt. Der Schmerz trifft mich mit solcher Wucht, dass ich unter ihm auf die Knie gehe.

»Kayla?« Die Stimme meiner Stiefschwester wird leiser, besorgter, aber ich nehme es nicht mehr richtig wahr. Ein Schleier aus Tränen schränkt meine Sicht ein. Die eben noch dagewesene Wut ist verpufft, und Traurigkeit kriecht in jede Faser meines Körpers. Ich höre Ash erschrocken die Luft einziehen, als ich vor ihr zusammenbreche und bitterlich zu weinen beginne.

Kapitel 21 – *Jake*

Es ist Freitagnachmittag und der Tag, an dem ich endlich alles richtig machen will. Ich wusste, dass dieses Gespräch mit Lynn unausweichlich ist, deshalb war ich froh als sie ein Treffen vorgeschlagen hat. Ob sie ahnt, dass ich unsere Freundschaft beenden will, weiß ich nicht, aber für mich ist es das einzig Richtige. Die gemeinsame Nacht mit Kayla hat mir verdeutlicht, wie sehr ich mich nach einem Zusammensein mit ihr sehne. Egal, was zwischen Lynn und mir gewesen ist, diese Verbundenheit, die ich gespürt habe, wenn wir online unsere Gedanken ausgetauscht haben, ist nicht mehr da. Seit wir uns das erste Mal ohne Masken gegenübersaßen, ist sie mit jedem Tag schwächer geworden. Es hat gedauert, bis ich mir das eingestehen konnte.

Inzwischen weiß ich, dass meine ganze Liebe Kayla gilt. Ich möchte sie in den Armen halten, wenn es ihr schlecht geht. Sie irgendwo abholen, wenn sie meine Hilfe braucht und bei ihr sein, wenn sie so eine überstürzte Aktion durchzieht wie letzte Woche. Sie ist diejenige, neben der ich abends einschlafen und morgens wieder aufwachen will.

Trotzdem kann ich das schlechte Gewissen Lynn gegenüber nicht komplett stummschalten. Ich habe ganz Los Angeles nach ihr abgesucht, weil ich etwas für sie empfunden habe, nur um sie jetzt wieder von mir zu weisen. Aber es sind keine Gefühle mehr für sie da. Ich hing nur an den Erinnerungen, die uns beide verbunden haben, und wollte mich an ihnen festklammern.

Nervös trommle ich mit den Fingern gegen meine mit Kaffee gefüllte Tasse und halte Ausschau nach ihr. Als Treffpunkt haben wir wieder das *Sandstorm* gewählt. Heute ist es nicht so voll wie beim letzten Mal. Einerseits gut, weil wir dann in Ruhe reden können, andererseits befürchte ich, dass sie eventuell eine Szene macht. So schätze ich sie zwar nicht ein, aber sag niemals nie. Eine gekränkte Frau ist zu vielem fähig.

Die kleine Glocke über der Tür läutet und kündigt einen neuen Besucher an. Sofort hebe ich den Blick und sehe Lynn, die sich einen Weg zu meinem Tisch bahnt. Sie begrüßt mich, setzt sich und bestellt einen Latte Macchiato. Aber irgendwas ist anders. Sie wirkt nervös, kann mir nicht einmal richtig in die Augen schauen. Vielleicht ahnt sie schon, was gleich auf sie zukommt. Manche Frauen haben bekanntlich einen sechsten Sinn für sowas.

»Es freut mich, dass es heute geklappt hat.« Innerlich ohrfeige ich mich für diesen Satz. Wo sind wir hier? Bei einem Bewerbungsgespräch? Lynn nickt ein wenig abwesend, lächelt kurz und nippt an ihrem Kaffee. Dann setzt sie sich aufrechter hin und sieht mich zum ersten Mal seit sie hier ist richtig an.

»Wir müssen reden«, sagen wir zeitgleich und stutzen. Ich lache und auch sie sieht sofort ein bisschen entspannter aus.

»Du zuerst.« Mit einer kurzen Handbewegung bedeute ich ihr anzufangen, während ich mich auf meinem Stuhl zurücklehne. Sie schluckt und beginnt die blaue Serviette vor sich in kleine Fetzen zu rupfen.

»Ich weiß gar nicht, wie ich das sagen soll.«

»Am besten einfach geradeheraus.« Ermutigend lächle ich sie an. Falls sie mir sagen will, dass sie jemand anderen kennengelernt hat, würde das meine Situation um einiges erleichtern. Lynn schluckt und senkt den Blick auf die schon halb zerrupfte Serviette.

»Ich bin gar nicht die Frau, die du gesucht hast.« Ich verschlucke mich so heftig an meinem Kaffee, dass er mir gefühlt Speise- und Luftröhre zugleich verbrennt. Was hat sie da gerade gesagt? Fassungslos starre ich sie an und nachdem ich mich von meiner kleinen Nahtoderfahrung erholt habe, fährt sie fort.

»Eigentlich heiße ich Lana und bin … ähm … also … ich bin … Schauspielerin.« Ihre Wangen werden rot und sie blickt in ihren Latte, als wäre der das Spannendste überhaupt auf dieser Welt.

»Schauspielerin?«, echoe ich und sie nickt. Ich atme ein paar Mal tief durch, um ruhig zu bleiben. Eben habe ich noch gehofft, dass sie mir keine Szene macht, und jetzt bin ich derjenige, der kutz davor ist, komplett auszurasten.

»Würdest du das vielleicht etwas weiter ausführen?«, knurre ich gereizt. Lynn – nein, Lana – streicht sich eine Strähne aus dem Gesicht und sieht vorsichtig zu mir rüber.

»Ich wurde engagiert, weil ich deiner Lynn auf den Fotos so ähnlich sehe.« Verwirrt runzle ich die Stirn. Die Fotos von der Party kennen nur Wes, meine Familie und ich. Wie zur Hölle ist sie da rangekommen?

»Es wurde gut bezahlt und du warst sehr nett. Zu nett. Da habe ich einfach weitergemacht.« Ihre Stimme wird leiser und mein Zorn dafür immer größer.

»Du warst auf der Beerdigung meiner Mutter«, presse ich zwischen zusammengebissenen Zähnen hervor. Sie zuckt zusammen und sieht wenigstens schuldbewusst aus. Na immerhin.

»Das war wirklich etwas unüberlegt. Aber wir haben uns so gut verstanden, dass ich die leise Hoffnung hatte, dass aus uns eventuell ein Paar werden könnte.« Beinahe bleibt mir der Mund offenstehen. Das kann unmöglich ihr Ernst sein!

»Wie lange wolltest du diese Scharade aufrechterhalten? Das hätte doch nicht ewig so weitergehen können! Wie genau hast du dir das denn vorgestellt?« Mit der flachen Hand schlage ich auf die Tischplatte, sodass Lana erneut zusammenzuckt.

»Darüber habe ich mir keine Gedanken gemacht«, gibt sie kleinlaut zu. »Und als ich dich an deinem Geburtstag mit dieser jungen Frau in deinem Schlafzimmer gesehen habe, wusste ich, dass es ohnehin keinen Sinn macht. Also habe ich beschlossen, dass ich so nicht weitermachen kann.«

Bilder von Kayla tauchen vor meinem inneren Auge auf, doch ich schiebe sie beiseite. Wenn ich jetzt an sie denke, werde ich schwach und verzeihe Lana diese dämliche Aktion womöglich.

»Wer ist es?«

Verdattert sieht sie mich an.

»Was meinst du? Ich sage dir bestimmt nicht, wer mich engagiert hat. So wie du gerade drauf bist, bringst du die Person womöglich um.« Genervt rolle ich mit den Augen. Das würde ich auch gern erfahren, aber momentan ist etwas anderes vorrangig.

»Ich will wissen, wer Lynn ist, wenn du es nicht bist.« Lana sieht betroffen auf die massakrierte Serviette, bevor sie ihren Blick wieder auf mich richtet. Ihre Zähne graben sich in ihre Unterlippe und mir ist sofort klar, dass mir die Antwort nicht gefällt.

»Ich weiß es ehrlich nicht. Sonst würde ich es dir auf jeden Fall sagen.« Mit Daumen und Zeigefinger massiere ich mir die Nasenwurzel. Das darf doch alles nicht wahr sein! Innerlich tobe ich und würde das am liebsten auch nach außen tragen, aber leider glaube ich ihr, dass sie diesmal die Wahrheit sagt. Lana räuspert sich, und ich sehe auf.

»Ganz ehrlich, Jake? Du brauchst diese Lynn nicht. Ich habe bemerkt, wie du das Mädchen von der Party angeschaut hast. Du liebst sie, und wenn du ehrlich zu dir selbst bist, hättest du mir früher oder später den Rücken gekehrt.« Zerknirscht verschränke ich die Arme vor der Brust. Mir liegt auf der Zunge, dass sie nicht in der Position ist, mir Ratschläge zu geben, doch ich halte die Klappe. Denn sie hat recht. Ich bin heute hergekommen, um ihr zu sagen, dass es eine andere gibt. Spielt es da eine Rolle, dass Lana gar nicht Lynn ist? Irgendwo da draußen lebt diese ihr Leben und hat es nicht mehr für nötig gehalten meine Nachrichten zu beantworten. Also war ihr die Verbindung zu mir längst nicht so wichtig, wie ich dachte. Kayla hingegen war in meinen schweren Zeiten für mich da, und ich will es für sie sein. Sie ist meine Zukunft.

Wie auf Knopfdruck beginnt mein Handy zu vibrieren. Ein kurzer Blick reicht, um Kaylas Foto auf dem Display zu erkennen. Mein Herz macht einen kleinen Hüpfer und die Wut über die ganze Situation verpufft augenblicklich. Doch ich bin hier noch nicht fertig, weshalb ich sie mit gemischten Gefühlen wegdrücke. Das habe ich bisher noch nie gemacht und hoffe, dass sie es mir nicht übelnimmt, wenn ich es ihr gleich erkläre.

Ich wende mich wieder Lana zu und bemerke überrascht, dass sie bereits aufgestanden und im Inbegriff ist, zu gehen. Mit den Händen stützt sie sich auf der Stuhllehne ab und sieht mich eindringlich, aber dennoch mit sanftem Gesichtsausdruck an.

»Es tut mir sehr leid, dass ich dein Vertrauen missbraucht habe, Jake. Aber ich denke, du weißt inzwischen ganz genau, wem dieser Cinderella-Schuh am besten passt. Alles Gute für dich.«

»Warte mal! Wer hat dich denn nun engagiert?«, rufe ich ihr hinterher, doch sie hört mich nicht. Oder ignoriert mich. Mein Handy vibriert erneut. Wieder mit Kaylas Gesicht auf dem Bildschirm. Ich kann sie nicht erneut wegdrücken, wenn es anscheinend so wichtig ist, also lasse ich zu, dass Lana verschwindet.

»Hey, Kayla. Tut mir leid wegen …«

»Hier ist nicht Kayla, sondern Giulia.« Ruckartig setze ich mich auf und umklammere das Telefon fester.

»Was ist passiert?« Es muss etwas vorgefallen sein, sonst würde Giulia mich nicht von Kaylas Telefon aus anrufen. Sorge schnürt mir die Kehle zu. Ich habe das Gefühl, keine Luft mehr zu bekommen, und versuche ruhig durch die Nase ein und durch den Mund wieder auszuatmen.

»Ich weiß es nicht.« Sie seufzt in den Hörer. »Aber du solltest dringend herkommen.«

Als ich beim Haus der Kingstons ankomme, ist es überraschend ruhig. Keine Ahnung, was ich erwartet habe. Polizei? Rettungswagen? Ein Großaufgebot an Menschen? Auf jeden Fall nicht … nicht dergleichen, alles still. Lediglich der Wagen der Zwillinge steht in der Auffahrt. Die Haustür ist offen, weshalb ich einfach hineingehe. Ashley telefoniert wild gestikulierend in der Eingangshalle, Jillian und Giulia stehen vor dem Wohnzimmer und unterhalten sich flüsternd. Kayla ist nirgends zu sehen. Als die Mädels mich bemerken, stellen sie ihr Gespräch ein und atmen erleichtert auf.

»Was ist los? Wo ist Kayla?«

Jill tritt einen Schritt zu Seite und erlaubt mir einen Blick ins Wohnzimmer.

»Was zur …?« Vivienne legt großen Wert auf Ordnung. Alles muss immer an seinem Platz stehen und darf nicht einen Zentimeter verrückt werden. Aber momentan sieht der Raum aus, als hätte eine Bombe darin eingeschlagen. Zerbrochene Bilderrahmen liegen auf dem Boden. Unmengen von Zetteln und herumliegende Bücher machen das Chaos komplett und selbst der gläserne Couchtisch ist kaputt. Das Durcheinander schockiert mich, doch als ich sehe, dass Kayla inmitten der ganzen Scherben teilnahmslos am Boden sitzt, zerspringt mein Herz beinahe. Sie starrt ins Leere und unsere Anwesenheit scheint ihr vollkommen egal zu sein. Ihre Hand blutet und ich sehe rote Flecken auf ihren weißen Socken. Ansonsten scheint sie unverletzt zu sein.

»Ist hier eingebrochen worden?«

Jill schüttelt den Kopf.

»Das war Kayla«, erwidert sie und wirft einen besorgten Blick zu ihrer Stiefschwester. Ich hingegen starre sie an, als wäre ihr gerade ein zweiter Kopf gewachsen.

»Warum um alles in der Welt sollte sie das tun?«

»Keine Ahnung, Jake.« Jill klingt genervt. Oder verzweifelt. Vielleicht auch beides.

»Wir sind zu einer Poolparty gefahren. Als wir los sind, saß sie schon mit einem merkwürdigen Gesichtsausdruck auf dem Sofa, aber sie hat genickt, als ich gefragt habe, ob alles in Ordnung wäre. Auf halber Strecke hat Ash bemerkt, dass sie ihr Handy zu Hause vergessen hat. Also sind wir wieder umgekehrt und haben sie so vorgefunden.« Jill stockt kurz, und mein Blick wandert erneut zu Kayla. Ihre Augen sind rot, als hätte sie geweint und ihre Haut ist ungewohnt blass. Das macht mir am meisten Sorgen.

»Sie hat fürchterlich geweint und jetzt sitzt sie seit einiger Zeit nur so da. Wir haben alles versucht, um sie zum Sprechen zu bewegen, aber sie sagt kein Wort.« Mein Herz wird schwer, und meine Sorge um Kayla wächst ins Unermessliche. Was hat sie so aus der Bahn geworfen?

»Habt ihr einen Arzt gerufen? Dave verständigt?«

Jill deutet auf ihre Schwester. »Ash versucht ihn zu erreichen, bisher aber erfolglos. Einen Krankenwagen haben wir nicht gerufen.«

»Macht es jetzt. Wir müssen wissen, woher das Blut kommt.« Giulia zückt ihr Handy und wählt 9-1-1, während Ash sich am Telefon in eine richtige Furie verwandelt.

»Jetzt hör mir mal zu, Terence! Es ist mir scheißegal, wie lange dieses Meeting noch dauert. Das ist ein verdammter Notfall! Entweder du hast den Arsch in der Hose und holst Dad da jetzt raus oder du stellst mich wenigstens durch!« Mit jeder Sekunde, in der sie mit Daves Assistenten spricht, wird sie röter. Ihr Gesicht hat eine ungesunde Farbe angenommen, und ich habe ein bisschen Angst, dass sie gleich explodiert.

»Terence, erinnerst du dich noch an die fiesen Streiche, die ich dir als Kind gespielt habe? Denk mal kurz drüber nach, zu was ich als Erwachsene fähig bin.« Das hat gesessen, denn keine drei Sekunden später hat sie Dave am Telefon und bittet ihn, sofort nach Hause zu kommen. Ich hingegen betrete jetzt zum ersten Mal das Wohnzimmer und gehe vor Kayla in die Hocke.

»Hey«, meine Stimme ist leise, sanft und zaghaft, um sie nicht zu erschrecken. »Ich bin es, Jake.«

Sie sieht mich an, aber irgendwie auch nicht. Ich habe vielmehr das Gefühl, dass sie durch mich hindurchblickt, als wäre ich ein Geist. Ihre grünen Augen haben jeglichen Glanz verloren. Sie wirken dumpf und glasig.

»Erzählst du mir, was passiert ist?« Langsam streiche ich ihr eine Strähne aus dem Gesicht und bin froh darüber, dass sie nicht zurückzuckt, sondern ihre Wange vielmehr in meine Handinnenfläche lehnt. Mit der linken Hand tastet sie nach etwas in ihrer unmittelbaren Umgebung, doch bevor sie es zu fassen kriegt, ertönt die Sirene des Rettungswagens vor der Tür und die Sanitäter kommen herein.

Während sie Kayla in ihrem Wagen untersuchen, schaue ich mich genauer in dem ganzen Chaos um. Sie wollte mir irgendetwas zeigen, das den Grund für ihre derzeitige Situation erklärt. Aber was? Gemeinsam mit Giulia, Jill und Ash drehe ich jedes einzelne Blatt um. Doch alles, was ich finde, sind Mitschriften verschiedener Unterrichtsfächer. Frustriert seufze ich auf und falle aufs Sofa. So hat das keinen Sinn. Wenn Kayla uns nicht verrät, was los ist, tappen wir ewig im Dunkeln.

»Ihr könnt aufhören zu suchen.« Die Stimme ist rau, leise und ausgelaugt. Trotzdem lässt sie uns alle innehalten und mein Herz höherschlagen. Ein Adrenalinschub jagt durch meinen Körper, als ich aufspringe und zur Tür sehe, wo Kayla gemeinsam mit Dave steht. Ihr Blick sucht meinen und hält ihn fest, während sie die nächsten Worte ausspricht.

»Miranda hat sich heute das Leben genommen.«

Giulia schlägt sich die Hand vor den Mund. Die Zwillinge schauen betroffen zu Boden, und Dave gerät kurz ins Wanken. Ich gehe auf Kayla zu und nehme sie fest in die Arme, als die nächsten Tränen über ihre Wangen laufen.

»Meine Mom ist tot«, schluchzt sie und es zerreißt mich innerlich, dass Miranda Hudson es noch ein letztes Mal geschafft hat, Kayla so sehr zu verletzten.

Kapitel 22 – *Kayla*

Ich weiß nicht mehr viel von jenem Freitagabend, der mein Leben ein weiteres Mal auf den Kopf gestellt hat. Jake bringt mich ins Bett und bleibt die ganze Nacht bei mir. In seinen Armen zu liegen, bedeutet Sicherheit und Beständigkeit, und das brauche ich gerade mehr als alles andere. Auch in den kommenden Nächten findet er immer einen Weg, um zu mir zu gelangen. Meist durch waghalsige Kletteraktionen über den Balkon, bei denen ich froh bin, dass er sich nichts bricht. Er könnte auch einfach die Haustür benutzen, dabei ist ihm allerdings das Risiko, von Dave erwischt zu werden, zu groß.

Die Tage fliegen nur so an mir vorbei. Ich werde von der Schule freigestellt, um das einschneidende Erlebnis von Mirandas Tod verarbeiten zu können, dabei würde mir die Ablenkung sicherlich guttun. Davon wollte Dave jedoch nichts wissen. Also habe ich viel zu viel Zeit, um mit meinen Gedanken allein zu sein. Jeden Vormittag verbringe ich in der Praxis von Dr. Miller in *Oceanside*. Durch Mirandas Tod und das damit einhergehende Gefühlschaos habe ich gemerkt, dass ich diesmal keine wirklich Chance habe, alles allein zu bewältigen.

Anfangs habe ich Dave gegenüber beteuert, dass mir die Sitzungen via Skype ausreichen, doch er ist der Ansicht, dass persönliche Gespräche einen viel größeren Nutzen haben. Meine Vormittage beginnen jedes Mal mit einer Einzelsitzung. Anschließend findet eine Gruppentherapie statt. Mit mir sind noch sechs andere Leute da, die ebenfalls auf traumatische Weise jemanden verloren haben. Bereits nach der ersten Woche muss ich mir eingestehen, dass Dave vollkommen recht hat. Mit Gleichgesinnten über meine Gefühle und Gedanken zu sprechen, hilft enorm, weil sie verstehen, was in mir vorgeht. Viel besser als jeder Therapeut es je könnte. Jetzt kann ich auch verstehen, weshalb Jake so begeistert von diesem Trauercamp war, dass er nach dem Tod seiner Mom besucht hat. Im Prinzip ist das nichts anderes gewesen als meine Gruppentherapie.

Die Nachmittage gehören meinen Freunden. Macey und Riven bringen mir Hausaufgaben und Mitschriften vorbei, damit ich nicht zu viel Stoff verpasse und die Klasse womöglich noch mal wiederholen muss. Ich habe mir fest vorgenommen, diesmal meinen Abschluss zu machen, komme was wolle. Manchmal gesellt sich Jill zu uns, und je länger ich sie und Riven beobachte, desto mehr gewinne ich den Eindruck, dass sich zwischen den beiden etwas anbahnt. Meine Stiefschwester betrachtet ihn jedes Mal einen Moment zu lang, wenn er nicht hinsieht, und auch Riven kann seine Aufmerksamkeit nicht komplett Macey und mir widmen, wenn Jill im Raum ist. Irgendwie süß. Ich würde mich sehr freuen, wenn aus den beiden tatsächlich ein Paar werden würde.

Giulia, Toni und Mario schauen ebenfalls regelmäßig vorbei, wenn ihre Zeit es zulässt, und mit ihrer Hilfe finde ich langsam ins Leben zurück. Sie bringen Essen von *Joe's* mit, erzählen mir von ihrem Alltag und überreden mich dazu, das Haus zu verlassen, selbst wenn es nur für einen kleinen Spaziergang runter zum Strand ist. Ohne meine Freunde wäre mein Leben nur halb so bunt.

Aber richtig zur Ruhe komme ich erst, nachdem Miranda beerdigt ist. Es hat mich viel Überredungskunst, Schweiß und Tränen gekostet, Dave davon zu überzeugen, dass auch seine Ex-Frau ein Recht darauf hat, angemessen bestattet zu werden. Egal, was sie getan hat. Anfangs hat er sich quer gestellt, doch als ich schließlich in Tränen ausgebrochen bin, ist er eingeknickt und hat zugestimmt, dafür aufzukommen. Wir haben uns für eine Feuerbestattung entschieden, sodass nur eine Urne in die Erde gelassen wird. Es ist nicht viel, und wir haben kein großes Tam-Tam darum betrieben, aber wenigstens gibt es nun einen Ort, an dem man sich an sie erinnern kann, und das ist wichtig.

Die Beerdigung war nicht so ergreifend wie die von Emma Van Wyngaarden. Lediglich Francesca, Giulia, Mario, Toni, Jake und ich haben uns auf dem Friedhof eingefunden. Kein Pastor, keine großen Reden, nur ein paar Blumen auf der quadratischen Steinplatte mit Mirandas Namen und einige Menschen, die sie kannten und ihr die letzte Ehre erweisen wollten. Ein Abschluss, den ich dringend gebraucht habe, um diesen Teil meines Lebens hinter mir lassen zu können. Und ich bin nicht die Einzige, der es so geht. Als ich mich umdrehe, um den Friedhof zu verlassen, sehe ich Dave, der in einem schwarzen Mantel an einen Baum in der Nähe gelehnt steht und uns beobachtet. Anscheinend will auch er einen Schlussstrich ziehen.

Meine Therapiesitzungen mit Dr. Miller finden jetzt nicht mehr täglich, sondern nur noch einmal die Woche via Videotelefonat statt. Lediglich die Gruppentherapie besuche ich weiterhin vor Ort, auch wenn ich dafür jedes Mal drei Stunden Fahrzeit in Kauf nehmen muss. Ab Montag werde ich sogar wieder zur Schule gehen. Eine Entwicklung, die mich sehr glücklich macht. Mein normaler Tagesablauf hat mir sehr gefehlt.

Jetzt ist aber erst Donnerstag. Mirandas Beerdigung ist zwei Tage her, und ich habe das erste Mal seit langem das Gefühl, wieder im Einklang mit mir selbst zu sein. Mit dem Zeichenblock, den Giulia mir zum Geburtstag geschenkt hat, sitze ich auf meinem Bett und skizziere wahllos Dinge, die mir in den Sinn kommen. Emmas Bitte, ihre Augen auf einer Leinwand für die Ewigkeit festzuhalten, hat mich dem Malen wieder nähergebracht. Allerdings zeichne ich noch lange nicht so wieder häufig und intensiv wie früher.

Ein leises Klopfen ertönt an meiner Zimmertür, bevor sie aufschwingt, ohne dass ich eine Antwort gegeben habe. Meine

Augen weiten sich kurz und meine Lippen verziehen sich zu einem erfreuten Lächeln, als ich Jake erkenne.

»Du hast zur Abwechslung mal die Haustür genommen?«, necke ich ihn und lege den Block beiseite. Seine Lippen verziehen sich zu einem schiefen Grinsen, dass mir die Knie weich werden lässt. Zum Glück sitze ich schon. Langsam kommt er auf mich zu. Mein Herz schlägt schneller und ein erwartungsvolles Kribbeln breitet sich in mir aus. Tausend kleine Schmetterlinge flattern aufgeregt in meinem Bauch hin und her, bereit einen Senkrechtstart hinzulegen, wenn es sein muss.

»Jill ist gerade aus dem Haus gekommen«, murmelt er schulterzuckend, stützt seine Hände neben mir ab und küsst mich. Ein wohliges Seufzen entfährt mir und lässt sein Grinsen noch breiter werden. »Deshalb dachte ich, dass ich das Haus meiner Freundin dann auch wie ein normaler Mensch betreten kann.«

Mein Herz stolpert, setzt kurz aus und schlägt auffallend schnell weiter. Überrascht sehe ich ihn an. Bisher haben wir dieses »Uns« nicht weiter definiert, aber es freut mich, dass er es als Erster anspricht.

»Ich bin deine Freundin?«

»Natürlich bist du das«, bestätigt er nickend und küsst mich wieder. Innerlich juble ich und erwidere seinen Kuss, wobei ich noch immer nicht ganz fassen kann, dass er mich will. Mich! Die Frau, deren Narben für jedermann deutlich sichtbar sind. Wenn Jake mir dieses Liebesgeständnis vor einigen Monaten gemacht hätte, wäre ich wahrscheinlich wieder davongelaufen. Aber durch die Unterstützung von ihm und meinen Freunden ist es mir gelungen, mit mir ins Reine zu kommen. Ich kann mich inzwischen so akzeptieren, wie ich bin, weil sie mir gezeigt haben, wie leicht es ihnen fällt.

»Ich bin hergelaufen«, murmelt Jake, als ich ihn näher zu mir ziehe.

»Und?«, entgegne ich und fahre mit den Lippen über seine leicht stoppligen Wangen und seine markante Kieferpartie.

»Ich bin verschwitzt.«

»Stört mich nicht im Geringsten.« Mit den Händen greife ich nach dem Saum seines Shirts und ziehe es ihm über den Kopf. Achtlos werfe ich es beiseite und streiche mit den Fingerspitzen sacht über seine Bauchmuskeln. Er erzittert kurz, packt meine Hüften und drückt mich tiefer in die Matratze. In einer fließenden Bewegung zieht er mir ebenfalls das Shirt aus, und da ich keinen BH trage, bin ich ziemlich schnell nackt. Ein angenehmer Schauer rieselt über meinen Rücken, als er mit den Lippen über mein Schlüsselbein fährt und sich dann ausgiebig mit meinen Brüsten beschäftigt. Ich beiße mir auf die Unterlippe, vergrabe meine Hände in seinen Haaren und schließe keuchend die Augen. Es fühlt sich so gut an, dass ich sofort weiß, dass ich heute mehr will. Mehr von ihm. Ich versuche an den Bund seiner Sporthose zu kommen, doch aus meiner derzeitigen Position heraus ist das beinahe unmöglich. Jake hält inne und sieht mich an.

»Bist du dir sicher?« Eine Wärmewelle durchflutet mich, und ich bin dankbar, dass er sich dieselben Gedanken macht wie in unserer ersten gemeinsamen Nacht. Lächelnd sehe ich ihn an.

»So sicher war ich mir bisher selten im Leben.« Mehr braucht es nicht. Sein nächster Kuss raubt mir den Atem. Er lässt die Welt für einen Augenblick stillstehen und heizt das Feuer in mir an, das bisher nur auf Sparflamme brannte. Etwas ungeschickt schält er sich aus der Sporthose und den Socken, bevor er mir die Jogginghose auszieht. Einen Moment lang hält er inne, um mich anzusehen. Ich lächle, und trotz der Narben habe ich mich nie schöner gefühlt als jetzt. Seine Augen sind eine Spur dunkler als sonst, als er mit den Fingern unter den Stoff meines Höschens greift und es auszieht. Bis auf die Socken bin ich völlig nackt, aber die bleiben an. Komme was da wolle.

Jake rollt sich kurz von mir runter, um aus seinem Rucksack ein Kondom zu holen. Verträumt beobachte ich ihn dabei, wie er sich seiner Boxershorts entledigt und zu mir zurückkommt. Mit der Zungenspitze fahre ich mir über die Lippen und beiße dann darauf, als ich sehe, wie groß er ist. Groß und lang. Auf einen Schlag kehrt die Nervosität doch zurück. Wie konnte ich überhaupt denken, dass ich nicht nervös bin? Da hat mein Körper mir einen gehörigen Streich gespielt.

»Du weißt, dass wir das nicht machen müssen«, murmelt Jake in mein Ohr und küsst sanft meinen Hals. Natürlich weiß ich das. Aber ich will es und ich will ihn. Er grinst. Habe ich das etwa laut ausgesprochen? Bevor ich ihn fragen kann, fährt er mit seiner Hand über meinen Bauch, streichelt kurz die Innenseiten meiner Oberschenkel und dringt dann mit zwei Fingern in mich ein. Darauf war ich nicht vorbereitet. Stöhnend drücke ich mich in die Kissen und kralle mich etwas zu fest in seine Schultern. Doch das scheint ihm nichts auszumachen. Er zuckt nicht mal mit der Wimper. Immer wieder bewegt er seine Finger vor und zurück. Bereitet mich auf das vor, was folgen wird. Ich winde mich unter ihm, stöhne und keuche, und als ich sicher bin, dass ich gleich komme, zieht er sich aus mir zurück. Frustriert stöhne ich auf, was ihn kurz zum Lachen bringt.

»Ein bisschen Geduld«, raunt er mir ins Ohr, woraufhin ich ihn gegen die Schulter boxe. Er kann mich nicht so teasen und dann einfach hängen lassen. Das ist unfair. Endlich rollt er sich das Kondom über und platziert sich zwischen meinen Beinen. Ein letzter prüfender Blick in meine Augen mit einer unausgesprochenen Frage, die ich mit einem Kuss beantworte. Genau in dem Moment dringt er in mich ein, und ich beiße ihm vor Überraschung in die Unterlippe. Er zuckt kurz zusammen, lässt sich ansonsten aber nichts anmerken. Ich hingegen lasse ihn los und atme zischend aus. Es tut weh und ich bin froh, dass er sich nicht bewegt, bis der Schmerz ein wenig abgeklungen ist. Sein

Penis fühlt sich viel intensiver an als seine Finger zuvor, und als er sich langsam zurückzieht, um erneut zuzustoßen, bleibt mir die Luft weg. Er küsst meinen Hals und winkelt mein Bein leicht an, während er immer wieder in mich eindringt. Je öfter er das tut, desto angenehmer wird es. Ich lege den Kopf in den Nacken und schlinge mein Bein um seine Hüften, damit er noch ein Stückchen tiefer eindringen kann. Unser abgehackter Atem vermischt sich bei jedem Kuss. Mein Herz pocht heftig bei seinen Stößen, welche von Mal zu Mal intensiver werden. Ich genieße jeden einzelnen davon. Nach anfänglicher Unsicherheit und Vorsicht pendeln wir uns irgendwann ein. Meine Sinne werden geflutet von seinem Duft, seinen Blicken, seinen Berührungen und dem Gefühl von ihm in mir. Eine Empfindung, die süchtig macht.

Auf einmal zieht sich alles in mir zusammen, als er eine Bewegung macht, die etwas tief in mir berührt. Ich stöhne erstaunt und spüre, wie ein Feuerwerk in mir explodiert. Jake stößt noch ein paar Mal zu, ehe er ebenfalls kommt und sich dann langsam aus mir zurückzieht. Entspannt und befriedigt sehe ich ihm dabei zu, wie er aufsteht und das Kondom entsorgt. Als er wieder zu mir zurück ins Bett kommt, zieht er mich in seine Arme.

»Also, das war unglaublich«, sage ich grinsend und denke dabei an unsere letzte Unterhaltung dieser Art zurück. Er lacht, und ich spüre das Vibrieren seiner Brust an meiner eigenen.

»Unglaublich ist schon mal besser als sehr gut«, murmelt er an meiner Schläfe und küsst sie sanft. »Nächstes Mal wird es fantastisch.« Jetzt bin ich diejenige, die lacht. Luft nach oben ist schließlich immer. »Jetzt muss ich wirklich duschen. Kommst du mit?«

»Ich gehe nach dir«, entgegne ich, nachdem ich schnell zu meinen Füßen geschaut habe, die noch immer in den Socken stecken. Er folgt meinem Blick und lässt mich los, um sich aufsetzen zu können.

»Du weißt, dass mich das nicht stört.« Mein Herz zerspringt bei seinen Worten vor Glück.

»Ich weiß, aber mich stört es noch.«

Jake nickt verständnisvoll und steht auf. »Ich lasse die Tür trotzdem offen, falls du es dir anders überlegst.« Er zwinkert mir zu und küsst mich, bevor er in das angrenzende Badezimmer verschwindet. Ich bleibe zurück. Nackt, glücklich und mir vollkommen bewusst darüber, dass ich komplett und unwiderruflich in Jake Van Wyngaarden verliebt bin.

Das prasselnde Wasser klingt schließlich so verlockend, dass ich mir schließlich die Decke um den Körper schlinge und langsam ins Bad tapse. Wenn ich schon nicht mit Jake unter dem Wasserstrahl stehe, kann ich ihm wenigstens beim Duschen zusehen.

Kapitel 23 – *Jake*

Am liebsten wäre ich den restlichen Abend und die ganze Nacht bei Kayla geblieben, um genau da weiterzumachen, wo wir aufgehört haben. Werde ich jemals genug von dieser Frau bekommen? Hoffentlich nicht. Aber ich bin mit Wes verabredet, und da ich unsere Freundschaft in letzter Zeit ziemlich habe schleifen lassen, kann ich ihm unmöglich für heute absagen. Erst hat mich Moms Tod aus der Bahn geworfen, und dann hat Kayla den Großteil meiner Aufmerksamkeit in Anspruch genommen. Ich wollte für sie da sein, was Wes kommentarlos akzeptiert hat. Genau deshalb ist er mein bester Freund, aber so selten wie in den letzten Wochen haben wir uns noch nie gesehen. Auch wenn Kayla und ich jetzt offiziell ein Paar sind, muss ich einen Weg finden, beides unter einen Hut zu bekommen. Beziehung und Freundschaft. Die letzten Wochen waren eine Extremsituation. Ich weiß, dass ich nicht immer so wenig Zeit für Wes habe, aber er soll nicht das Gefühl bekommen, dass ich ihn vernachlässige, nur weil ich jetzt eine feste Freundin habe.

Nachdenklich drehe ich den glitzernden Cinderella-Schuh in meinen Händen, bevor ich einen Schluck Bier nehme. Gemeinsam mit Wes sitze ich vor meinem Bungalow und habe ihm gerade offenbart, dass wir die richtige Lynn überhaupt nicht gefunden haben. Das zeigt, wie schlecht unsere Kommunikation in letzter Zeit gewesen ist. Ich war so beschäftigt, dass ich ihm nicht mal von dieser Wendung in meinem Leben erzählen konnte. Und die ist jetzt beinahe zwei Wochen her! Ohne das ganze Drama um Miranda hätte ich es ihm vermutlich direkt nachdem Lana das *Sandstorm* verlassen hat getextet.

»Eine Schauspielerin?« Wes klingt so fassungslos, wie ich mich an jenem Tag gefühlt habe. »Das ist krass, Mann. Richtig krass. Hast du eine Vermutung, wer dahintersteckt?«

Ich schüttle den Kopf. Darüber habe ich mir auch schon Gedanken gemacht. Es kann nur jemand sein, der partout nicht will, dass ich die richtige Lynn finde. Allerdings verstehe ich dann nicht, weshalb Lana erst sechs Monate später aufgetaucht ist. Das hätte zu einem früheren Zeitpunkt viel mehr Sinn gemacht. Seufzend lege ich mir den Schuh in den Schoß, lehne mich auf dem Stuhl zurück und genieße das kühle Bier, das meine Kehle herabrinnt.

»Ich habe eine wichtige Frage.« Mein bester Freund sieht mich nachdenklich an, während ich mit hochgezogenen Augenbrauen darauf warte, dass er weiterspricht. »Spielt es noch eine Rolle, wer Lynn ist? Ich meine, klar, ihr hattet online diese Connection und euer geheimnisvolles romantisches Treffen während des Maskenballs, aber das ist Monate her.«

Nachdenklich schwenke ich die Flüssigkeit in der Flasche und schüttle den Kopf. »Nein, es spielt keine Rolle mehr. Es wird immer diese Was-wäre-wenn-Frage geben, aber ich habe nicht mehr das Bedürfnis, nach ihr zu suchen.«

Wes dreht die Cap auf seinem Kopf nach hinten und lehnt sich etwas vor. »Weil du Kayla liebst.«

Es ist keine Frage, sondern eine Feststellung. Allein bei dem Gedanken an sie wird mir ganz warm und mein Herz klopft schneller. »Ja, ich liebe sie.«

Und wahrscheinlich habe ich das schon getan, als wir diese Cinderella-Suchaktion ins Leben gerufen haben. Mein Verstand wollte sich nur nicht eingestehen, was mein Herz schon lange wusste.

»Weiß sie das denn schon?« Wes' Augen glitzern neugierig, weshalb ich laut loslache und seine Frage mit einem Kopfschütteln beantworte. Wie sagt man einer Person sowas am besten? Einfach geradeheraus? Oder während eines besonderen Moments? Beinahe wäre es mir vorhin nach dem Sex rausgerutscht, aber das konnte ich gerade noch verhindern. Es wäre unpassend gewesen. Nicht dass sie denkt, ich würde es nur sagen, weil sie endlich mit mir geschlafen hat.

»Wenn du mich fragst, sind Kayla und Lynn dieselbe Person.« Wes streckt sich und lehnt sich auf seinem Stuhl zurück. »Das war von vornherein mein Verdacht.«

Ich habe ein Déjà-vu. Diese Unterhaltung haben wir schon einmal geführt. An dem Tag als Lynn mich im *Pacific Park* treffen wollte und Kaylas Leben durch das Feuer für immer verändert wurde. Damals habe ich mich damit nicht weiter beschäftigt, weil Moms Entscheidung, die Behandlung abzubrechen meine Welt auf den Kopf gestellt hat. Aber wenn ich jetzt so darüber nachdenke … die beiden haben eindeutig charakterliche Parallelen und rein äußerlich unterscheidet sie nur die Haarfarbe! Ruckartig setze ich mich auf, was Wes zusammenzucken lässt.

»Findest du meine Theorie jetzt doch nicht mehr so abwegig?« Er leert sein Bier und stellt die Flasche neben dem Stuhl ab.

»Es sind die Haare«, murmle ich gedankenverloren, während ich jede Sekunde dieses Abends erneut durchgehe. Jeden Moment mit Kayla noch einmal Revue passieren lasse. Kann es wirklich sein, dass ich so blind gewesen bin? Dass ich nicht erkannt habe, was direkt vor meinen Augen war?

»Perücke, ich sag's ja«, wirft Wes ein, doch mit einer Handbewegung hindere ich ihn am Weitersprechen. In meinem Kopf rattert es gewaltig und ich muss es jetzt laut aussprechen, um meine Gedanken zu sortieren.

»Sie hat früher braune Kontaktlinsen getragen. Das hat sie bei unserem ersten Wiedersehen erzählt. Jetzt hat sie grüne Augen wie Lynn damals auf dem Maskenball. Also könnte sie damals die Linsen einfach weggelassen haben.«

Wes nickt und spornt mich damit an, weiterzusprechen.

»Beide hatten Probleme mit ihrer Mutter und damit, ihr

Haus zu verlassen. Als Kayla die Plakate in meinem Zimmer gesehen hat, ist sie ganz blass geworden und wollte mir etwas sagen, aber ich habe sie gedrängt, nach Hause zu fahren, damit Miranda nicht merkt, dass sie verschwunden ist. Dann wollte Lynn sich mit mir treffen, ist aber nie aufgetaucht. An diesem Tag hat es bei den Hudsons gebrannt. Das heißt … das könnte der Grund sein, weshalb sie nicht aufgetaucht ist.« Mir ist schwindelig von den vielen Erkenntnissen, die plötzlich auf mich einprasseln. Es ist wie ein Puzzle, dessen Teile sich jetzt plötzlich ineinander fügen. »Alter, Wes! Kayla und Lynn sind tatsächlich dieselbe Person!«

Für mich war dieser Gedanke immer zu abwegig, aber es kann nicht anders sein. *Ich habe mich zweimal in dieselbe Frau verliebt. Wenn das kein Beweis für wahre Liebe ist, weiß ich auch nicht. Aber wie kann ich überprüfen, ob meine Theorie wirklich stimmt?*

»Also erstmal war es *meine* Theorie, aber ich könnte mich auf *unsere* einigen.« Verwirrt sehe ich Wes an. Kann er seit neustem Gedanken lesen oder habe ich das laut ausgesprochen? »Ich würde sie einfach fragen, Mann. Reden ist Gold und so. Du weißt schon.«

»Es heißt Reden ist Silber und Schweigen ist Gold«, verbessere ich, doch Wes tut das mit einem »Wie auch immer« ab.

»Schweigen solltest du allerdings auf keinen Fall«, ergänzt er und sieht mich dann plötzlich an, als hätte er die Idee des Jahrhunderts. »Zieh ihr den Schuh einfach an!«

Unschlüssig verziehe ich das Gesicht. Sie könnte auch einfach zufällig dieselbe Größe haben. Außerdem kann es sein, dass ihr der Schuh aufgrund der Narben an ihren Füßen nicht mehr passt. Um sicher zu sein, müsste sie den zweiten Schuh besitzen.

»Ich weiß nicht, Mann …«

Wes fuchtelt mit der Hand vor meinem Gesicht herum, um meine Zweifel im Keim zu ersticken. Seine Augen funkeln aufgeregt. In seinem Kopf scheint sich bereits eine Idee festgesetzt zu haben, von der ihn nichts so leicht abbringt. Ich dagegen will mich nicht wieder in etwas verrennen, das sich im Nachhinein als Illusion entpuppt. Kayla ist die Eine für mich, dessen bin ich mir inzwischen sicher. Da ist es egal, ob sie auch Lynn ist oder nicht. Falls sie es nämlich nicht sein sollte, will ich nicht, dass sie denkt, dass ich noch immer Interesse daran habe, nach dieser anderen Frau zu suchen. Trotzdem kann ich nicht verhindern, dass Wes mir eine neue Flasche Bier in die Hand drückt und mir von seiner noch nicht ganz ausgereiften Idee erzählt. Je mehr er redet, desto faszinierter bin ich. Ich will es eigentlich nicht zugeben, aber sein Plan könnte tatsächlich funktionieren.

Kapitel 24 – *Kayla*

Ich sitze im Wohnzimmer und kämpfe mich durch Rivens Biologienotizen. Der Junge hat eine furchtbar unleserliche Handschrift! Falls ich jemals wieder in der Schule fehle, suche ich mir jemand anderen, der für mich mitschreibt.

Es ist Freitagabend. Dave und Vivienne sind zu einer ihrer seltenen *Date Nights* aufgebrochen, wobei letztere gar nicht erfreut darüber gewesen ist, dass ich mich wieder im Wohnzimmer aufhalte. Sie nimmt mir das Chaos, das ich vor wenigen Wochen veranstaltet habe, noch immer übel, denn die Vase, die ich zerbrochen habe, war wohl von ihrer Großmutter und ziemlich wertvoll. Aus diesem Grund hat sie auch mehrere Tage lang nicht mit mir gesprochen. Im Prinzip ist mir das egal gewesen, weil ich andere Probleme hatte, aber leid tat es mir schon, sobald ich wieder einen klaren Gedanken fassen konnte. Ich musste ihr versprechen, außer dem neuen Couchtisch und dem Sofa nichts anzufassen. Erst dann hat sie einigermaßen beruhigt das Haus verlassen. Die Zwillinge sind oben in ihren Zimmern und lernen ebenfalls. Überraschenderweise besuchen sie heute ausnahmsweise mal keine Party.

Seufzend lege ich die Zettel beiseite. So hat das keinen Sinn. Ich werde Riven anrufen und ihn bitten müssen, mir seine Mitschriften vorzulesen. Das hier kann echt keiner entziffern. Mit dem Kugelschreiber tippe ich mir gegen das Kinn, während ich mich Maceys Notizen zuwende. Die sind wenigstens lesbar. Doch weit komme ich nicht, denn eine Bewegung im Augenwinkel erregt meine Aufmerksamkeit. Ich schaue auf und sehe Ashley unschlüssig im Türrahmen stehen.

»Kann ich dir helfen?« Fragend ziehe ich die Augenbrauen nach oben. Sie hat mich in den vergangenen Wochen zwar weitestgehend in Ruhe gelassen, trotzdem kann ich mir nicht vorstellen, dass sie plötzlich freiwillig Zeit mit mir verbringen will.

»Hast du vielleicht einen Moment?« Meine Augenbrauen rutschen noch ein Stück höher und ich bin mir sicher, dass sie inzwischen unter dem Haaransatz verschwunden sind. Ich nicke, weil mein Gehirn kurz vergessen hat, wie man Worte bildet. Ash setzt sich auf den gegenüberliegenden Sessel, zieht die Beine an den Körper und tippt mit den Fingern auf der Armlehne herum. Ob das wieder irgendein hinterhältiger Streich wird? Es war eine Weile friedlich zwischen uns, aber vielleicht war das nur die Ruhe vor dem Sturm. Unauffällig blicke ich mich um, kann aber nichts Verdächtiges entdecken. Ash räuspert sich und sieht mich schließlich direkt an.

»Ich habe über mein Verhalten dir gegenüber nachgedacht. Das mit der Party war nicht okay. Ich wusste echt nicht, dass du nicht schwimmen kannst. Und dass ich eine Schauspielerin bezahlt habe, damit sie Jake etwas vormacht und ich dich erpressen kann, war genauso blöd.« Mit offenem Mund starre ich sie an, klappe ihn dann aber wieder zu. Woher kommt dieser Sinneswandel auf einmal? »Du bist nämlich gar nicht so scheiße.«

»Äh, danke?« Geplättet sinke ich zurück ins Sofapolster. Mit so einer Aussage hätte ich niemals gerechnet. Gut, sie hat sich nur indirekt entschuldigt, aber ich war bislang davon ausgegangen, dass wir uns bis zum Ende unserer Tage nicht mögen werden, und die Situation so bleibt, wie sie ist.

»Wieso entschuldigst du dich *jetzt?*« Neugierig sehe ich sie an, doch sie zuckt nur mit den Schultern.

»Jill mag dich und ich spüre, dass es sie belastet, dass wir uns nicht verstehen.«

»Also machst du es nur deiner Schwester zuliebe?« Das passt zu dem Bild, das ich von ihr habe. War klar, dass sie nicht aus eigenem Antrieb auf Versöhnung aus ist. Unsicher rutscht sie auf ihrem Platz herum.

»Ja und Nein. Ich weiß nicht, wie ich es am besten erklären soll.« Sie blickt ratlos auf ihre Hände, und meine Verwunderung schlägt in Verständnis um. Ihr fällt das hier nicht leicht, egal, ob sie es für Jill macht oder für den Frieden im Haus. Vielleicht bereut sie sogar tatsächlich ein bisschen, wie sie mich behandelt hat. Ich bezweifle, dass Ashley sich überhaupt schon jemals bei jemandem entschuldigt hat. Plötzlich erinnert sie mich an mich selbst. Mir ist es auch mit jedem Mal schwerer gefallen, mich nach einem Streit bei Miranda zu entschuldigen. Aber im Gegensatz zu Ash wusste ich damals, dass ich nichts falsch gemacht habe.

»Wie wäre es, wenn du mir erklärst, warum du überhaupt so eine Arschkuh gewesen bist«, schlage ich vor und freue mich über das Grinsen, das bei diesem Ausdruck kurz über ihre Lippen huscht. Doch dann wird sie direkt wieder ernst.

»Ich dachte, du machst mir meinen Platz streitig. Sowohl in der Familie als auch in der Schule.«

Ich sehe sie an und spüre, wie sich in mir ein riesengroßes Fragezeichen aufplustert. Dasselbe hat ihre Schwester auch schon gesagt, aber dieser Gedanke ist vollkommen lächerlich.

»Wieso?«, frage ich leise, um das Thema vorsichtig anzugehen. »Ich bin ein kompletter Neuling, was die High School betrifft, und ich kannte praktisch niemanden, als ich in diese Familie gekommen bin. Wie hätte ich dir da jemals den Platz streitig machen sollen?«

Ash schweigt einen Moment, ehe es einfach aus ihr herausbricht. »Das ist es doch gerade! Du bist Dads verlorene Tochter. Er hat dich jahrelang gesucht. Ist doch logisch, dass du jetzt automatisch an erste Stelle rutschst. Ich will nicht noch einen Vater verlieren, deshalb dachte ich, dass du wieder verschwindest, wenn ich dich lang genug schikaniere. Und die Schule hat sich dafür bestens angeboten.«

Plötzlich macht es *klick*. Ash ist nicht die Ausgeburt des

Teufels, wie ich bisher angenommen habe, sondern das Leben hat sie so gemacht. Sie ist nicht böse, sondern verzweifelt und tief verletzt.

»Was meinst du damit, dass du nicht noch einen Vater verlieren willst?«

Sie seufzt und schlägt die Beine übereinander, während sie unaufhörlich mit ihren Fingern spielt.

»Als Mom und Dave ein Paar wurden, waren Jill und ich drei. Heather war zwei Jahre zuvor gestorben und Dave war endlich wieder bereit für einen Neuanfang.«

Ich beiße mir auf die Unterlippe und senke den Blick. Der Gedanke, meine leibliche Mom nie kennengelernt zu haben, schmerzt immer noch sehr. Bilder und Erzählungen sind einfach nicht das Gleiche.

»Mein Erzeuger, wie ich ihn nur noch nenne, hat uns verlassen. Von heute auf morgen war er verschwunden. Er hat in einer Nacht- und Nebelaktion seine Sachen gepackt und ist zu einer anderen Frau gezogen. Sie hatte schon zwei Kinder und plötzlich war ihm seine alte Familie egal. *Ich* war ihm egal.« Ashs Stimme hat einen verbitterten Unterton angenommen, den ich ihr nicht verübeln kann. Mein Herz wird schwer bei dem Gedanken daran, wie jung sie gewesen ist, als ihr Vater sie verlassen hat. Für eine Dreijährige muss sich dieses Verhalten wie der größte Verrat überhaupt angefühlt haben. Noch mehr als für jemanden in unserem Alter. Ich kann gut nachvollziehen, wie es ist, wenn eine geliebte Person das eigene Leben komplett auf den Kopf stellt.

»Dave hat uns die Welt zu Füßen gelegt, und er wird für mich immer mehr ein Vater sein, als mein Erzeuger es je war.«

»Und dann kam ich und habe euer Leben wieder ins Wanken gebracht.«

Sie nickt mit zusammengekniffenen Lippen. »Es hat sich alles nur noch um dich gedreht. Kayla im Krankenhaus besuchen,

Therapiesitzungen mit Kayla in der Reha. Kayla braucht dies, Kayla braucht das, Kayla zieht zu uns. Ich war so darauf fixiert, dich als Eindringling zu sehen, dass ich gar nicht gemerkt habe, wie es dir mit der ganzen Situation geht. Das ist mir erst am Tag von Mirandas Tod so richtig klar geworden. Du hast auch dein Päckchen zu tragen.«

»Jeder hat das, Ash. Aber ich bin froh, dass ich jetzt deine Beweggründe verstehe. Auch wenn das nicht heißt, dass ich deine Aktionen im Nachhinein ok finde.«

Sie nickt. Ihr Gesichtsausdruck ist immer noch verkniffen, aber ich sehe Erleichterung in ihren Augen aufblitzen, weil wir die Sache klären konnten. Mir geht es nicht anders. Dennoch bleibt sie sitzen, nachdem ich unsere Unterhaltung schon für beendet halte.

»Da ist noch eine Sache.« Ich beobachte sie dabei, wie sie neben den Sessel greift und den Cinderella-Schuh hervorholt, dessen Gegenstück noch immer in Jakes Besitz ist. Unschlüssig dreht sie ihn in den Händen, bevor sie ihn auf den neuen Couchtisch zwischen uns stellt.

»Hast du es ihm schon gesagt?«, fragt sie leise, was ich mit einem Kopfschütteln beantworte.

»Es stand mir nicht zu, mich da einzumischen.« Ash zieht eine Grimasse, und ich verkneife mir ein Nicken. »Aber ich wusste, dass ich dich damit am härtesten treffe.«

Ich schlucke, damit hat sie nicht ganz unrecht. Mit zur Seite geneigtem Kopf betrachtet sie den funkelnden Schuh. »Was du damit machst, ist deine Sache. Soweit ich weiß, hat Lana sich bereits zurückgezogen.« Jetzt steht Ash auf und lächelt mich vorsichtig an. »Wenn du mich fragst, ist Jake ohnehin total in dich verschossen. Da hätte keine andere Frau der Welt eine Chance.«

Damit verlässt sie den Raum, und ich bleibe mit gemischten Gefühlen zurück. Nachdenklich schaue ich den Schuh an.

Würde es jetzt alles zerstören, wenn ich Jake die Wahrheit offenbare? Seufzend fahre ich mir mit der Hand übers Gesicht. Es gibt nur zwei Möglichkeiten: Entweder ich lasse diese Information unter den Tisch fallen und wir machen weiter wie bisher. Damit würde ich allerdings riskieren, dass er es irgendwann herausfindet und mich zum Teufel wünscht - oder ich erzähle ihm alles und nehme in Kauf, ihn jetzt zu verlieren. Frustriert schnappe ich mir eines der Zierkissen, vergrabe mein Gesicht darin und schreie so laut ich kann. Das ist so eine verdammte Zwickmühle! Ich hätte schon viel früher die Karten auf den Tisch legen müssen, denn die eigentliche Frage ist, ob ich mit so einem Geheimnis im Rücken dauerhaft mit Jake glücklich werde.

Natürlich kann ich das nicht. Das wird mir spätestens klar, als ich vor Jakes Bungalow stehe. Nervös klopfe ich gegen die Tür, doch nichts passiert. Keine Geräusche im Inneren, die darauf hinweisen, dass er zu Hause ist. Es ist das erste Mal, dass ich unangekündigt hier auftauche, und natürlich habe ich mir keine Gedanken darüber gemacht, dass er vielleicht nicht da ist. Seufzend klopfe ich ein zweites Mal. Diesmal weniger zaghaft. Möglicherweise hat er mich zuvor nicht gehört. Doch die Tür bleibt geschlossen. Okay, nächster Versuch. Vielleicht ist er im Haupthaus. Also laufe ich durch den Garten und treffe vor der Tür auf Jolina.

»Oh hey, Kayla!« Sie lächelt mich freundlich an, was ich direkt erwidere. Es ist schön, mal wieder andere Gesichter als die meiner Freunde und Familie zu sehen. »Wann kommst du zurück in die Schule?«

»Am Montag, und ich freue mich schon sehr darauf«, entgegne ich, während sie ihren Schlüssel klimpernd in der Handtasche verschwinden lässt. Dann hebt sie den Blick wieder und sieht mich mitfühlend an.

»Das mit deiner Mom tut mir echt leid. Außerdem weiß ich, wie es ist, wenn einem zu Hause die Decke auf den Kopf fällt.« Ich nicke und schenke ihr ein kurzes Lächeln. Jolina ist neben Jake womöglich die Einzige, die gerade versteht, wie ich mich fühle. Immerhin hat sie vor nicht allzu langer Zeit eine ähnliche Situation erlebt.

»Sag mal, ist Jake zufällig hier?« Zu meiner Enttäuschung schüttelt sie den Kopf.

»Er ist mit Wes unterwegs. Hat irgendwas von wichtigen Erledigungen gefaselt. Aber warte doch einfach bei ihm. Damit hat er sicher kein Problem. Der Ersatzschlüssel liegt unter der Fußmatte.« Mit einem Winken verabschiedet sie sich und läuft die Auffahrt runter, an deren Ende bereits ein Auto auf sie wartet.

Ich bleibe unschlüssig zurück und blicke zu dem spärlich beleuchteten Häuschen. Mit jeder Minute, die vergeht, wächst meine Nervosität, während meine Entschlossenheit, Jake alles zu erzählen, schwindet. Vielleicht war es doch keine so gute Idee, einfach aufzutauchen. Ich ziehe mein Handy aus der Tasche und laufe zum Bungalow. Es spricht nichts dagegen, noch ein bisschen zu warten. Gerade als ich unseren Chat öffne, bemerke ich die kleine rote Eins, die mir eine neue Benachrichtigung anzeigt. Sie ist von Jake. Wie passend.

Jake: Ich würde dich gern sehen. Es ist wichtig. Kannst du nachher noch vorbeikommen?

Ich beiße mir auf die Unterlippe, schließe mit dem Ersatzschlüssel auf und trete ein, während ich eine Antwort tippe.

Kayla: Bin schon da. Will auch mit dir reden. Jolina meinte, ich kann hier warten.

Mit der Hand taste ich nach dem Lichtschalter, doch ich erstarre, noch bevor ich ihn betätige. Der Raum ist mit Lichterketten geschmückt, die alles in ein romantisch-schummriges Licht tauchen. Das erinnert mich an die Dekoration des Pavillons am Abend des Maskenballs. *Wieso lässt Jake die denn brennen, wenn er mit Wes unterwegs ist?* Langsam gehe ich weiter. Das Vibrieren meines Handys ignoriere ich.

Auf dem kleinen Tisch beim Sofa liegen mehrere Zettel, auf denen Anweisungen notiert sind.

Gehe an den Ort unseres ersten Dates oder *In a room full of art I'd still stare at you – dort findest du den nächsten Hinweis.*

Die Karten erinnern an eine Schnitzeljagd, auch wenn die mit schwarzem Stift gekritzelten Sätze nach Rohfassung aussehen. Ich greife nach einem weiteren Stück Papier und halte inne.

Triff mich am Pavillon. Anscheinend plant Jake eine Überraschung, und auch wenn ich weiß, dass ich sie womöglich kaputt mache, ist meine Neugier zu groß. Außerdem habe ich momentan ohnehin nichts anderes zu tun und kann die Zeit des Wartens genauso gut an der frischen Luft verbringen. Ich schnappe mir meine Tasche und schlendere durch den Garten zum Pavillon. Es dämmert bereits, doch die Lichter am Rande des Weges zeigen mir, wo ich hin muss. Das leise Plätschern des Teiches empfängt mich, als ich drei Stufen hochsteige und mich an einem Ort wiederfinde, der mir einige schöne Erinnerungen beschert hat: meinen ersten Tanz und meinen ersten Kuss mit Jake.

Inzwischen ist es kälter geworden, weshalb ich mir die Jacke überziehe, die ich sicherheitshalber mitgenommen habe. Ich ziehe sie mir fester um die Schultern und sinke auf die kleine Bank, um die Ruhe zu genießen, die mich umgibt. Vielleicht wird dieses Gespräch nicht so schlimm, wenn wir es in dieser Umgebung führen. Allein die Atmosphäre ist schon entwaffnend. Da kann man sich doch gar nicht richtig streiten, oder?

Seufzend lasse ich den Kopf in die Hände sinken. Meine Haare umgeben mein Gesicht wie einen Schleier, der mich vom Rest der Welt abschirmt. Die Last des bevorstehenden Gesprächs liegt schwer auf meinen Schultern. Mein Herz schlägt schnell, und mein Magen krampft sich vor Aufregung zusammen. Wie soll ich die Zeit, bis Jake auftaucht, nur überstehen, wenn ich jetzt schon das Gefühl habe, mich gleich übergeben zu müssen?

Glücklicherweise erregt in diesem Moment etwas meine Aufmerksamkeit. Aus den Augenwinkeln sehe ich es unter der Bank glitzern. Ich strecke die Hand danach aus, und zum Vorschein kommt das Pendant zu dem Schuh, den ich in meiner Tasche habe. Was zur …? Perplex starre ich den funkelnden High Heel an, nur um dann nach links und rechts zu schauen. Steht hier irgendwo eine versteckte Kamera? Werde ich beobachtet? Wie kommt dieses Ding ausgerechnet hierher? Ich drehe und wende den Schuh in meinen Händen und komme zu dem Schluss, dass er definitiv das passende Gegenstück ist.

Keine Ahnung, ob aus einer Laune heraus, aus Sentimentalität oder ob es der Atmosphäre des Ortes geschuldet ist, aber ehe ich mich versehe, habe ich meinen Schuh samt Socke ausgezogen und schlüpfe in den High Heel. Er passt nicht mehr so gut wie noch vor einem dreiviertel Jahr, und ich kann aufgrund des Narbengewebes an meiner Fußsohle keinen Meter mehr damit gehen, aber schön sieht er trotzdem aus. Ich stütze meine Hände auf der Bank ab, strecke den Fuß aus und bewege ihn ein bisschen nach rechts und links. Erstaunlich, wie ein bisschen Glitzer meinen entstellten Fuß wieder ansehnlich macht.

Ein Geräusch rechts von mir lässt mich aufschrecken. Sofort verschränke ich den Fuß hinter dem anderen, um ihn zu verstecken. Jake steht am Eingang des Pavillons und starrt mich an. Seine Brust hebt und senkt sich schnell, als wäre er gerannt, um herzukommen. Mein Herz macht einen Hüpfer bei seinem Anblick und rutscht mir in die Hose, weil ich seinen Blick nicht deuten kann. Ist er sauer? Fassungslos? Erschüttert? Erleichtert? Ich habe absolut keine Ahnung, und das macht mich unfassbar nervös.

»Dir passt der Schuh.« Seine Stimme ist ruhig, doch ich meine einen Hauch Überraschung darin zu hören. Verlegen senke ich den Blick.

»Er passt nicht mehr so gut wie damals.« So, jetzt ist es raus, und ich traue mich nicht, in seine Richtung zu sehen.

»Ich habe es dir doch gesagt!« Wes taucht hinter Jake auf und grinst mich breit an. Der Ausdruck in den Augen seines besten Freundes reicht allerdings, damit er die Stufen rückwärts wieder hinuntergeht und in der Dämmerung verschwindet. Natürlich nicht, ohne mir vorher noch einmal verschwörerisch zuzuzwinkern. Verwirrt sehe ich ihm nach, dann in Jakes Richtung und wieder zu Boden. So hatte ich mir das nicht vorgestellt. Aus den Augenwinkeln sehe ich, wie Jake einen Schritt auf mich zumacht.

»Wes hatte tatsächlich recht. Du bist es wirklich.« Er klingt gar nicht wütend, eher … erleichtert. Ich sehe auf.

»Ich wollte es dir sagen, Jake. An dem Tag im Bungalow. Aber dann hat Giulia angerufen, weil Miranda früher zurückgekommen ist.« Er sieht mich schweigend an, und weil ich diese Stille furchtbar finde, rede ich einfach weiter. »Dann wollte ich es dir beim *Pacific Park* sagen, aber das Feuer kam dazwischen. Als ich bei den Kingstons eingezogen bin, hat Ash es irgendwann herausgefunden und diese Schauspielerin engagiert. Du warst so glücklich darüber, Lynn endlich gefunden zu haben, dass ich dir das nicht kaputt machen wollte. Auch wenn es mich innerlich zerrissen hat, euch zusammen zu sehen.«

Jake sagt noch immer nichts, aber als ich Ash erwähne, bildet sich eine leichte Zornesfalte zwischen seinen Augenbrauen.

»Ich wollte es dir so oft sagen, das musst du mir glauben, aber es ist immer etwas dazwischengekommen. Als hätte das Universum nicht gewollt, dass wir auf dem leichten Weg zueinander finden.«

Ui, jetzt bringe ich schon das Universum ins Spiel. Meine Verzweiflung hat den Höhepunkt erreicht, und Jake schweigt noch immer. Zumindest lässt er sich jetzt neben mir auf die Bank sinken und verringert so unseren Abstand zueinander. Mein Herz hüpft. Das ist hoffentlich ein gutes Zeichen. Also greife ich in meine Tasche und ziehe den anderen Schuh hervor.

»Ash hat ihn mir heute erst zurückgegeben, deshalb bin ich hergekommen. Ich wollte dieses Geheimnis endlich aus der Welt schaffen. Ich liebe dich, Jake, und ich will eine Zukunft mit dir. Aber das wäre nicht möglich, wenn ich dir jetzt nicht die Wahrheit gesagt hätte.« Er nimmt mir den Schuh ab und sieht erst ihn und dann mich an.

»Wes hat es von Anfang an geahnt, aber ich habe die Parallelen nicht gesehen. Wollte sie nicht sehen. Die Zeit mit Lana hat sich nicht richtig angefühlt. Jede Minute mit dir allerdings schon. Ist es nicht verrückt, dass wir uns beide zweimal in dieselbe Person verliebt haben?«

Ein Lächeln umspielt seine Lippen, und mir fällt ein Stein vom Herzen. »Du bist nicht sauer?«

Jake lacht und streicht mir eine Strähne aus dem Gesicht. Dabei hinterlassen seine Finger glühend heiße Spuren auf meiner Haut.

»Sauer bin ich höchstens auf mich selbst, weil ich so blind gewesen bin. Nein, ich bin froh, dass meine Suche endlich ein Ende hat.« Er steht auf und kniet sich vor mich. Vorsichtig zieht er mir den Sneaker aus, hält bei der Socke jedoch inne. »Darf ich?«

Seine blauen Augen sind voller Liebe, Zuneigung und Zufriedenheit. Ich schlucke, nicke aber schließlich. Jake liebt mich und die Narben, die ich am Körper trage. Ich vertraue ihm und denke, dass ich mit seiner Hilfe und durch seine Liebe auch den letzten Rest von mir wieder lieben kann. Er zieht mir die Socke aus und streift vorsichtig den zweiten Schuh über meinen Fuß, sodass ich jetzt beide trage.

»Was sagen die beiden Tauben in Cinderellas Märchen nochmal?« Jake sieht zu mir auf und fährt mit seiner Hand über meinen Unterschenkel. Ich denke einen Augenblick darüber nach und erwidere seinen Blick dann liebevoll.

»Kein Blut ist im Schuh«, antworte ich und Jake lacht. Es ist das schönste Lachen, das ich je von ihm gehört habe. Er stemmt sich hoch und küsst mich so stürmisch, dass mir für einen Moment ganz schwindelig wird.

»Ich liebe dich, Kayla Kingston. Du bist das beste Happy End, das ich mir je hätte wünschen können«, murmelt er nah an meinen Lippen und bringt mich damit zum Lächeln. Er hat vollkommen recht. Wir sind der beste Beweis dafür, dass sich alles zum Guten wenden kann, egal wie viele Steine auf dem Weg dorthin auch liegen.

Epilog – *Jake*

Acht Monate später

Die Sonne scheint durch die geöffneten Balkontüren direkt in mein Gesicht. Stöhnend kneife ich die Augen zusammen und platziere meinem Arm so, dass ich wenigstens vernünftig gucken kann, ohne zu erblinden. Kayla sitzt nur in eine dünne Decke gewickelt auf dem Balkon und malt. Es ist ein Anblick, von dem ich wohl nie genug kriegen werde.

Die letzten Julitage sind angebrochen, und wir genießen die Zeit, die uns zu zweit noch bleibt. Kayla hat ihren Abschluss erfolgreich bestanden und ihre Liebe zum Malen wiederentdeckt. Ich habe in den vergangenen Monaten in Dads Firma gearbeitet, ihm aber unmissverständlich klargemacht, dass das nicht der Weg ist, den ich für den Rest meines Lebens beschreiten möchte. Es hat mich viel Zeit und lange Gespräche gekostet, aber letztlich hat er eingesehen, dass er mich zu nichts zwingen kann. Das Glück seiner Kinder ist ihm wichtiger, als ein erfolgreiches Familienunternehmen in mehreren Generationen zu führen.

In wenigen Wochen beginne ich deshalb endlich mein Medizinstudium an der UCLA, während Kayla dort ihren Traum vom Kunststudium wahr machen wird. Inzwischen verkauft sie ihre Bilder wieder, allerdings nicht mehr unter dem Synonym der Schattenkünstlerin, sondern als Kayla Kingston. Das tut der Nachfrage daran jedoch keinen Abbruch. Ihre Werke sind begehrter als je zuvor, und das erfüllt mich mit Stolz.

Ein warmer Windhauch fegt durch unser Schlafzimmer und lässt Kayla kurz erzittern. Obwohl es erst zehn Uhr morgens ist, sind es bereits fast 32 Grad. Es wird ein heißer Sommer, und die ersten Auswirkungen zeigen sich bereits. Glücklicherweise haben wir eine klimatisierte Wohnung gefunden, sonst wäre es hier im vierten Stock kaum auszuhalten. Es war eine Überraschung meinerseits an Kayla in eine gemeinsame Wohnung zu ziehen und dank ein wenig finanzieller Unterstützung von Dave habe ich etwas Schönes gefunden. Und was soll ich sagen? Kayla war von der ersten Sekunde an begeistert. Ich kenne meine Freundin nun mal ziemlich gut. Seit drei Tagen wohnen wir jetzt hier, und ich habe selten etwas so genossen wie unser Zusammenleben. Viele Stunden im Bett. Abendessen auf dem Balkon und ganz viel Zeit zusammen. Egal, ob angezogen oder nackt.

Ich schlage die Bettdecke zurück, ziehe mir eine Boxershorts über und schlendere zu meiner Freundin. Sanft streiche ich ihr das dunkle Haar über die Schulter, nur um dann ihre nackte Haut mit Küssen zu benetzen. Sie seufzt leise, zufrieden und sehnsuchtsvoll. Alles in mir schreit danach, sie zu packen und zurück ins Bett zu bringen, um sie nie wieder daraus gehen zu lassen. Aber wenn sie sich in einer kreativen Phase befindet, will ich sie dabei nicht unterbrechen. Ein bisschen ablenken aber vielleicht schon … Kayla neigt den Kopf zur Seite und bietet mir damit mehr Haut, die ich küssen kann.

»Ich muss das fertig machen, weißt du?« Ihre Stimme ist leise, aber nicht so bestimmt wie sonst, wenn sie nicht will, dass ich sie von der Arbeit abhalte. Sofort wittere ich meine Chance.

»Jetzt gleich? In den nächsten paar Minuten?« Sanft knabbere ich an ihrem Ohrläppchen. Kayla lehnt sich gegen mich und ich spüre, wie ihr Widerstand mit jeder weiteren Berührung bröckelt.

»Schon, ja.« Ihr Atem wird unregelmäßiger. Sie sitzt nicht mehr still, sondern rutscht unruhig auf dem Hocker umher.

»Du könntest eine kurze Pause machen.« Ich schlinge meinen Arm um ihren Bauch und sie lacht, als hätte ich einen Scherz gemacht.

»Kurz wäre diese Pause sicher nicht«, entgegnet sie schmunzelnd, und ich wackle nachdenklich mit dem Kopf. Da könnte sie recht haben.

»Du willst also weiterarbeiten? Ganz sicher?« Ich necke sie mit kleinen Liebesbissen, als sie plötzlich aufsteht und sich zu mir umdreht.

»Nein«, seufzt sie geschlagen und zieht eine kurze Grimasse. Ich lache und küsse ihre Nasenspitze, bevor ich mit dem Daumen versuche, einen Spritzer grüne Farbe von ihrer Wange zu wischen. Erfolglos natürlich. Ich mache es nur schlimmer. Also gebe ich auf und ziehe sie stattdessen zu mir heran, um sie richtig küssen zu können. Dabei stolpert sie über den Stoff der Bettdecke, in die sie gewickelt war und prallt gegen mich. Reflexartig schließe ich meine Arme um sie, um zu verhindern, dass sie stürzt.

»Danke«, raunt sie leise und sieht mich mit diesem verträumt-verliebten Blick an, der mein Herz zum Stolpern bringt. Kann Liebe Herzrhythmusstörungen auslösen?

»Dafür brauchst du dich nicht bedanken. Ich würde dich immer auffangen, wenn du fällst.«

Kayla lächelt, und es ist wieder einmal um mich geschehen. Ein einziger Blick von ihr, ein kleines Lächeln oder eine flüchtige Berührung reichen aus, damit die Welt um mich herum für einen Moment stillsteht. Sie ist meine Vergangenheit, meine Gegenwart und meine Zukunft. Das Happy End, von dem ich nicht wusste, dass ich es brauche. Aber unsere Geschichte ist nicht die eines klassischen Märchens, weshalb sie nie in einem dicken, verstaubten Wälzer neben *Schneewittchen* und *Die Schöne und das Biest* zu lesen sein wird. Kayla ist die Prinzessin, die mich vom Fluch des Alleinseins erlöst hat. Ich bin der Prinz, der ihr gezeigt hat, wie viel die Welt außerhalb ihres Zimmers für sie bereithält. Wir haben uns gegenseitig gerettet und ich könnte nicht glücklicher darüber sein.

Ende

Danksagung

Mit einem guten Song im Hintergrund sitze ich an einem schönen Sonntagvormittag vor dem Laptop und tippe diese Danksagung. Glücklicherweise habe ich ja noch die Version von Band 1 und muss sie nur ein wenig ändern. ☺ Ihr wisst ja, wie schwer es mir fällt, Danksagungen zu schreiben …

Also, los geht's!

Ich freue mich sehr, dass ich durch den Bookspot Verlag die Möglichkeit bekommen habe, euch die Fortsetzung von Kaylas und Jakes Geschichte zu erzählen. Also vielen Dank an Frau Dr. Lianhua He für die gute Zusammenarbeit!

Yvonne, es war so schön, dass du auch zur Realisierung von *Tomorrow It's Still Us* beigetragen hat – diesmal nicht als Projektmanagerin, wie bei Band 1, dafür aber als Lektorin – freut mich ganz besonders. Herzlichen Dank! ☺

Wie auch schon bei meinen anderen Büchern bin ich meinen Eltern sehr dankbar, dass sie mich auf diesem Weg so bedingungslos unterstützen und mit Begeisterung die Ersten sind, die meine Bücher lesen. Deshalb wird es Zeit, dass ich euch auch endlich mal ein Buch widme.

Und natürlich habe ich auch den Mädels aus meiner Autorengruppe zu danken. Danke, dass ihr euch mit mir über gute Dinge freut und über schlechte aufregt! ☺

Last, but not least danke ich natürlich jedem einzelnen Leser, der sich dazu entschlossen hat, das Buch zu kaufen, um herauszufinden, wie es mit Kayla und Jake weitergeht. Ohne euch wäre das alles gar nicht möglich!

Ich drücke jeden von euch.

Eure Marina

Content Notes

(Achtung: Spoiler)

In diesem Buch werden folgende Themen erwähnt:
tödliche Krankheit und Tod eines Elternteils,
Ertrinken,
Suizid,
Brand eines Wohnhauses,
Verbrennungen,
Mobbing.

Lest dieses Buch nur, wenn ihr dazu emotional in der Lage seid. Falls ihr bei einem dieser (oder anderer) Themen eine negative Reaktion bemerkt, sprecht mit jemandem darüber.

Marina Maass

Tonight It's Us

Buntstein Verlag, ein Imprint
des Bookspot Verlags
ISBN 978-3-95669-190-4
264 Seiten, Taschenbuch
15,95 Euro
Auch als E-Book erhältlich!

Sie hat nie gelernt zu leben. Er legt ihr die Welt zu Füßen.

L.A. ist wild und bunt, doch davon bekommt Kayla nichts mit: Denn wegen ihrer kontrollsüchtigen Mutter kennt sie nur das Innere ihres Hauses. Als Kayla eines Nachts durch Zufall einen Weg in die Freiheit findet, trifft sie auf den attraktiven Jake. Dieser zeigt ihr, wie schön das Leben sein kann, wenn man es richtig auskostet. Es fliegen die Funken, aber eigentlich haben sich die beiden online schon in jemand anderen verliebt. Plötzlich finden sie sich in einem Sturm der Gefühle wieder und müssen sich entscheiden: Für wen schlägt ihr Herz wirklich?

Mit märchenhafter Romantik verzaubert der neue Young-Adult-Roman von Marina Maass, in dem Kayla und Jake um ihre Freiheit, ihre Träume und ihre Liebe kämpfen.

NINA RUDT
Roman
WIR SIND
DAS URTEIL
Bookspot

Melody Rose

Die Farbe meiner Gedanken

soul&mate, ein Imprint
des Bookspot Verlags
ISBN 978-3-95669-176-8
232 Seiten, Taschenbuch
15,95 Euro
Auch als E-Book erhältlich!

»Ich beschließe, der Stimme in meinem Kopf einen Namen zu geben. Vielleicht wird es leichter, wenn ich die Depression von nun an Saskia rufe.«

Isas Welt hat an Farbe verloren. Seit sie das erste Mal von ihrer Depression »Saskia« besucht worden ist, hat sie sich von allen zurückgezogen. Nur ihrem Tagebuch vertraut sie ihr größtes Geheimnis an. Als dieses plötzlich verschwindet, tritt der junge Obdachlose Phil in Isas Leben. Von ihm fühlt sie sich verstanden und schon bald lässt er Isas Herz höherschlagen und »Saskia« leiser werden. Doch kann sich Isa Phil jemals komplett öffnen? Und welche Dämonen haben Phil auf die Straße getrieben?

Eine berührende Coming-of-Age-Story zweier Jugendlicher, die sich selbst und ihren Platz in der Welt finden müssen.